"

कहानियों की बात करते हुए सहसा ही मुझे लगता है कि उस पुरानी बात में कहीं एक बहुत बड़ी सच्चाई है : यातना और करुणा हमें दृष्टि देती हैं। अपने सुख और उल्लास के क्षणों में हम अपने से बाहर होते हैं, औरों के साथ होते हैं। यातना के क्षणों में हम अपने भीतर जीते हैं और वे हमारे अपने होते हैं। हो सकता है, उल्लास और प्रसन्नता के क्षण मेरी ज़िन्दगी के सर्वश्रेष्ठ क्षण रहे हों लेकिन यातना के ये क्षण मेरे अपने हैं। इन्हें कहानियों में अभिव्यक्ति न मिली होती तो निःसन्देह ज़िन्दगी का बहुत-कुछ टूट-बिखर गया होता। आज जब सब-कुछ बहुत पीछे छूट गया है तो लगता है कि ये क्षण ही मेरे प्रिय क्षण हैं और उनसे उपजी कहानियाँ ही प्रिय कहानियाँ।

"

मेरी प्रिय कहानियाँ

मन्नू भंडारी

राजपाल

ISBN : 978-93-5064-060-9

संस्करण : 2015 © मन्नू भंडारी

MERI PRIYA KAHANIYAN (Stories) by Mannu Bhandari

राजपाल एण्ड सन्ज़

1590, मदरसा रोड, कश्मीरी गेट, दिल्ली-110006

फोन : 011-23869812, 23865483, 23867791

website : www.rajpalpublishing.com

e-mail : sales@rajpalpublishing.com

www.facebook.com/rajpalandsons

भूमिका

रचना के श्रेष्ठ होने का निर्णय आलोचक और पाठक देते हैं और प्रिय की स्वीकृति लेखक स्वयं। अर्थात् श्रेष्ठ होने की कसौटी रचना के अपने भीतर या बाहर होती है, प्रिय होना लेखक और रचना के बीच का आपसी सम्बन्ध है। यों मुग्ध लेखक को अपनी रचना मात्र प्रिय लग सकती है, जिसे हो सकता है दूसरे श्रेष्ठ के आसपास भी न फटकने दें; लेकिन कला के मूल्यों की रक्षा करते हुए रचना में जितना अधिक हम अपने-आपको उंडेल पाते हैं, वही हमारा प्रिय हो जाता है। बच्चे में नाक-नक्श से लेकर आदतों तक में जहाँ हम अपने-आपको पाते हैं, वही अंश हमें सबसे प्रिय लगने लगते हैं। रचना करने की क्षमता के साथ-साथ आत्म-दान का यह अंश अतिरिक्त उपलब्धि और सन्तोष की तरह हमारे सामने होता है। अपने प्रतिबिम्ब पर मुग्ध होना नार्सीसिस्ट-वृत्ति हो सकती है, लेकिन जब प्रतिबिम्ब स्वयं एक जीवन्त प्रक्रिया से गुज़र रहा हो, तो उसे आत्म-विस्तार और संवेदना का फैलाव ही कहना ज़्यादा सही है। अपने अत्यन्त व्यक्तिगत और एकान्त अनुभवों को कहानी के चरित्रों और स्थितियों के बीच रख देना या अपने से अलग कहानी की दुनिया से अपना 'व्यक्तिगत' निकाल लेना ही कला को एक सार्थकता देता है, सार्वजनीनता देता है। जिन रचनाओं में अपनी और दूसरों की बात इस तरह घुल-मिल गई है, वे इतनी अधिक सम्भावनाओं से भरी होती हैं कि प्रायः समय-समय पर उनकी नई व्याख्याएँ और नये पक्षों का उद्घाटन होता रहता है। व्यक्तिगत अनुभव निर्वैयक्तिक होकर ही सत्य का दर्जा पा सकता है।

विचार या आइडिया को कहानी के रूप में फैला देने वाली कला के विरोध में ही नई कहानी का जन्म हुआ था और उसकी जगह रेखांकित किया गया था अनुभूत सत्य। मैं या अधिकांश लेखक भी यह तो नहीं कह सकते कि आइडियावादी कहानियों से अपने-आपको सफलतापूर्वक मुक्त कर लिया है, लेकिन यह ज़रूर है कि मेरी अधिकांश कहानियों के मूल में कहीं-न-कहीं अनुभूति की वैयक्तिकता

ही रही है। अनेक बार ऐसा हुआ है कि दूसरों के अनुभव और ज़िन्दगी के कुछ हिस्सों ने अनायास ही मुझे कहानीकार के रूप में आकर्षित किया है और मैंने उन्हें ज्यों-का-त्यों कहानी के रूप में बाँध दिया, लेकिन बाद में पाया कि वह आकर्षण इतना अनायास नहीं था। उसके पीछे कहीं अनजाने और अचेतन में मेरा अपना ही अनुभव था जो एक भीतरी समानता पाकर उस ओर झुका था। 'शायद', 'सज़ा', 'अकेली' और 'तीसरा आदमी' जैसी अनेक कहानियाँ हैं जो तब मुझे दूसरों ने दी थीं, लेकिन आज समय गुज़र जाने पर जब मैं उन सबसे बिल्कुल तटस्थ हो गई हूँ, तो लगता है , वे क़तई दूसरों की कहानियाँ नहीं हैं। वे मेरी मानसिक अवस्था की कहानियाँ हैं जिनका अर्थ मैंने दूसरों के बहाने पाया था। और शायद यही कारण है कि वे आज अचानक ही मुझे प्रिय लगने लगीं।

आज भी याद आता है कलकत्ते का वह बंगाली परिवार, जो ठीक हमारे घर के सामने गराज पर बनी एक मियानी में रहता था। गृहस्वामी किसी जहाज़ पर मैकेनिक था और दो साल के बाद ही वह घर आ पाता था। उस परिवार ने इस स्थिति को एक प्रकार से स्वीकार कर भी लिया था। गृहस्वामी से अलग उन लोगों की अपनी ज़िन्दगी थी, अपने सुख-दुख थे, जिन्हें वे स्वयं जीते थे; लगता था, जैसे गृहस्वामी जहाज़ और घर की मशीनों में केवल तेल देने का माध्यम-भर था। इस स्थिति को मैंने कई बरसों तक देखा। वह घर छोड़ देने के बाद भी वह परिवार, सम्बन्धों की वह विडम्बना मुझे बराबर हाण्ट करती रहती। कई बार इस पर कहानी लिखी भी, पर कभी सन्तोष नहीं हुआ। शायद इसलिए कि कहानी का वह मूल बिन्दु नहीं मिल पा रहा था जो पूरी स्थिति को परिभाषित भी करता और मेरे किसी अनुभूत सत्य का हिस्सा भी होता। फिर लगा, अधिकांश मध्य वर्गीय परिवारों की स्थिति यही है कि हम अपने-अपने ढंग से गृहस्थी की मशीनों में बस तेल-भर देते रहते हैं और सम्बन्धों के नाज़ुक सूत्र मशीनी ज़िन्दगी में अनजाने ही कहीं कुचल जाते हैं। कुचलन की यह कचोट जब बहुत तीखी हुई थी, तभी इस कहानी ने एक सार्थक रूप ग्रहण किया था।

इसी तरह 'अकेली' की सोमा बुआ को बचपन में जाने कब से देखा था कि किस प्रकार घर से उपेक्षा पाकर वह अपने-आप को दूसरों के लिए महत्त्वपूर्ण बनाने के भ्रम में हास्यास्पद बनाती जा रही थी। उसके अकेलेपन और दयनीयता ने मुझे उस समय केवल मानवीय संवेदना के धरातल पर ही आकर्षित किया था। उस समय कहानी सोमा बुआ की व्यथा को वाणी देने के लिए ही लिखी

थी; पर बरसों बाद मुझे उसमें कहीं अपना अंश, अपनी व्यथा दीखने लगी, तो कहानी अचानक ही मुझे बहुत प्रिय हो उठी।

'सज़ा' कहानी की विडम्बना भी किसी और ही परिवार में घटित हुई थी, लेकिन बाद में एक नितान्त भिन्न धरातल पर वह मुझे अपनी व्यक्तिगत कहानी का ही रूपक लगने लगी। 'सज़ा' का नायक एक ऐसी विचित्र स्थिति में रहता है जहाँ वह बिना फैसला हुए ही सज़ा की यातना भोग रहा था और जब रिहाई का निर्णय हुआ था, तो वह इतना टूट चुका था कि इस खुशी को जी सकने की सामर्थ्य ही उसमें नहीं रह गई थी। प्रतीक्षा के समय को उसने जेल की चारदीवारी में नहीं, मन की चारदीवारी के पीछे घुटते हुए गुज़ारा था। कहानी लिख गई थी और मैं कहीं उस परिवार के सामने अपने को एक विचित्र-से अपराध-भाव से ग्रसित भी पाती थी—किसी की सारी ज़िन्दगी दाँव पर लगी हो, कोई अपने जीवन के भयंकर क्राइसिस से गुज़र रहा हो और कोई उस पर बैठकर कहानी लिखे। लेकिन एकाएक ही लगा कि यह उस अकेले आदमी की त्रासदी की ही कहानी नहीं है। क्या ऐसा नहीं होता कि कभी-कभी हम ज़िन्दगी के सारे सुख-स्वप्न-आकांक्षाएँ किसी एक स्थिति के साथ जोड़ बैठते हैं और उस स्थिति तक पहुँचने के लिए मोहग्रस्त की तरह सारे संकट, सारी यातनाएँ झेलते चलते हैं? पर उस स्थिति पर पहुँचकर एक दुःखद विस्मय के साथ पाते हैं कि गन्तव्य तक पहुँचने के प्रयत्न में ही सारे सुख-स्वप्न झर गए, सारा उत्साह और उल्लास समाप्त हो गया। उपलब्ध को भोगने की अक्षमता उपलब्धि को निहायत निरर्थक बना देती है। लक्ष्य-प्राप्ति का वह सुख तो ज़िन्दगी में कभी नहीं आता, बस यह यातना-यात्रा ही हमारी ज़िन्दगी की वास्तविकता बनकर रह जाती है।

संक्रान्ति-कालीन मूल्यों के बीच खण्डित व्यक्तित्व का साथ किस तरह आदमी-दर-आदमी को तोड़ता चला जाता है, इस अनुभूति से 'बन्द दराज़ों का साथ' में दो-चार होना पड़ा। इस प्रकार के व्यक्तित्व के लिए ज़िन्दगी को उसकी सम्पूर्णता में जीना न केवल असम्भव होता है, बल्कि अपने और सम्पर्क में आने वालों के लिए खण्ड-खण्ड में जीने का अनन्त सिलसिला पैदा करते जाना उसकी मजबूरी है।

मेरी कहानियों में सबसे अधिक शोर शायद 'यही सच है' कहानी का हुआ है। न जाने कितने संकलनों, और अनुवादों और आलोचनाओं में इसे शामिल किया जाता रहा है। हो सकता है, कहानी की कुछ स्थितियों में मैंने अपने-आपको एकात्म भी किया हो, लेकिन मुझे लगता है कि कहानी का केन्द्रीय बिन्दु मेरा

अपना अनुभूत सत्य नहीं है, इसीलिए उसे मैं अपनी श्रेष्ठ कहानियों में मानते हुए भी आत्मीय नहीं पाती।

इन कहानियों की बात करते हुए सहसा ही मुझे लगता है कि उस पुरानी बात में कहीं एक बहुत बड़ी सच्चाई है: यातना और करुणा हमें दृष्टि देती हैं। अपने सुख और उल्लास के क्षणों में हम अपने से बाहर होते हैं, औरों के साथ होते हैं; यातना के क्षणों में हम अपने भीतर जीते हैं और वे हमारे अपने होते हैं। हो सकता है, उल्लास और प्रसन्नता के क्षण मेरी ज़िन्दगी के सर्वश्रेष्ठ क्षण रहे हों लेकिन यातना के ये क्षण मेरे अपने हैं और सृजनधर्मा हैं। इन्हें विभिन्न कहानियों में अभिव्यक्ति न मिली होती तो निःसन्देह ज़िन्दगी का बहुत-कुछ टूट-बिखर गया होता। आज जब सब-कुछ बहुत पीछे छूट गया है तो लगता है, कि ये क्षण ही मेरे प्रिय क्षण हैं और उनसे उपजी कहानियाँ ही प्रिय कहानियाँ।

—मन्नू भण्डारी

क्रम

अकेली

सोमा बुआ बुढ़िया हैं।

सोमा बुआ परित्यक्ता हैं।

सोमा बुआ अकेली हैं।

सोमा बुआ का जवान बेटा क्या जाता रहा, उनकी अपनी जवानी चली गई। पति को पुत्र-वियोग का ऐसा सदमा लगा कि वे पत्नी, घर-बार तजकर तीरथ-वासी हुए और परिवार में कोई ऐसा सदस्य था नहीं जो उनके एकाकीपन को दूर करता। पिछले बीस वर्षों से उनके जीवन की इस एकरसता में किसी प्रकार का कोई व्यवधान उपस्थित नहीं हुआ, कोई परिवर्तन नहीं आया। यों हर साल एक महीने के लिए उनके पति उनके पास आकर रहते थे। पर कभी उन्होंने पति की प्रतीक्षा नहीं की, उनकी राह में आंखें नहीं बिछाई। जब तक पति रहते उनका मन और भी मुरझाया हुआ रहता, क्योंकि पति के स्नेहहीन व्यवहार का अंकुश उनके रोज़मर्रा के जीवन की अबाध गति से बहती स्वच्छंद धारा को कुंठित कर देता। उस समय उनका घूमना-फिरना, मिलना-जुलना बंद हो जाता और संन्यासी जी महाराज से यह भी नहीं होता कि दो मीठे बोल-बोलकर सोमा बुआ को एक ऐसा संबल ही पकड़ा दें, जिसका आसरा लेकर वह उनके वियोग के ग्यारह महीने काट दें। इस स्थिति में बुआ को अपनी ज़िन्दगी पास-पड़ोस वालों के भरोसे ही काटनी पड़ती थी। किसी के घर मुंडन हो, छठी हो, जनेऊ हो, शादी हो या ग़मी, बुआ पहुंच जातीं और फिर छाती फाड़कर काम करतीं, मानो वे दूसरों के घर में नहीं, अपने ही घर में काम कर रही हों।

आजकल सोमा बुआ के पति आए हुए हैं, और अभी-अभी कुछ कहासुनी होकर चुकी है। बुआ आंगन में बैठी धूप खा रही हैं, पास रखी कटोरी से तेल लेकर हाथ में मल रही हैं, और बड़बड़ा रही हैं। इस एक महीने में अन्य अवयवों के शिथिल हो जाने के कारण उनकी जीभ ही सबसे अधिक सजीव और सक्रिय

हो उठी है। तभी हाथ में एक फटी साड़ी और पापड़ लेकर ऊपर से राधा भाभी उतरीं।

''क्या हो गया बुआ, क्यों बड़बड़ा रही हो? फिर संन्यासी जी महाराज ने कुछ कह दिया क्या?''

''अरे, मैं कहीं चली जाऊं सो ही इन्हें नहीं सुहाता। कल चौक वाले किशोरीलाल के बेटे का मुंडन था, सारी बिरादरी का न्यौता था। मैं तो जानती थी कि ये पैसे का ही ग़रूर है कि मुंडन पर भी सारी बिरादरी को न्यौता है, पर काम उन नई-नवेली बहुओं से संभलेगा नहीं, सो जल्दी ही चली गई। हुआ भी वही...'' और सरककर बुआ ने राधा के हाथ से पापड़ लेकर सुखाने शुरू कर दिए। ''एक काम गत से नहीं हो रहा था। अब घर में कोई बड़ा-बूढ़ा हो तो बतावे, या कभी किया हो तो जानें। गीतवाली औरतें मुंडन पर बन्ना-बन्नी गा रही थीं, मेरा तो हंसते-हंसते पेट फूल गया।'' और उसकी याद से ही कुछ देर पहले का दुःख और आक्रोश धुल गया। अपने सहज स्वाभाविक रूप में वे कहने लगीं—''भट्टी पर देखा तो अजब तमाशा ...समोसे कच्चे ही उतार दिए और इतने बना दिए कि दो बार खिला दो, और गुलाबजामुन इतने कम कि एक पंगत में भी पूरे न पड़ें। उसी समय मैदा सानकर नए गुलाबजामुन बनाए। दोनों बहुएं और किशारीलाल तो बिचारे इतना जस मान रहे थे कि क्या बताऊं? कहने लगे—'अम्मा! तुम न होतीं तो आज भद्द उड़ जाती। अम्मा! तुमने लाज रख ली!' मैंने तो कह दिया कि अरे, अपने ही काम नहीं आवेंगे तो कोई बाहर से तो आवेगा नहीं। ये तो आजकल इनका रोटी-पानी का काम रहता है, नहीं तो मैं तो सवेरे से ही चली जाती!''

''तो संन्यासी महाराज क्यों बिगड़ पड़े? उन्हें तुम्हारा आना-जाना अच्छा नहीं लगता बुआ।''

''यों तो मैं कहीं आऊं-जाऊं सो ही इन्हें नहीं सुहाता, और फिर कल किशोरी के यहां से बुलावा नहीं आया। अरे, मैं तो कहूँ कि घरवालों का कैसा बुलावा? वे लोग तो मुझे अपनी मां से कम नहीं समझते, नहीं तो कौन भला यों भट्टी और भंडार-घर सौंप दे? पर उन्हें अब कौन समझावे। कहने लगे, तू ज़बर्दस्ती दूसरों के घर में टांग अड़ाती फिरती है।'' और एकाएक उन्हें उस क्रोध-भरी वाणी और कटुवचनों का स्मरण हो आया जिनकी बौछार कुछ देर पहले ही उन पर होकर गुज़र चुकी थी। याद आते ही फिर उनके आंसू बह चले।

‘‘अरे, रोती क्यों हो बुआ! कहना-सुनना तो चलता ही रहता है। संन्यासीजी महाराज एक महीने को तो आकर रहते हैं, सुन लिया करो, और क्या?’’

‘‘सुनने को तो सुनती ही हूँ, पर मन तो दुखता ही है कि एक महीने को आते हैं तो भी कभी मीठे बोल नहीं बोलते। मेरा आना-जाना इन्हें सुहाता नहीं, सो तू ही बता राधा, ये तो साल में ग्यारह महीने हरिद्वार रहते हैं। इन्हें तो नाते-रिश्तेवालों से कुछ लेना-देना नहीं, पर मुझे तो सबसे निभाना पड़ता है। मैं भी सबसे तोड़-ताड़कर बैठ जाऊं तो कैसे चले? मैं तो इनसे कहती हूँ कि जब पल्ला पकड़ा है तो अंत समय में भी साथ ही रखो, सो तो इनसे होता नहीं। सारा धरम-करम ये ही लूटेंगे, सारा जस ये ही बटोरेंगे और मैं अकेली पड़ी-पड़ी यहां इनके नाम को रोया करूं। उस पर से कहीं आऊं-जाऊं, वह भी इनसे बर्दाश्त नहीं होता...’’ और बुआ फूट-फूटकर रो पड़ीं। राधा ने आश्वासन देते हुए कहा—‘‘रोओ नहीं बुआ! अरे, वे तो इसलिए नाराज़ हुए कि बिना बुलाए तुम चली गई।’’

‘‘बेचारे इतने हंगामे में बुलाना भूल गए, तो मैं भी मान करके बैठ जाती? फिर घरवालों को कैसा बुलाना? मैं तो अपनेपन की बात जानती हूँ। कोई प्रेम नहीं रखे तो दस बुलावे पर नहीं जाऊं और प्रेम रखे तो बिना बुलाए भी सिर के बल जाऊं। मेरा अपना हरखू होता और उसके घर काम होता तो क्या मैं बुलावे के भरोसे बैठी रहती? मेरे लिए जैसा हरखू वैसा किशोरीलाल। आज हरखू नहीं है इसीसे दूसरे को देख-देखकर मन भरमाती रहती हूँ।’’ और वे हिचकियां लेने लगीं।

सूखे पापड़ों को बटोरते-बटोरते स्वर को भरसक कोमल बनाकर राधा ने कहा—‘‘तुम भी बुआ, बात को कहां-से-कहां ले गई? अब चुप भी होओ, पापड़ भूनकर लाती हूँ, खाकर बताना कैसा है?’’ और वह पापड़ लेकर ऊपर चढ़ गई।

कोई सप्ताह-भर बाद बुआ बड़े प्रसन्न मन से आई और संन्यासी जी से बोलीं—‘‘सुनते हो, देवर जी के ससुराल वालों की किसी लड़की का संबंध भागीरथजी के यहां हुआ है। वे सब लोग यहीं आकर ब्याह कर रहे हैं। देवर जी के बाद तो उन लोगों से कोई संबंध ही नहीं रहा, फिर भी हैं तो समधी ही। वे तो तुमको भी बुलाए बिना नहीं मानेंगे। समधी को आखिर कैसे छोड़ सकते हैं?’’ और बुआ पुलकित होकर हंस पड़ी। संन्यासी जी की मौन उपेक्षा से उनके मन को ठेस तो पहुंची, फिर भी वे प्रसन्न थीं। इधर-उधर जाकर वे विवाह की प्रगति की खबरें लातीं! आखिर एक दिन वे यह भी सुन आईं कि

उनके समधी यहाँ आ गए हैं। और ज़ोर-शोर से तैयारियां हो रही हैं। सारी बिरादरी को दावत दी जाएगी–ख़ूब रौनक होनेवाली है। दोनों ही पैसे वाले ठहरे।

''क्या जानें, हमारे घर तो बुलावा भी आएगा या नहीं? देवर जी को मरे पच्चीस साल हो गए, उसके बाद से तो कोई संबंध ही नहीं रहा। रखे भी कौन? यह काम तो मरदों का होता है, मैं तो मरदवाली होकर भी बेमरद की हूँ।'' और एक ठंडी सांस उनके दिल से निकल गई।

''अरे वाह बुआ! तुम्हारा नाम कैसे नहीं हो सकता! तुम तो समधिन ठहरीं। सम्बन्ध न रहे तो कोई रिश्ता थोड़े ही टूट जाता है!'' दाल पीसती हुई घर की बड़ी बहू बोली।

''है, बुआ, नाम है। मैं तो सारी लिस्ट देखकर आई हूँ।'' विधवा ननद बोली। बैठे-ही-बैठे दो क़दम आगे सरककर बुआ ने बड़े उत्साह से पूछा–'तू अपनी आंखों से देखकर आई है नाम? नाम तो होना ही चाहिए। पर मैंने सोचा कि क्या जाने, आजकल के फैशन में पुराने संबंधियों को बुलाना हो, न हो।'' और बुआ बिना दो पल भी रुके वहां से चल पड़ीं। अपने घर जाकर सीधे राधा भाभी के कमरे में चढ़ीं–''क्यों री राधा, तू तो जानती है कि नई फैशन में लड़की की शादी में क्या दिया जावे है? समधियों का मामला ठहरा, सो भी पैसे वाले। खाली हाथ जाऊंगी तो अच्छा नहीं लगेगा। मैं तो पुराने ज़माने की ठहरी, तू ही बता दे क्या दूं? अब कुछ बनाने का समय तो रहा नहीं, दो दिन बाकी हैं, सो कुछ बना-बनाया ही खरीद लाना।''

''क्या देना चाहती हो अम्मा? ज़ेवर, कपड़ा, शृंगारदान या कोई और चांदी की चीज़ें?''

''मैं तो कुछ भी नहीं समझूं री। जो कुछ पास है, तुझे लाकर दे देती हूँ, जो तू ठीक समझे ले आना। बस, भद्द नहीं उड़नी चाहिए! अच्छा देखूं पहले कि रुपए कितने हैं?'' और वे डगमगाते कदमों से नीचे आईं। दो-तीन कपड़ों की गठरियां हटाकर एक छोटा-सा बक्स निकाला। उसका ताला खोला। इधर-उधर करके एक छोटी-सी डिबिया निकाली। बड़े जतन से उसे खोला–उसमें सात रुपए की कुछ रेज़गारी पड़ी थी और एक अंगूठी। बुआ का अनुमान था कि रुपए कुछ ज्यादा होंगे, पर जब सात ही रुपए निकले तो सोच में पड़ गई। रईस समधियों के घर में इतने से रुपयों से बिंदी भी नहीं लगेगी। उनकी नज़र अंगूठी पर गई। यह उनके मृत-पुत्र की एकमात्र निशानी उनके पास रह गई थी। बड़े-बड़े आर्थिक संकटों के समय भी वे उस अंगूठी का मोह नहीं छोड़ सकी थीं। आज भी एक

बार उसे उठाते समय उनका दिल धड़क गया, फिर भी उन्होंने पांच रुपए और वह अंगूठी आंचल से बांध ली। बक्स को बंद किया और फिर ऊपर को चलीं, पर इस बार उनके मन का उत्साह कुछ ठंडा पड़ गया था और पैरों की गति शिथिल। राधा के पास जाकर बोलीं, ''रुपए तो नहीं निकले बहू। आएं भी कहां से, मेरे कौन कमानेवाला बैठा है? उस कोठरी का किराया आता है, उसमें तो दो समय की रोटी निकल जाती है जैसे-तैसे!'' और वे रो पड़ीं। राधा ने कहा—''क्या करूं बुआ, आजकल मेरा भी हाथ तंग है, नहीं तो मैं ही दे देती। अरे, पर तुम देने के चक्कर में पड़ती ही क्यों हो? आजकल तो लेने-देने का रिवाज ही उठ गया है।''

''नहीं रे राधा, समधियों का मामला ठहरा! पच्चीस बरस हो गए तो भी वे नहीं भूले, और मैं खाली हाथ जाऊं? नहीं-नहीं, इससे तो न जाऊं सो ही अच्छा!''

''तो जाओ ही मत। चलो, छुट्टी हुई, इतने लोगों में किसे पता लगेगा कि आई या नहीं।'' राधा ने सारी समस्या का सीधा-सा हल बताते हुए कहा।

''बड़ा बुरा मानेंगे। सारे शहर के लोग जावेंगे और मैं समधिन होकर नहीं जाऊंगी तो यही समझेंगे कि देवरजी मरे तो संबंध भी तोड़ लिया। नहीं-नहीं, तू यह अंगूठी बेच ही दे।'' और उन्होंने आंचल की गांठ खोलकर एक पुराने ज़माने की अंगूठी राधा के हाथ पर रख दी। फिर बड़ी मिन्नत के स्वर में बोलीं, ''तू तो बाज़ार जाती है राधा, इसे बेच देना और जो कुछ ठीक समझे, ख़रीद लेना। बस, शोभा रह जावे इतना ख़याल रखना।''

गली में बुआ ने चूड़ीवाले की आवाज़ सुनी तो एकाएक ही उनकी नज़र अपने हाथ की भद्दी मटमैली चूड़ियों पर जाकर टिक गई। कल समधियों के यहां जाना है, ज़ेवर नहीं है तो कम-से-कम कांच की चूड़ी तो अच्छी पहन लें। पर एक अव्यक्त लाज ने उनके कदमों को रोक दिया, कोई देख लेगा तो। लेकिन दूसरे ही क्षण अपनी इस कमज़ोरी पर विजय पातीं-सी वे पीछे के दरवाज़ पर पहुंच गईं और एक रुपया कलदार खर्च करके लाल-हरी चूड़ियों के बंद पहन लिए। पर सारे दिन हाथों को साड़ी के आंचल से ढके-ढके फिरीं।

शाम को राधा भाभी ने बुआ को चांदी की एक सिंदूर-दानी, एक-साड़ी और एक ब्लाउज का कपड़ा लाकर दे दिया। सब-कुछ देख पाकर बुआ बड़ी प्रसन्न हुईं, और यह सोच-सोचकर कि जब वे ये सब दे देंगी तो उनकी समधिन पुरानी बातों की दुहाई दे-देकर उनकी मिलनसारिता की कितनी प्रशंसा करेगी, उनका मन पुलकित होने लगा। अंगूठी बेचने का ग़म भी जाता रहा। पास वाले

बनिए के यहां से एक आने का पीला रंग लाकर रात में उन्होंने साड़ी रंगी। शादी में सफ़ेद साड़ी पहनकर जाना क्या अच्छा लगेगा? रात में सोयीं तो मन कल की ओर दौड़ रहा था।

दूसरे दिन नौ बजते-बजते खाने का काम समाप्त कर डाला। अपनी रंगी हुई साड़ी देखी तो कुछ जंची नहीं। फिर ऊपर राधा के पास पहुंची—‘‘क्यों राधा, तू तो रंगी साड़ी पहनती है तो बड़ी आब रहती है, चमक रहती है, इसमें तो चमक आई नहीं?’’

‘‘तुमने कलफ़ जो नहीं लगाया अम्मा, थोड़ा-सा मांड़ दे देतीं तो अच्छा रहता। अभी दे लो, ठीक हो जाएगी। बुलावा कब का है?’’

‘‘अरे नए फैशनवालों की मत पूछो, ऐन मौकों पर बुलावा आता है। पांच बजे का मुहूरत है, दिन में कभी भी आ जावेगा।’’

राधा भाभी मन-ही-मन मुस्करा उठीं।

बुआ ने साड़ी में मांड़ लगाकर सुखा दिया। फिर एक नई थाली निकाली, अपनी जवानी के दिनों में बुना हुआ क्रोशिए का एक छोटा-सा मेज़पोश निकाला। थाली में साड़ी, सिंदूरदानी, एक नारियल और थोड़े-से बताशे सजाए, फिर जाकर राधा को दिखाया। संन्यासी महाराज सवेरे से इस आयोजन को देख रहे थे और उन्होंने कल से लेकर आज तक कोई पच्चीस बार चेतावनी दे दी थी कि यदि कोई बुलाने न आए तो चली मत जाना, नहीं तो ठीक नहीं होगा। हर बार बुआ ने बड़े ही विश्वास के साथ कहा—‘‘मुझे क्या बावली ही समझ रखा है जो बिना बुलाए चली जाऊंगी? अरे, वह पड़ोसवालों की नंदा अपनी आंखों से बुलावे की लिस्ट में नाम देखकर आई है, और बुलावेंगे क्यों नहीं? शहरवालों को बुलावेंगे और समधियों को नहीं बुलावेंगे क्या?’’

तीन बजे के क़रीब बुआ को अनमने भाव से छत पर इधर-उधर घूमते देख राधा भाभी ने आवाज़ लगाई—‘‘गई नहीं बुआ?’’

एकाएक चौंकते हुए बुआ ने पूछा—‘‘कितने बज गए राधा?—क्या कहा, तीन? सरदी में तो दिन का पता ही नहीं लगता है। बजे तीन ही हैं और धूप सारी छत पर से ऐसे सिमट गई, मानो शाम हो गई हो।’’ फिर एकाएक जैसे खयाल आया कि यह तो भाभी के प्रश्न का उत्तर नहीं हुआ तो ज़रा ठंडे स्वर में बोली—‘‘मुहूरत तो पांच बजे का है, जाऊंगी तो चार तक जाऊंगी, अभी तो तीन ही बजे हैं।’’ बड़ी सावधानी से उन्होंने स्वर में लापरवाही का पुट दिया। बुआ छत पर से गली में नज़र फैलाए खड़ी थीं, उनके पीछे ही रस्सी पर धोती

फैली हुई थी, जिसमें कलफ़ लगा था और अभ्रक छिड़का हुआ था। अभ्रक के बिखरे हुए कण रह-रहकर धूप में चमक जाते थे, ठीक वैसे ही जैसे किसी को भी गली में घुसता देख बुआ का चेहरा चमक उठता था।

सात बजे के धुंधलके में राधा ने ऊपर से देखा; तो छत की दीवार से सटी, गली की ओर मुंह किए एक छाया-मूर्ति दिखाई दी। उसका मन भर आया। बिना कुछ पूछे इतना ही कहा, ''बुआ! सर्दी में खड़ी-खड़ी यहां क्या कर रही हो? आज खाना नहीं बनेगा क्या, सात तो बज गए?''

जैसे एकाएक नींद में से जागते हुए बुआ ने पूछा—''क्या कहा, सात बज गए?'' फिर जैसे अपने से ही बोलते हुए पूछा, ''पर सात कैसे बज सकते हैं, मुहूरत तो पांच बजे का था?'' और फिर एकाएक ही सारी स्थिति को समझते हुए, स्वर को भरसक संयत बनाकर बोलीं—''अरे खाने का क्या है, अभी बना लूंगी। दो जनों का तो खाना है, क्या खाना और क्या पकाना।''

फिर उन्होंने सूखी साड़ी को उतारा। नीचे जाकर अच्छी तरह उसकी तह की, धीरे-धीरे हाथों से चूड़ियां खोलीं, थाली में सजाया हुआ सारा सामान उठाया और सारी चीज़ें बड़े जतन से अपने एकमात्र संदूक में रख दीं।

और फिर बड़े ही बुझे हुए दिल से अंगीठी जलाने लगीं।

मजबूरी

''बेटू को खिलावे जो एक घड़ी,
उसे पिन्हाऊँ मैं सोने की घड़ी।
बेटू को खिलावे जो एक पहर,
उसे दिलाऊँ मैं सोने की मोहर।''

बूढ़ी अम्मा ज़ोर-ज़ोर से यह लोरी गा रही थीं, और लाल मिट्टी से कमरा लीप रही थीं। उनके घोंसले जैसे बालों में से एक मोटी-सी लट निकलकर उनके चेहरे पर लटक आई थी, और उनके हिलते सिर के साथ हिल-हिलकर मानो लोरी पर ताल ठोंक रही थी। बरतन मलने के लिए आई हुई नर्बदा ने जो यह देखा तो हैरत में आ गई, बोली, ''अम्मा, यह क्या हो रहा है? कल तो गठिया में जुड़ी पड़ी थीं, दरद के मारे तन-बदन की सुध नहीं थी, और आज ऐसी सरदी में आँगन लीपने बैठ गई।''

एक क्षण को अम्मा का हाथ रुका, फिर पुलकित स्वर में वे बोलीं, ''अरी नर्बदा, मेरा बेटू आ रहा है कल!'' और फिर गाने के लहजे में बोली, ''बेटा मेरा आवेगा...''

''ओहो, तो रामेसुर लल्ला आ रहे हैं कल!'' नर्बदा बोली।

''मैं कह नहीं रही थी कि छुट्टी मिली नहीं कि वह दौड़ा आएगा। अम्मा के मारे तो उसके प्राण सूखते हैं। इतना बड़ा हो गया, फिर भी यहाँ आएगा तो रात में एक बार मेरी गोदी में ज़रूर सोएगा। पर इस बार मैं कह दूँगी कि चल, मैं तुझे गोदी में नहीं लूँगी, अब तू गोदी में सोएगा कि बेटू?'' और वे हँस पड़ीं, जैसे कोई भारी मज़ाक कर दिया हो। फिर एकाएक काम का ख़याल आ जाने से बोलीं, ''ले री, मैंने खड़िया भिगो रखी है, ज़रा बाहर के आँगन को मांड़ दे। बस ऐसा मांडना कि सब देखते ही रह जाएँ। क्या करूँ, आजकल हाथ काँपने लगा है, नहीं तो मैं मांड लेती!''

नर्बदा को खड़िया के काम में लगाकर वे फिर गाने लगीं :

''आओ री चिड़िया चून करो

बेटू ऊपर राइ-नून करो

नून करो-नून करो...

''ले, मैं तो भूल ही गई—क्या है इसके आगे? रामेसुर छोटा था तो ढेरों याद थीं, उसके बाद तो छोटा बच्चा ही घर में नहीं रहा सो सब भूल गई। मेरा रामेसुर तो बिना लोरी सुने कभी सोता ही नहीं था, बेटू भी ज़रूर उसी पर पड़ा होगा। अब तो दौड़ते-फिरता होगा आँगन में।'' और उनकी धुँधली आँखों के आगे जैसे दौड़ते-फिरते बेटू के चित्र बनने-बिगड़ने लगे। उसकी कल्पना में खोई-खोई वे बोलती गईं, ''पहले बहू लेकर आई थी तब तो दो महीने का था, बस पालने में पड़ा-पड़ा हाथ-पैर मारता था और मैं जाकर खड़ी हो जाती थी तो टुकुर-टुकुर मुझे ही निहारा करता था। सूरत भी एकदम रामेसुर पर ही पड़ी है उसकी। अब तो खुद देख लेना, सारा घर नापता फिरेगा।'' और वे हँस पड़ीं। इन सब कल्पनाओं से ही उनका शरीर रोमांचित हो उठा।

अम्मा का काम समाप्त हुआ तो मिट्टी में सनी दोनों हथेलियों को ज़मीन पर पूरे ज़ोर से टिकाते हुए उन्होंने उठने का प्रयत्न किया, पर एक सर्द आह-सी उनके मुँह से निकलकर रह गई। वे उठ नहीं पाईं तो बड़े ही कातर स्वर में बोलीं, ''अरे, नर्बदा मुझे ज़रा उठा दे री, घुटने तो जैसे फिर जुड़ गए।''

''जुड़ेंगे तो सही। ऐसी सर्दी में कब से मिट्टी में सनी बैठी हो? बेटे-बहू आ रहे हैं तो ऐसी क्या नवाई हो रही है? सभी के घर आते हैं।'' और नर्बदा ने अम्मा को सहारा देकर उठाया, उसके हाथ धुलाए और खटिया पर लिटा दिया।

''तू भी कैसी बात करती है नर्बदा? तीन बरस बाद मेरा बेटा आ रहा है और मैं आँगन भी न लीपूं?''

''तीन बरस बाद आ रहा है तो मैं तो यही कहूँगी कि उनमें मोहमाया नहीं है। तुम यों ही मरी जाती हो उनके पीछे।''

''देख नर्बदा, मेरे रामेसुर के लिए कुछ मत कहना। यह तो मैं जानती हूँ कि तीन-तीन बरस मुझसे दूर रहकर उसके दिन कैसे बीतते हैं, पर क्या करे, नौकरी तो आख़िर नौकरी ही है। मेरे पास आज लाखों का धन होता तो बेटे को यों नौकरी करने परदेश नहीं दुरा देती पर—'' और उनके कुछ क्षण पहले पुलकते चेहरे पर मायूसी छा गई। आँखें अनायास ही डबडबा आईं।

नर्बदा यहाँ बरसों से काम करती है, अम्मा के लिए उसके मन में अपार

श्रद्धा है, पर बेटे के प्रसंग को लेकर वह जब-तब उनका दिल दुखा दिया करती है। कुछ और खरी-खोटी सुनाने का उसका मन हो रहा था, पर आज वह मानो अम्मा पर तरस खाकर चुप रह गई। जब तक वह काम करती रही, अम्मा शून्य में ताकती जाने क्या सोचती रहीं, बोलीं एक शब्द भी नहीं। जब वह जाने लगी तो न चाह कर भी उन्हें कहना पड़ा, ''तू जाते समय ग्वाले को कहती जाना कि कल दूध जल्दी दे जाए, और अब दूध ज़्यादा लगेगा। बच्चे वाले घर में तो दूध पूरा ही रहना चाहिए। और जब तक वे लोग यहाँ रहें, तब तक तू चौका-बर्तन करके यहीं रहा करना। घर में पाँच प्राणी रहते हैं तो काम तो निकल ही आता है, फिर बच्चे का साथ रहेगा। लेन-देन की चिन्ता मत करना, मैं रामेसुर को एक कहूँगी, तो वह पाँच देगा।''

कुछ तो गठिया के दर्द ने और कुछ नर्बदा की बातों ने अम्मा का उत्साह तोड़ दिया। बहुत-से काम उन्होंने सोच रखे थे, पर वे कुछ न कर सकीं। बस अपनी खाट पर पड़े-पड़े भूली-बिसरी लोरियाँ याद करके गुनगुनाती रहीं। धीरे-धीरे रात के अंधकार में उनके मन की मायूसी भी डूब गई और वे भोर होने के पहले ही उठ बैठीं। घुटने का दर्द मन के उत्साह में खो गया, और बेटे-पोते से मिलने की उमंग में मौसम की ठण्डक भी जैसे जाती रही। सात बजते-बजते तो वे सब घर ही पहुँच जाएँगे। साथ छोटा बच्चा है, दूध तो गरम करके रख ही दूँ। फिर उन दोनों को भी तो चाय की आदत होगी, ऐसी सर्दी में चाय तैयार नहीं मिलेगी तो अम्मा को क्या कहेंगे भला?'' दूसरा चूल्हा भी जला दूँ, नहाने को गरम पानी भी तो चाहिए।

उस कड़कड़ाती सर्दी में ठिठुरते-ठिठुरते अम्मा ने बेटे-बहू को गरम करने के सारे आयोजन कर डाले। फिर सोचा—लगे हाथ तरकारी भी काट दूँ, नहीं तो वे इधर आएँगे और उधर मैं चूल्हे में सिर देकर बैठ जाऊँगी। तीन बरसों में मेरा बेटा आ रहा है, घड़ी-दो-घड़ी उससे बात भी करूँगी? इनका क्या, ये तो अपनी राज़ी-खुशी पूछकर औषधालय चल देंगे। तरकारी भी कट गई—अब क्या करे? अम्मा अपने को इतना व्यस्त कर देना चाहती थीं, जिससे प्रतीक्षा के बोझिल क्षण महसूस न हों, पर समय जैसे बीत ही नहीं रहा था! तभी दूर कहीं घोड़ों के घुंघरूओं की आवाज़ आई और तांगा अम्मा के घर के सामने रुका। अम्मा पागलों की तरह दरवाजे की ओर दौड़ पड़ीं। रामेश्वर की गोद से उन्होंने झपटकर बच्चे को ऐसे छीना, मानो किसी चोर-उचक्के के हाथ से अपने बच्चे को छीन रही हों, और कसकर उसे सीने से चिपका लिया। चरण छूते रामेश्वर

की पीठ पर हाथ फेरते हुए दूसरे हाथ के घेरे में उसे लपेट लिया। बच्चा एकाएक इतना प्यार और शारीरिक कष्ट पाकर रो उठा और माँ के पास जाने के लिए मचलने लगा। वे उसके आँसू पोंछने लगीं, और उनकी अपनी आँखों से भी आँसू की धारा बहने लगी। पुचकारने पर भी जब बच्चा चुप नहीं हुआ तो बहू की ओर बढ़ाते हुए उन्होंने कहा, ''अभी मुझे पहचानता नहीं। एक बार मुझे पहचानने लगेगा तो छोड़ेगा नहीं।'' उपेक्षित-सी एक ओर खड़ी बहू ने बच्चे को ले लिया।

चाय-पानी हो गया, और रामेश्वर नहाने चला गया तो अम्मा ने बहू को अकेले पाकर कहा, ''ख़बर तो दी होती बहू, कि तुम्हारे महीने चढ़े हैं, कितने महीने हैं?''

झेंपते हुए बहू ने उत्तर दिया, ''यह भी कोई लिखने की बात थी अम्मा!'' फिर ज़रा रुकते-रुकते कहा, मानो कहने का साहस बटोर रही हो, ''अम्मा, इस बार बेटू को आप ही रखेंगी। जैसे भी हो, मैं यहाँ हूँ तब तक इसे अपने से हिला लीजिए। मैं तो इसके मारे ही परेशान थी, दो-दो को तो.....''

अम्मा आँखें फाड़-फाड़कर ऐसे देख रही थीं मानो जो कुछ सुन रही हैं उस पर विश्वास करें या नहीं। फिर एकाएक बोल पड़ी, ''तुम कह क्या रही हो बहू, बेटू को मेरे पास छोड़ जाएगी, मेरे पास! सच? हे भगवान, तुम्हारी सब बात पूरी हों, तुम बड़भागी होओ। मेरे इस सूने घर में एक बच्चा रहेगा तो मेरा जन्म सफल हो जाएगा।'' फिर वे एकाएक रो पड़ीं, ''तुम क्या जानो बहू! अपने कलेजे के टुकड़े को निकालकर बम्बई भेज दिया। रामेसुर के बिना यह घर तो मसान-जैसा लगता है। ये ठहरे सन्त आदमी, दीन-दुनिया से कोई मतलब नहीं। मैं अकेली ये पहाड़ जैसे दिन कैसे काटती हूँ सो मैं जानती हूँ। भगवान तुम्हें दूसरा भी बेटा दें, तुम उसे पाल लेना! मैं समझूँगी, तुमने मेरा रामेसुर लेकर मुझे अपना रामेसुर दे दिया! पर देखो, अपनी बात से मुड़ना नहीं...मैं....मैं'' तभी रामेश्वर ने ठिठुरते हुए रसोई में प्रवेश किया, ''अम्मा, एक अंगीठी ज़रा इधर रख दो। बम्बई में रहकर तो सरदी सहने की आदत नहीं रही। यहाँ तो नहाते ही जैसे जम गया।''

अम्मा ने अंगीठी रामेश्वर के पास सरका दी। तभी रामेश्वर का ध्यान अम्मा के कपड़ों की ओर गया, ''यह क्या अम्मा, तुम कुछ भी गरम कपड़ा नहीं पहने हो! सरदी खा गई तो बीमार पड़ जाओगी। फिर तुम्हें गठिया की भी तकलीफ़ है, ऐसे कैसे चलेगा? न हो तो बनवा लो कपड़े, मैं रुपये दे दूँगा''

पर यह सब अनसुना करके अम्मा बोलीं, ''देख, आज बहू ने कह दिया है कि बेटू अब मेरे पास रहेगा, और अब जो बच्चा होगा वह तुम्हारे पास। तू कहीं टाल मत जाना, बात पक्की हो गई। आज से बेटू मेरा हुआ!''

''अरे, हम सभी तो तुम्हारे हैं अम्मा, बोलो नहीं हैं?'' परिहास के स्वर में रामेश्वर बोला।

''हो क्यों नहीं। मेरे नहीं तो और किसके हो! पर बेटू आज से मेरे पास रहेगा।'' अम्मा ने कहा।

तभी वैद्यराज जी कुछ ख़ाली शीशियाँ लेकर आए तो अम्मा बोलीं, ''सुनते हो जी, इस बार बेटू यहीं रहेगा। बेचारी बहू खुद अभी बच्ची है, दो-दो को कैसे सम्भालेगी? और फिर पहले बच्चे पर तो यों भी दादी का हक़ होता है।'' उनके हाथों की गति बढ़ गई थी और वे अब उठने-बैठने में ज़रा भी तकलीफ़ महसूस नहीं कर रही थीं।

दोपहर को नर्बदा से भी कहा, ''बहू के तो फिर बच्चा होने वाला है, बेचारी दो-दो को कैसे सम्भालेगी, सो मुझसे कहने लगी—अम्मा, बेटू को तो तुम्हें ही रखना पड़ेगा। उसे कहने में बड़ा संकोच हो रहा था कि मुझे बुढ़ापे में तकलीफ़ होगी, पर तू ही बता, घर के बच्चे को रखने में कैसी तकलीफ़ भला! ऐसे समय में घर के ही लोग काम न आएँगे, तो कौन आएँगे भला!''

इसके बाद घर में जो कोई भी आया, उसे यही ख़बर सुनाई गई। अम्मा इस बात का इतना प्रचार कर देना चाहती थीं कि यदि फिर किसी कारण से बहू का मन फिर भी जाए तो शरम के मारे ही वह अपना इरादा न बदल पाए। अम्मा का सारा दिन बेटू को खिलाने में और उसकी नोन-राई करने में ही बीतता। जाने कैसी-कैसी औरतें घर में आती हैं, तन्दुरुस्त-सुन्दर बच्चे को कड़ी नज़र से देख जाएँ तो लेने के देने पड़ जाएँ। बेटू को लेकर उनके शिथिल और नीरस जीवन में नया उत्साह आ गया था। घुटनों के दर्द के मारे कहाँ तो वे अपने शरीर का बोझ ही नहीं ढो पाती थीं, और कहाँ अब वे बेटू को लादे फिरती हैं। शाम को उसके साथ आँख-मिचौनी खेलती। बेटू का घोड़ा बनकर आँगन में दौड़तीं-फिरतीं। बेटू के साथ-साथ उनका भी जैसे बचपन लौट आया था। देखने वाले अम्मा के पागलपन पर हँसते, पर उसकी उन्हें ज़रा भी चिन्ता नहीं थी। रामेश्वर ने टोका, ''अम्मा, क्यों उसे लादे फिरती हो, यों ही तुम्हारे घुटनों में दर्द रहता है।'' तो बिगड़ पड़ीं, ''कैसी बातें करता है रामसुर, इसमें भी कोई वज़न है जो उठाना भारी पड़े। फूल-जैसा तो हल्का है, ख़ाली-ख़ाली दोनों बेला

मिलते टोक दिया। माँ-बाप की नज़र ही सबसे ज्यादा लगती है बच्चों को, तभी तो बेटू एक दिन भी ठीक नहीं रहता है।"

निश्चित समय पर दूध पिलाना, शीशी में दूध भरना, बाद में उसकी सफ़ाई करना आदि सब काम अम्मा के लिए बिल्कुल नए थे। उन्होंने तो रामेश्वर को अपने ढंग से पाला था। जब बच्चा रोया झट दूध पिला दिया। दूध के लिए भी समय देखना पड़ता है, यह बात उनके लिए एकदम नई थी। दो साल तक तो उन्होंने रामेश्वर को अपना दूध पिलाया था, उसके बाद गिलास से पिलाती थीं। यह शीशी का नख़रा उस ज़माने में था ही नहीं, और होगा भी तो शहरों में। पर रमा से बड़ी लगन और तत्परता से एक जिज्ञासु विद्यार्थी की तरह उन्होंने यह सब भी सीखा। पति से ज़िद करके औषधालय की दीवार-घड़ी, जो पिछले बीस वर्षों से वहीं लगी थी, उतरवाकर घर में लगवाई, और घड़ी देखना सीखा। उनके एकाकी जीवन में समय का कोई महत्त्व ही नहीं था। न पति को दफ़्तर जाना रहता था, न बच्चों को स्कूल, जो समय पर कोई काम करना पड़े। पर अब एकाएक ही उन्हें घड़ी की आवश्यकता महसूस होने लगी थी। यों उनकी याददाश्त बड़ी कमज़ोर थी, पर दूध के समय उन्होंने जो याद किए तो कभी नहीं भूलीं। शुरू-शुरू में यह सब उन्हें बड़ा अटपटा-सा लगा, पर फिर भी वे सारा काम बड़ी सर्तकता से करतीं। शीशी में दूध भरते समय उनका बूढ़ा हाथ अक्सर काँप जाया करता था, और दूध बाहर को गिर जाता था। उस समय वे एक असफल विद्यार्थी की तरह सफ़ाई पेश करती थीं, "बहुत जल्दी सीख लूँगी बहू। ज़रा-सा हाथ काँप गया था, फिर शीशी का मुँह भी तो कितना छोटा है।" उनका कहने का भाव ऐसा होता मानो वे कह रही हों कि इस छोटी-सी गलती के कारण ही कहीं तुम बेटू को ले मत जाना!

बीस दिन के बाद जब बहू ने अपनी माँ के घर प्रयाण किया तो बेटू ने न ज़िद की, न वह रोया ही। माँ के कड़े नियन्त्रण के बाद दादी के असीम दुलार में रहना, जहाँ कोई बन्धन नहीं, अंकुश नहीं, बेटू को बड़ा अच्छा लगा। बहू चली गई, अम्मा ने निश्चिन्तता की एक साँस ली। महीना बीतते-न-बीतते खबर आई कि बहू के दूसरा लड़का हुआ है। अम्मा की छाती पर से जैसे एक भारी बोझ हट गया। संशय का एक काँटा जो रमा के जाने के बाद भी उनके मन में चुभा करता था, वह भी निकल गया। बेटू अब मेरा है, पूरी तरह मेरा है, यह भावना उसी दिन पूरी तरह उनके मन में जम पाई।

जाने से पहले रामेश्वर ने अम्मा और पिताजी के लिए ढेर-सारे कपड़े बनवाए थे। अम्मा सारे मोहल्ले की औरतों को दिखाती फिरतीं। जो कोई आता उसी से कहतीं, ''अम्मा के पीछे तो बस रामेसुर पागल है, न आगे की सोचता है, न पीछे की। उसका बस चले तो मुझ पर ही सारा घर लुटा दे। लाख मना करती रही, पर एक बात नहीं मानी। अब बुढ़ापे में ये छपी साड़ियाँ पहनकर कहाँ जाऊँगी, पर वह क्यों सुनने लगा?'' उनकी झुर्रियों-भरे चेहरे पर चमक आ जाती, और वे आँखें मूँदकर अपने बेटे की चिरायु होने की कामना करतीं। जब रामेश्वर के जाने का समय आया तो उन्होंने रो-रोकर घर भर दिया। हिचकियाँ लेते हुए बोलीं, ''देख रामेसुर, यह तीन-तीन बरस तक घर का मुँह न देखने वाली बात अब नहीं चलेगी। साल में एक बार तो आ ही जाया कर मेरे लाल! नौकरी की जगह नौकरी है, और माँ-बाप की जगह माँ-बाप! मेरी तबीयत भी ठीक नहीं रहती, किसी दिन भी आँख मुँदी रह जाएँगी, तो मैं तेरी सूरत को भी तरस जाऊँगी। सो कम-से-कम अपनी इस बुढ़िया माँ को.....''पर आगे वे कुछ नहीं कह सकीं, बस फूट-फूट कर रोने लगीं। आँसू-भरी आँखों से वे रामेश्वर के तांगे को तब तक देखती रहीं, जब तक वह आँखों से ओझल नहीं हो गया। उसके बाद उन्होंने कसकर बेटू को अपनी छाती से चिपका लिया।

दूसरे साल रामेश्वर नहीं आया, केवल रमा आई, शायद बेटू को देखने। पर बेटू को जो देखा तो उसका माथा ठनक गया। जिस बेटू को वह छोड़ गई थी, और जिसे अब वह देख रही है, दोनों में कोई सामंजस्य ही नहीं था। बात-बात में उसकी ज़िद देखकर रमा का खून खौल जाता। खाना वह दादी अम्मा के हाथ से खाता, और सारे दिन चरता रहता था। रात में सोता तो दादी अम्मा के दोनों अँगूठे पकड़कर सोता, और जब तक दादी अम्मा उसे लोरी नहीं सुनातीं तब तक उसे नींद नहीं आती थी। सारे दिन दादी अम्मा की धोती का पल्ला पकड़कर उनके पीछे-पीछे घूमा करता, और शाम को गली-मुहल्ले के गन्दे-गन्दे बच्चों के बीच खेलता। उसे देखकर कौन कहेगा कि यह एक पढ़ी-लिखी सभ्य लड़की का बच्चा है। घर के सामने से जो कोई भी फेरीवाला निकल जाता, उसी से बेटू कुछ-न-कुछ ज़रूर खरीदता, न दिलवाने से ज़मीन-आसमान एक कर देता, और मचल-मचलकर सारे आँगन में लोटता।

आख़िर रमा को ज़बान खोलनी ही पड़ी, ''अम्मा, आपने तो इसे बिगाड़कर धूल कर रखा है, इस तरह कैसे चलेगा?''

दादी माँ ने हँसते हुए बड़े सहज भाव से कहा, ''अरे, बचपन में कौन ज़िद

नहीं करता बहू! रामसुर भी ऐसे ही करता था, यह तो सच हूबहू उसी पर पड़ा है। समय आने पर सब अपने-आप छूट जाएगा। यही तो उमर होती है ज़िद करने की, साल-दो-साल और कर ले फिर अपने-आप सब-कुछ छूट जाएगा।'' और वे मुग्ध भाव से गोद में बैठे बेटू के बालों में अँगुलियाँ चलाने लगीं। रमा ख़ून का घूँट पीकर रह गई। रमा की इच्छा हुई बेटू को अपने साथ लेती जाए, पर एक साल का पप्पू ही उसे इतना परेशान करता था कि दोनों को साथ रखने का साहस नहीं हुआ। बम्बई जाते ही उसने अम्मा के पास ज़रा खरी-खरी भाषा में पत्र पहुँचाने आरम्भ कर दिए। जैसे ही वह चार साल का हुआ, रमा ने लिख दिया कि अम्मा अब उसे वहाँ के नर्सरी स्कूल में भर्ती करवा दें, कम-से-कम कुछ तमीज़ तो सीखेगा! चिट्ठियाँ पढ़ती तो अम्माँ को लगता बहू का दिमाग़ बौरा गया है। भला चार साल का दूध पीता बच्चा कहीं स्कूल जा सकता है! रमा के पत्र आते रहे और अम्मा का ढर्रा अपने ढंग से बराबर चलता रहा।

दो साल बाद फिर रमा और रामेश्वर अपने तीन साल के पप्पू को लेकर आए। पप्पू ने अंग्रेज़ी की छोटी-छोटी कविताएँ याद कर रखी थीं और बड़े अदब के साथ बोलता था। अभी दो महीने पहले ही रमा ने उसे वहाँ के अंग्रेज़ी स्कूल में भर्ती करवाया था। पर बेटू वैसा ही था जैसा रमा उसे छोड़ गई थी। उम्र में वह ज़रूर बड़ा हो गया था बाकी सब-कुछ वैसा ही था। रमा उठते-बैठते रामेश्वर से कहती, ''जैसे भी हो, इस बार बेटू को लेकर चलना ही होगा। यही हाल रहा तो इसकी ज़िन्दगी चौपट हो जाएगी। यह भी कोई ढंग है भला!''

''अम्मा को बड़ा दुख होगा, और बेटू तुम्हारे पास ज़रा भी तो नहीं आता, वह अम्मा को छोड़कर कैसे रहेगा? ये सारी बातें सोच लो!'' रामेश्वर इस प्रसंग को जैसे टालना चाहते थे।

''अम्मा के दुख की बात मैं मानती हूँ।'' रमा ने अपने आवेश को दबाते हुए कहा, ''पर जब उन्हें लिखा कि स्कूल में डाल दो तो वह भी तो उनसे नहीं हुआ। जैसे बताती हूँ वैसे तो रखतीं नहीं। अब इनके दो दिन के सुख के लिए बच्चे का सारा भविष्य बिगाड़ कर रख दूँ?''उसका गला भर्रा आया था।

रामेश्वर बेचारा बड़े धर्म-संकट में था। उसे पत्नी की बातों में भी सार नज़र आता था, और वह अम्मा की भावनाओं को भी ठेस नहीं पहुँचाना चाहता था, सो बिना कुछ निर्णय दिए सारी बात रमा पर छोड़ कर वह बम्बई लौट गया। रमा कभी मिठाई दिलाकर, कभी तांगे में घुमाकर बेटू को अपने से हिलाने की

कोशिश करने लगी। बेटू को तांगे में घूमने का बेहद शौक था, जो कम ही पूरा होता था। अम्मा को कभी स्वप्न में भी ख़याल नहीं था कि रमा पप्पू के रहते हुए भी बेटू को ले जाने का प्रस्ताव रखेगी। जिस दिन उन्होंने सुना, उनके पैरों-तले की ज़मीन सरक गई। जब रमा ने बेटू को उनके पास छोड़ने का प्रस्ताव रखा था, तब एकाएक उन्हें अपने कानों पर भी विश्वास नहीं हुआ था। ठीक उसी प्रकार ले जाने की बात पर भी उन्हें विश्वास नहीं हो रहा था। फिर भी काँपते स्वर में कहा, ''कैसी बात करती हो बहू। मेरे बिना वह पल-भर भी तो नहीं रहता। इतना बड़ा हो गया, फिर भी जब तक मैं कौर नहीं देती तब तक वह खाता नहीं, तो एकाएक मुझसे दूर कैसे रहेगा?''

''नहीं रहेगा तो थोड़े दिन रो लगा, आख़िर उसकी पढ़ाई का सिलसिला भी तो जमाना है अम्मा! देखो, पप्पू स्कूल जाने लगा है और यह अभी तुम्हारा पल्ला पकड़े-पकड़े ही घूमता है।''

''अरे पढ़ लेगा, बहू पढ़ लेगा। उमर आएगी तो पढ़ लेगा। यह मत सोचना कि मैं उसे गँवार ही रहने दूँगी। रामेसुर को भी तो मैंने ही पाला-पोसा है, उसे क्या गँवार रख दिया? फिर यह तो मुझे और भी प्यारा है। मूल से ब्याज ज़्यादा प्यारा होता है, इसे तो मैं खूब पढ़ाऊँगी, तू चिन्ता मत कर बहू, पर इसे ले जाने की बात मत कर....'' और वे फफक-फफककर रो पड़ीं।

रमा की आँखों में भी आँसू तो आ गए, फिर भी उसने अपने पर काबू पाते हुए, और स्वर को भरसक कोमल बना कर कहा, ''मैं आपका दिल नहीं दुखाना चाहती अम्मा, पर आपके इस ज़रूरत से ज़्यादा प्यार ने ही तो इसे बिगाड़कर धूल कर दिया है। एक भी आदत तो इसमें अच्छी नहीं है। यदि आप सचमुच ही इसे प्यार करती हैं और इसका भला चाहती हैं तो इसे मेरे साथ भेज दीजिए, और उसके साथ दुश्मनी ही निभानी है तो रखिए इसे अपने पास।'' कहने के बाद ही रमा को लगा, जैसे बहुत बड़ी बात कह गई है।

''मैं...मैं अपने बेटू के साथ दुश्मनी निभाऊँगी—मैं उसकी दुश्मन हूँ...मैं ...तू मेरे प्यार की परीक्षा लेना चाहती है, पर ऐसी कठिन परीक्षा तो मत ले बहू, इससे तो तू मेरे प्राण ही ले ले!'' और वे फूट-फूटकर रोने लगीं। कुछ देर बाद एकाएक स्वर संयत करके बोलीं, ''ले जा बहू, ले जा। मेरा बेटू फूले-फले, पढ़-लिखकर लायक़ बने इससे बढ़कर खुशी की बात मेरे लिए और क्या हो सकती है। मेरा क्या है, मेरी चार दिन की हँसी-खुशी के लिए मैं तेरे बच्चे की ज़िन्दगी नहीं बिगाड़ूगी। मैं अपढ़-गँवार औरत ठहरी, इसे लायक़ कहाँ से बनाऊँगी! तू

इसे ले जा। चार दिन को मेरी ज़िन्दगी में हँसी-खुशी आ गई, इसी में तेरा बड़ा जस मानूँगी....'' और रमा कुछ कहे उससे पहले ही उन्होंने रसोईघर में जाकर भीतर से किवाड़ बन्द कर लिए।

रमा को खुद इस सारी बात से बड़ा दुःख हो रहा था, पर बच्चे की बात सोच कर वह निर्णय बदलने में अपने को असमर्थ पा रही थी। यही सोच-सोचकर वह अपने को तसल्ली दे रही थी कि समय का मरहम अम्मा के घाव को अपने-आप भर देगा।

दो दिन बाद औषधालय के एकमात्र नौकर और दोनों बच्चों को लेकर रमा अपनी माँ के यहाँ चल पड़ी। बेटू को बताया ही नहीं गया कि रमा उसे अपने साथ ले जा रही है। रोज़ की भांति तांगे में घूमने के लालच में वह चला गया। जाते समय कह गया, ''दादी-अम्मा, मैं तुम्हारे लिए मिठाई और गोली लेकर आऊँगा।'' दादी-अम्मा ने उसे कलेजे से लगा लिया। एक बार उनकी इच्छा हुई कि वह बेटू को बता दें कि रमा उसे हमेशा के लिए उनसे अलग करके ले जा रही है, पर फिर भी वे चुप रहीं।

उसके बाद जो भी कोई घर में आया, अपार आश्चर्य से उसने पूछा, ''अरे, बहू बेटू को ले गई? तुम तो कहती थी कि बेटू अब तुम्हारे पास ही रहेगा।'' अम्मा को लगा, जैसे किसी ने उनके कलेजे पर गरम सलाख़ दाग़ दी हो। तिलमिलाकर जवाब देतीं, ''कहती तो थी पर अब रखा नहीं जाता। गठिया के मारे मेरा तो उठना-बैठना तक हराम हो रहा है, तो मैंने ही कह दिया कि बहू, अब पप्पू बड़ा हुआ सो बेटू को भी ले जाओ।''

''अरे अम्मा, एक पल तो तुम उसे छोड़ती नहीं थीं, अब रह लोगी उसके बिना?''

''नहीं रह सकती तो भेजती क्यों? अब यह कोई बच्चे पालने की उमर है भला! जिसकी थाती उसी को सौंपी। बुढ़ापा है, कुछ भजन-पूजन ही कर लूँ। उनके मारे मेरा सब-कुछ छूट गया था!'' बड़े ही संदिग्ध भाव से अम्मा की इस दलील को औरतें स्वीकार कर पाती थीं। आज अम्मा के पास कोई काम नहीं था करने को सो, खाली आँगन में दर्दीले स्वर से एक लोरी गुनगुना रही थीं। शाम को गुब्बारे वाला आया, बुढ़िया के बाल वाला आया, खिलौने की मिठाई बेचने वाले आया तो मुरझाये स्वर में अम्मा ने सबको यही जवाब दिया, ''जाओ, भाई जाओ। आज तुम्हारा ग्राहक नहीं है। उसे मैंने उसकी अम्मा के साथ भेज दिया। अब यहाँ मत आया करो, कभी मत आया करो, कोई तुम्हारी चीज़ नहीं

खरीदेगा!'' और उनका मन सुबक उठता, पर उनकी आँखों के आँसू जैसे सूख गए थे!

तीसरे दिन औषधालय का नौकर वापस आया, तो सबसे पहले ख़बर दी कि दादी-अम्मा को याद करते-करते बेटू को बुखार आ गया और वह उसे भरे बुख़ार में छोड़कर आया है। वह रमा के हाथ से न कुछ खाता है न दवाई पीता है। अम्मा ने सुना तो ऊपर की साँस ऊपर और नीचे की साँस नीचे रह गई। पागलों की भांति दौड़ती हुई औषधालय में पहुँची, ''अरे, सुनते हो, बेटू रो-रोकर बीमार हो गया है। मैं तो पहले ही जानती थी कि वह मेरे बिना रहेगा नहीं, पर बहू को कौन समझाए! अब तो रात की गाड़ी से ही जाकर मुझे उसे लाना होगा! वह तो रो-रोकर प्राण दे देगा। हे भगवान, मेरी मत पर भी पत्थर पड़ गए थे जो बहू की बात मान गई?''

अम्मा रोती थीं और कपड़े ठीक करती जाती थीं। नर्बदा आई तो आश्चर्य से बोली, ''कहाँ की तैयारी कर रही हो अम्माँ?''

''अरे, शिब्बू बहू को छोड़कर लौटा तो बताया कि बेटू ने रो-रोकर बुख़ार चढ़ा लिया। मैं तो भेजकर अपनी तरफ से निश्चिन्त हो गई थी, पर वह रह सकता है क्या? उसके तो प्राण मुझमें कुछ ऐसे पड़ गए थे कि क्या बताऊँ। कोई अगले जन्म का संस्कार ही समझो! अब जाकर लाना पड़ेगा, नहीं तो छोरा रो रोकर प्राण दे देगा।'' और गर्व और आनन्द से उनकी छाती फूल गई।

तीसरे दिन ही बेटू को लेकर वे लौट आईं। जिसने देखा देखा उसी ने कहा, ''अरे, चार दिन में ही बच्चा सूख गया।''

''सूखेगा नहीं, कुछ तो खाया नहीं, और एक पल को आँसू नहीं टूटा। मैं तो सोचती थी कि बहू के हवाले करके सुख से पूजा-पाठ करूँगी, पर अब यह रहता भी तो नहीं।''

एक साल उन्होंने इसी प्रकार और निकाल दिया। रमा बम्बई से आई और फिर बेटू का वही रवैया देखा तो सोचा कि वह उसे सीधे बम्बई ले जाती तो यह सारा काण्ड नहीं होता। अम्मा बम्बई तक आ नहीं सकती थी। सो इस बार फिर एकबार दादी माँ को रुलाकर उनके मना करने पर भी वह बेटू को लेकर बम्बई के लिए चल पड़ी। जाने किस आशा से अम्मा ने अपनी सारी जमा-पूँजी ख़र्च करके शिब्बू को साथ कर दिया। रमा मन करती रही कि अब दोनों बच्चे बड़े हैं और वह सम्भाल लेगी, पर अम्मा ने शिब्बू को साथ भेज ही दिया।

दूसरे दिन से जो कोई भी आता, अम्मा उसी के सामने यह मनौती मनातीं

कि किसी प्रकार बेटू रमा के पास हिल जाए तो वह सवा रुपये का परसाद चढ़ाएँगी। उच्च स्वर से वह रात-दिन रट लगाए रहती कि बेटू मुझे किसी तरह भूल जाए। पर सात दिनों के बाद जब शिब्बू लौट कर आया तो वे ऐसे दौड़ पड़ीं मानो वह बेटू को लेकर ही आया हो। झपटकर उन्होंने पूछा, ''मेरा बेटू कहाँ है? मेरा बेटू ठीक है शिब्बू, तुझे मैंने किसलिए भेजा था?'' उनका स्वर बुरी तरह काँप रहा था।

''इस बार तो अम्मा, बहूजी ने बेटे को हिला दिया। वहाँ बहू जी के मकान में बहुत सारे बच्चे हैं, उन सबसे दोस्ती हो गई, सो ख़ूब खेलता है। ट्राम, बस, बगीचे, झूले-इन सबमें उसका मन लग गया।'' शिब्बू ने बताया तो अम्मा शून्य-पथराई आँखों से उसे देख रही थीं मानो कुछ समझ ही नहीं रही हों। शिब्बू कहे चला जा रहा था, ''चलो तुम्हारी चिन्ता दूर हुई। मैं तो अम्मा, दो दिन इसी मारे ज़्यादा रुक गया कि कहीं रोया तो अपने साथ लेता आऊँगा, पर इस बार बहूजी ने उसे समझा दिया और वह भी समझ गया। अब वहाँ जम पाएगा। अब तो तुम परसाद चढ़ाओ अम्मा, और मज़े से भजन-पूजा करो।''

एकाएक जैसे अम्मा की चेतना लौट आई, ''क्या कहा....बेटू भूल गया? वहाँ जम गया? सच, मेरी बड़ी चिन्ता दूर हुई। इस बार भगवान ने मेरी सुन ली। ज़रूर परसाद चढ़ाऊँगी रे, ज़रूर चढ़ाऊँगी। मेरे बच्चे के जी का कलेस मिटा, मैं परसाद नहीं चढ़ाऊँगी भला?'' और फिर गीली आँखों और काँपते हाथों से, उन्होंने जेब से सवा रुपया निकालकर शिब्बू को देते हुए कहा, ''ले, पेड़े लेता आ, अब परसादी चढ़ाकर बाँट ही दूँ। कौन, नर्बदा? सुना नर्बदा, बेटू मुझे भूल गया—वह भूल ही गया...'' और उन्होंने आँचल से भर-भर आती आँखें पोंछीं और हँस पड़ीं।

नई नौकरी

टाई की नॉट ठीक करते हुए कुंदन आदेश देता जा रहा था—''सोफ़े का कपड़ा कम पड़ गया है, तुम खुद लाकर दे देना। इनके ज़िम्मे कर दिया तो समझो सब चौपट। दरवाज़े-खिड़कियों का वार्निश आज ज़रूर पूरा हो जाना चाहिए। और देखो, प्लंबर आएगा तो जहां-जहां के नल और पाइप खराब हों, सब ठीक करवा लेना।''

रमा पीछे खड़ी सामने के आईने में पड़ते कुंदन के प्रतिबिंब को देख रही थी। उसे लग रहा था नई नौकरी के साथ कुंदन की सारी पर्सनेलिटी ही नहीं, बात करने का लहज़ा तक बदल गया है। कितना आत्मविश्वास आ गया है सारे व्यक्तित्व में? रौब जैसे टपका पड़ता है।

होंठों के कोनों में चुरुट दबाए, जाने से पहले इसने सारे घर का एक चक्कर लगाया। यह भी रोज़ का एक क्रम हो गया था। पीछे के बरामदे में दर्ज़ी सोफ़े के कवर्स सिलाई कर रहा था। कुछ दूर खड़ा मिस्त्री, छोटे-छोटे टिनों में वार्निश तैयार करते लड़के को कुछ आदेश दे रहा था। कुंदन को देखकर उसने सलाम ठोंका। ''अब्दुल मियां, काम आज पूरा हो जाना चाहिए, तुम्हारा काम बहुत स्लो चल रहा है।''

''काम भी तो देखिए सरकार! समय चाहे दो दिन का ज़्यादा लग जाए, पर आपको शिकायत का मौक़ा नहीं दूंगा। मैं साहब काम की क्वालिटी पर...''

''अच्छा...अच्छा...'' कुंदन लौट आया। ड्राइंग-रूम के पार्टीशन पर नज़र पड़ते ही कहा—'' 'इन्टीरियर-डेकोरेटर्स' वालों के यहां फ़ोन ज़रूर कर देना। यह पार्टीशन बिल्कुल नहीं चलेगा। डिज़ाइन क्या बताया था, बनवा क्या दिया, रबिश।''

कुंदन गाड़ी में बैठा। रमा पोर्टिको की सबसे निचली सीढ़ी पर खड़ी थी। उसे लगा, जाने से पहले एक बार वह फिर सारे आदेशों को दोहराएगा, पर नहीं। गाड़ी स्टार्ट करके, खिड़की से ज़रा-सा हाथ निकालकर हल्के से हिलाते हुए

कहा—''अच्छा, बा...बाई,' तो इसे ख़याल आया, यह तो उसकी आदत थी कि गाड़ी में बैठकर चलने से पहले वह नौकर के सामने बताए हुए सारे काम फिर से दोहरा दिया करती थी।

तब कुंदन हंसता हुआ कहता था—''बस भी करो यार, अब कितनी बार दोहराओगी। तुम इतनी बार कहती हो, इसी से वह गड़बड़ा जाता है।''

गाड़ी लाल बजरी की सड़क पर तैरती हुई फाटक से बाहर निकली और दूर होती हुई अदृश्य हो गई।

रमा को लगा जैसे कुंदन उसे पीछे छोड़कर आगे निकल गया है...बहुत आगे। जैसे वह अकेली रह गई है। एक महीने पहले वह भी कुंदन के साथ ही निकला करती थी, कुंदन उसे कॉलेज छोड़ता हुआ ऑफ़िस जाया करता था। पर अकेलेपन की यह अनुभूति तभी तक रहती जब तक वह पोर्टिको में खड़ी रहती। जैसे ही फ्लैट का दरवाज़ा खोलकर वह भीतर घुसती—लक-दक फ़र्नीचर, शीशों के दरवाज़े और खिड़कियों पर झूलते लंबे-लंबे परदे, मिस्त्रियों की खटपट, नए-नए डिस्टेम्पर और वार्निश की हल्की-सी गंध के बीच न जाने कहां डूब जाती।

काम की एक लिस्ट उसके पास होती, जिन्हें उसे पूरा करना होता; काम करते मिस्त्रियों को देखना होता; मार्केट के दो-एक चक्कर लगाने होते...और यह सब करते-करते ही शाम हो जाती! ट्रिंग-ट्रिंग...ट्रिंग-ट्रिंग...

फ़ोन उठाकर उसने नंबर बोला, ''कौन, मिसेज़ बर्मन? कहिए-कहिए, क्या ख़बर है?''

मिसेज़ बर्मन शिकायत कर रही थीं, ''कॉलेज छोड़े महीना होने आया, एक बार सूरत तक नहीं दिखाई। आउट ऑफ साइट...''

''अरे नहीं-नहीं,'' रमा ने बात बीच में ही काट दी। उसने थोड़ा-सा झुककर कोहनी मेज़ पर टिका ली। उलटे हाथ में पैंसिल लेकर वह फ़ोन का संदेशा लेने के लिए जो पैड रखा था, उस पर यों ही आड़ी-तिरछी लकीरें खींचने लगी।

''आज लंच के समय आओ न, साथ बैठकर खाएंगे। तुम्हारे चले जाने से हमारा डिपार्टमेंट तो सूना ही हो गया। लंच के समय तो तुम्हें बहुत ही मिस करते हैं। और एक तुम हो कि जाने के बाद ख़बर तक नहीं ली...''।

''क्या बताऊं, इस नए घर को ठीक कराने के चक्कर में इतनी व्यस्त रही कि उधर आ ही नहीं सकी। अच्छा यह बताइए सुधा, मालती, जयंती सब कैसी हैं?''

''कहा न, आज आ जाओ। सबसे मिल भी लेना, खाना भी साथ खाएंगे।''

‘‘आज?’’ और एक क्षण को मन के भीतरी-स्तर पर आज के सारे कामों की लिस्ट तैर-सी गई–‘‘आज तो संभव नहीं होगा मिसेज़ बर्मन!’’ क्षमायाचना के-से स्वर में वह बोली, ‘‘बस एक सप्ताह और ठहर जाइए, फिर अपने इस नए घर की पार्टी दूंगी...देखिए अपनी रमा का कमाल...देखेंगी तो समझेंगी कि एक महीने तक क्या करती रही।’’ फिर और दो-चार इधर-उधर की बातें और हल्की-फुल्की-सी मज़ाकें हुईं और रमा ने फ़ोन रख दिया।

फ़ोन रखने के बाद नए सिरे से इस बात का बोध हुआ कि कॉलेज छोड़े उसे अट्ठाइस दिन हो गए। जाना तो दूर, उसे कभी ख़याल भी नहीं आया वहां का। आश्चर्य के साथ-साथ उसे थोड़ी-सी ग्लानि भी हुई : वह क्यों नहीं गई, कैसे रह सकी बिना गए? आज बर्मन का फ़ोन नहीं आता तो पता नहीं और भी कितने दिनों तक उसे उधर का ख़याल ही नहीं आता। क्या सचमुच वह बड़े अफ़सर की बीवी बन गई है? उसे मज़ाक में कसा हुआ जयंती का रिमार्क याद आया।

एकाएक मन हुआ कि अभी चल पड़े। एक बार सबसे मिल ही आए। मना करने के बाद पहुंचकर वह सबको प्लेज़ेंट सरप्राइज़ देगी। उसने रसोई में जाकर दस-बारह आलू के परांठे और चाट तैयार करने को कहा। ये दोनों चीज़ें वहां सबको बहुत पसंद थीं। सारे डिपार्टमेंट में और वह मिसेज़ बर्मन ही विवाहित थीं...बाकी सब कॉलेज हॉस्टल में रहती थीं और अच्छी-अच्छी चीज़ें खाने की उनकी फ़रमाइशें बनी ही रहती थीं।

उसे अपनी फ़ेयरवैल पार्टी की याद आई। साढ़े दस साल की सर्विस थी। प्रिंसिपल ने अनेकानेक शुभकामनाओं के साथ फूलों के बड़े-से गुलदस्तों के बीच पार्कर पेन का एक सैट रखकर दिया था–‘‘मिसेज़ चोपड़ा, आप इसी पेन से अपनी थीसिस पूरी करिए। जब भी वापस काम करने का मन हो, बिना किसी संकोच के चली आइये, यहां आपका हमेशा ही स्वागत है।’’ उसके डिपार्टमेंट की सभी लेक्चरर्स गाड़ी तक छोड़ने आई थीं–‘‘भई रमाजी, कॉलेज भले ही छोड़ दीजिए, पर लंच के समय खाना लेकर ज़रूर आ जाया करिए’ तो उसकी नम आंखों में भी हंसी चमक उठी थी। तब उसे कुंदन की बात याद हो आई थी–‘‘तुम वहां पढ़ाने जाती हो या खाने! फ़ोन पर भी जब तुम लोगों की बातें होती हैं तो खाना ही डिस्कस होता है।’’ उसने केवल उन लोगों से ही नहीं कहा था, बल्कि मन में भी सोचा था कि लंच के समय वह कॉलेज चली ही जाया करेगी। आख़िर उसे भी तो अपने को कॉलेज से एकदम काट लेने में काफ़ी कष्ट होगा...इस तरह धीरे-धीरे तो फिर भी...

तो क्या कुंदन ने ठीक ही कहा था? कॉलेज छोड़ने का निर्णय लेकर वह चुपचाप रो रही थी और कुंदन उसे समझा रहा था—''मैं कह रहा हूँ, तुम्हें क़तई अकेलापन नहीं लगेगा, तुम ज़रा भी कमी महसूस नहीं करोगी; रादर यू विल फ़ील रिलीव्ड। कितना स्ट्रेन है तुम पर आजकल!''

कुंदन को एकाएक विदेशी कंपनी में इतनी बड़ी नौकरी मिल जाएगी, इसकी आशा औरों को चाहे रही भी हो, कुंदन को बिल्कुल नहीं थी। डॉ. फ़िशर से पिछले आठ साल से उसके संबंध थे, विशुद्ध व्यावसायिक संबंध। उनकी प्रशंसा और सद्व्यवहार को भी वह व्यावसायिक औपचारिकता से अधिक कुछ नहीं मानता था पर...

दर-बारह दिन तक केवल जशन ही मनाया था रमा और कुंदन ने। पैसे की उसे इतनी लालसा नहीं थी, पर मारवाड़ी कन्सर्न का काम उसके टेम्परामेंट के बिल्कुल अनुकूल नहीं था। रमा इस नए माहौल से नितांत अपरिचित नहीं थी—क्लब, डांस, डिनर, कॉक्टेल यह सब वह बचपन से देखती आई थी, पर बस देखती ही आई थी, उसमें अपने को कभी घुला नहीं पाई थी।

डॉ. फ़िशर ने कुंदन को नौकरी ही नहीं दी थी, धीरे-धीरे वे उसकी सारी ज़िंदगी का पैटर्न भी तय कर रहे थे। उसे दो-तीन क्लबों का मेम्बर बनना पड़ा। आए दिन दूसरी कम्पनियों के बड़े-बड़े अफ़सरों को एंटरटेन करना पड़ता। विदेशियों को हिंदुस्तानी खाना खिलाने के बहाने उसे घर में भी बड़ी-बड़ी पार्टियां करनी पड़तीं। और तीन महीने पहले उसे कंपनी की ओर से यह फ्लैट मिल गया। उसने सोचा, वह अपने इस नए घर को निहायत ही ओरिएंटल ढंग से सजाएगा, विदेशियों के लिए तो यही नवीनता होगी।

पर घर के लिए नया फ़र्नीचर बनवाने, चुन-चुनकर चीज़ें खरीदने के लिए दोनों में किसी के पास भी समय नहीं था। कुंदन चाहता था यह काम रमा को करना चाहिए; उसकी रुचि बहुत अच्छी थी, यों भी यह काम उसी का था...फिर उसकी सुरुचि और सुघड़ता के तो हल्ले भी थे मित्रों के बीच में। पर रमा के पास समय ही नहीं रहता। सबेरे उठकर वह बंटी को तैयार करके स्कूल भेजती। फिर खुद तैयार होती। तैयार होते-होते ही वह नौकर को आदेश देती जाती, सारे दिन का काम समझाती; नाश्ता करते-करते वह अपना लेक्चर तैयार करती, तैयार तो क्या करती बस सूंघ-भर लेती। फिर नौ बजे कुंदन के साथ ही निकल जाती। तीन के क़रीब वह लौटती...थोड़ा आराम करती और फिर शाम की तैयारी। बाहर नहीं जाना होता था तो घर में किसी को आना रहता था।

रात ग्यारह-साढ़े-ग्यारह पर वह सोती तो थककर चूर हो जाती। कुंदन को उस समय हल्की-सी खुमारी चढ़ी रहती, कहता—‘‘डोंट बी सिली। पार्टी में कैसे थक जाती हो, गाड़ी में बैठकर जाती हो...खाना-पीना, हंसी-मज़ाक, इनमें भी कहीं थका जाता है? गाड़ी में बिठाकर ले आता हूँ।’’

रमा तब केवल सूनी-सूनी आंखों से उसे देखती रहती। मन की भीतरी परतों पर हिस्ट्री के वे टॉपिक्स तैरते रहते जो उसे कल पढ़ाने होते, और जिन्हें वह ज़बरन ही दिमाग़ से बाहर ठेलने का प्रयास करती। कुंदन उसे बताता रहता कि डॉ. फ़िशर उससे कितने खुश हैं, कितना इम्प्रेस कर रखा है उसने; एकाएक ही उसे अपना भविष्य बहुत उज्ज्वल दिखाई देने लगा है। पता नहीं थकान के कारण या किसी और वज़ह से वह उतना उत्साह नहीं दिखा पाती तो कुंदन बिगड़ पड़ता—‘‘क्या बात है, देखता हूँ तुम्हें कोई दिलचस्पी ही नहीं है मेरे राइज़ में...यू सीम टू बी...’’

‘‘क्या बेकार की बातें करते हो, मुझे नींद आ रही है।’’

कभी कुंदन फ़ोन पर कह देता कि ठीक सात बजे तैयार होकर रहना और आकर देखता कि वह तैयार हो रही है तो बिगड़ पड़ता—‘‘रमा, तुम्हें टाइम की सेंस कब आएगी...’’ कभी घर पर खाना होता और कोई कसर रह जाती तो रात में बड़े संभलकर कहता—‘‘मैं यह नहीं कहता कि तुम खाना बनाओ...तीन-तीन नौकर तुम्हारे पास हैं, पर ज़रा-सा देख-भर लिया करो।’’ ऐसे मौक़ों पर रमा कुछ नहीं कहती।

उस दिन कॉलेज में रमा को एक पेपर पढ़ना था। उसने खुद ही ऑफ़र किया था। सोचा था, इसी बहाने एक टॉपिक तैयार हो जाएगा, पर बिल्कुल भी तैयार नहीं कर पाई। रात में लेटी तो रोना आ गया।

‘‘मुझसे यह सब निभता नहीं।’’ लौटकर बिना कपड़े बदले ही कटे पेड़ की तरह पलंग पर गिरकर उसने कहा।

‘‘क्या नहीं निभता?’’

‘‘यह रवैया मेरे बस का नहीं है। कितना गिल्टी फ़ील करती हूँ। बिना तैयारी किए पढ़ाना, लगता है जैसे लड़कियों को चीट कर रही हूँ। दो घंटे का समय भी तो मुझे अपने लिए नहीं मिलता।’’

कुंदन सोच रहा था कि रात में रमा के साथ वह एक-एक कमरे को अरेंज करने की योजना बनाएगा। कलर-स्कीम के लिए उसने जेन्सन-निकलसन वालों से बात की थी। रमा की बात सुनी तो चुप रह गया।

''बंटी की रिपोर्ट देखी? हमेशा फर्स्ट आया करता था, इस बार सेविंथ आया है।''

बगल में लेटकर, रमा को अपनी ओर खींचते हुए कुंदन ने बहुत प्यार-भरे लहज़े में कहा—''तो तुम उसे पढ़ाया करो!''

''कब पढ़ाया करूं, तुम्हीं बताओ? शाम को पांच से सात बजे का जो समय मिलता है, उसमें वह खेलने जाता है।''

''तो तुम्हीं बताओ मैं क्या करूं?'' बालों में हाथ फेरते हुए कुंदन ने बहुत ही मुलायम स्वर में पूछा।

''कल मुझे पेपर पढ़ना है। पंद्रह दिन पहले टॉपिक मिला था। एक लाइन भी नहीं लिखी है...अब कोई झूठा बहाना ही तो बनाना पड़ेगा।''

कुंदन की उंगलियां बालों पर से उतरकर गालों पर फिसलने लगीं।

''दस साल पूरे हुए...छ-आठ महीने में अपनी थीसिस सबमिट कर देती तो मेरा सिलेक्शन-ग्रेड में आना निश्चित ही था, पर ऐसी हालत रही तो...''

और रमा रो पड़ी।

दूर कहीं कुंदन के कानों में डॉ. फ़िशर के शब्द गूंज रहे थे—जनवरी में जर्मनी से डाइरेक्टर आनेवाले हैं, हमें यहां का सारा काम दिखाना होगा। एक नया प्लांट बिठाने की भी योजना है, उसके लिए कुछ रिसपॉन्सिबल लोगों की ज़रूरत होगी...सम स्मार्ट यंग मैन! बिज़नेस में सोशल कॉन्टेक्ट्स पे करते हैं। यू विल हैव टुबी वैरी सोशल।''

कुंदन को इन बातों में हमेशा अपने लिए कुछ संकेत, कुछ आश्वासन मिलते।

''लकीली योर वाइफ़...''

''तुम मुझे छोड़ जाया करो। कोई ज़रूरी है कि मैं हर दिन तुम्हारे साथ ही जाया करूं?''

कुंदन कुछ देर उसे यों ही सहलाता रहा, फिर एकाएक उसे बांहों में भरता-सा बोला—''तुम्हें छोड़कर आज तक मैं कहीं गया हूँ, जा सकता हूँ? ऑफ़िस के अलावा हमेशा हम साथ जाते हैं। तुम तो जानती हो कि तुम्हारे बिना मुझे कुछ भी अच्छा नहीं लगता।''

रमा खुद इस बात को जानती है। उनका विवाहित जीवन दोस्तों के बीच ईर्ष्या और प्रशंसा का विषय रहा है। समझ नहीं पाई क्या कहे! वह जब तक सो नहीं गई, कुंदन उसे प्यार से थपथपाता रहा था।

''मेम साहब, परांठे अभी बनेंगे?''

‘‘...ऐं?’’ चौंकते हुए रमा ने पूछा। फिर बोली—‘‘नहीं-नहीं, साढ़े बारह बजे बनाना है, एक बजे हम कॉलेज जाएंगे आज। इतने एक चक्कर बाज़ार का लगा आऊं और सोफ़े का कपड़ा लाकर दे दूं।’’ उसने एक बार भीतर जाकर मिस्त्रियों को याद दिला दिया कि आज पॉलिश हर हालत में ख़त्म कर देनी है।

फिर अपनी डायरी देखी—बाज़ार से और क्या-क्या सामान लाना है। कपड़े बदलने अंदर गई तो देखा नौकर ने रैक से सारी किताबें निकाल रखी थीं और पोंछकर जमा रहा था।

इनमें से एक किताब भी उसने नहीं पढ़ी है, कुछ पर तो अभी तक अपना नाम भी नहीं लिखा है। कुंदन ने भी जोश में आकर एक दिन में इतनी ढेर-सी किताबें खरीदकर सामने रख दी थीं।

बात शुरू दूसरे स्तर पर हुई थी। कुंदन ऑफ़िस से लौटा ही था कि बिना किसी प्रसंग के रमा ने कहा—‘‘मै कॉलेज छोड़ दूंगी। इस तरह काम करने से तो नहीं करना ज़्यादा अच्छा है।’’ स्वर में न कहीं तल्खी थी न शिकायत, बड़े सहज स्वर में उसने कहा था।

कुंदन देखता रहा। यही वाक्य था जिसे उसने अनेक बार अनेक तरह से मन-ही-मन में दोहराया था, पर कहने का मौक़ा नहीं मिला था। अब तो उसे यह और भी ज़रूरी लग रहा था, क्योंकि जनवरी तक उसे अपना सारा घर डेकोरेट करना था...ओरिएंटल स्टाइल पर। फिर भी उसने पूछा—‘‘क्या बात हो गई?’’

‘‘कुछ नहीं।’’

कुंदन को इस समय और बात खींचना अच्छा नहीं लगा। चाय का प्याला हाथ में लिए ही लॉन में निकल गया। कैक्टस की जितनी वैराइटी ला सकता था, लाकर फाटक के दोनों ओर बड़ी खूबसूरत रॉकरीज़ बनाई थीं। पर लॉन से वह अभी भी संतुष्ट नहीं था। चाहता था लॉन पर्शियन कार्पेट में बदल जाए।

रात में फिर वही प्रसंग चला। कुंदन उससे बचना भी चाहता था और जानना भी चाहता था कि रमा ने सचमुच ही यह निर्णय ले लिया है या कि केवल कुंदन पर अपना आक्रोश प्रकट कर रही है। पर रमा ने केवल इतना ही कहा—‘‘अब निभता नहीं, कल इस्तीफ़ा दे दूंगी।’’

स्वर के भीगेपन ने कुंदन को भी कहीं से छुआ ज़रूर फिर भी सारी बात को एक हल्के मज़ाक में बदलने के लहज़े से उसने कहा, ‘‘छोड़ो भी यार, वैसे भी क्या रखा है एंशिएंट हिस्ट्री पढ़ाने में! चोल वंश, चेदि वंश के बारे में न भी जानेंगे तो कौन-सी ज़िंदगी हराम हो जाएगी!’’

रमा चुप!

‘‘इससे तो तुम खूब किताबें पढ़ो, मैगजीन्स पढ़ो...कुछ छुटपुट क्लासेज़अटेंड कर लो। बंटी को पढ़ाओ। दुनिया-भर के बच्चों को पढ़ाओ और अपना बच्चा निगलेक्ट हो...’’

रमा चुप!

कुंदन उस चुप्पी पर खीज आया, फिर भी अपने स्वर को भरसक संयत बनाकर बोला, ‘‘तुम्हें शायद लग रहा है कि मेरी वजह से, इस नई नौकरी की वजह से तुम्हें अपना काम छोड़ना पड़ रहा है... पर यह तो सोचो, मुझे ही इस नौकरी में क्या दिलचस्पी है? तुम्हारे लिए, बंटी के लिए...’’

‘‘मैंने तो ऐसा नहीं कहा। मैं तो यही सोच रही थी कि आखिर मेरे मन के संतोष के लिए क्या होगा?’’

‘‘मेरा संतोष, तुम्हारा संतोष नहीं है, मेरी तरक्की, तुम्हारी तरक्की नहीं है?’’

‘‘है क्यों नहीं? मेरा यह मतलब नहीं था। दस साल से काम कर रही थी...छोड़ दूंगी तो मेरा मन कैसे लगेगा?’’

‘‘मैं तो सोचता हूँ, तुम्हें यह सब सोचने का समय ही नहीं मिलेगा।’’ और शाम को उसने तीन बंडल किताबें लाकर सामने रख दी थीं।

और सचमुच उसके बाद उसे यह सब सोचने का समय ही कब मिला? आज भी मिसेज़ बर्मन के टेलीफ़ोन ने ही उसे कॉलेज की याद दिलाई, वरना...

सारे दिन गाड़ी में घूम-घूमकर उसने घर का सामान ख़रीदा है। पर्दों के लिए उसने लूम वालों से यह तय किया कि चालीस गज़ कपड़ा बनाकर वह उस डिज़ाइन को नष्ट कर देंगे, जिससे वैसे पर्दे और कहीं देखने को भी न मिलें। डिज़ाइन भी उसने खुद पसंद करके बनवाया था।

राजस्थान की किसी रियासत का बहुत-सा सामान नीलाम हुआ था। कितने दिनों तक वह वहां जा-जाकर बैठी थी—पुरानी पॉटेंग्ज़, झाड़-फ़ानूस और भी सजावट की छोटी-मोटी चीज़ें उसने ख़रीदी थीं।

आज दरवाज़ों का पॉलिश समाप्त हो जाएगा तो सारा सामान जमाना है। डाइरेक्टर मुंबई आ गए हैं, अगले सप्ताह तक यहां आ जाएंगे, तब तक वह सब जमा लेगी। ‘इंटीरियर डेकोरेटर्स’ वालों के यहां से एक आदमी बराबर आता रहा है। तभी उसे फ़ोन का ख़याल आया।

लाइन एंगेज्ड थी।

वह बाहर जाने के लिए निकल ही रही थी कि टेलीफ़ोन की घंटी बजी।

रमा ने रिसीवर उठाकर अपना नंबर बोला, ''ओह, मैं सोच रहा था, तुम कहीं मार्केट के लिए नहीं निकल गई होगी।''

''बस निकल ही रही थी।''

''सुनो डार्लिंग, लंच पर मेरे साथ एक साहब होंगे, यहीं के हैं, बहुत फ़ॉर्मल होने की ज़रूरत नहीं है, बस ज़रा-सा देख लेना। डेकोरेटर को फ़ोन किया?''

''किया था, पर लाइन नहीं मिली, लौटकर फिर करूंगी।''

'ओ.के.।'' खट!

रसोई में जाकर रमा ने कहा—''थोड़ी सब्ज़ियां उबालकर इन उबले हुए आलुओं में मिला दो। परांठे नहीं बनेंगे, वेजिटेबिल कटलेट बना देना!''

फिर उसने फ्रिज खोलकर देखा—सब कुछ था। जब वह कॉलेज जाती थी तो कुंदन का लंच ऑफ़िस जाता था, पर आजकल वह लंच के लिए घर ही आता है।

पहली तारीख़! लंच के लिए कुंदन आया। जब भी वह घर आता, एक बार सारे घर का चक्कर लगाता। इस नई साज-सज्जा को हर एंगिल्स से देखता...और उसके चेहरे पर एक संतोषमय, गर्वयुक्त उल्लास चमकने लगता। कभी-कभी इसी उल्लास में रमा को बांह में भरता हुआ कहता—''यू आर रीयली वंडरफुल!'' यों खुले में चूमने की मर्यादा वह तोड़ नहीं पाया था, उसी से केवल उसे दबाकर छोड़ देता।

पूरा चक्कर लगाकर बोला—''आई थिंक एवरीथिंग इज़ इन ट्यून! क्यों?''

कलफ़ लगा नैपकिन फड़फड़ाता हुआ उसकी गोद में फैल गया।

'अब कोई आए, मुझे चिंता नहीं। पांच तारीख़ को डाइरेक्टर आ रहे हैं—मैं इस बार एक बड़ी पार्टी घर पर ही करूंगा।''

रमा खाती भी जा रही थी और उसकी प्लेट का ध्यान भी रख रही थी। जो चीज़ ख़त्म हो जाती, रख देती।

''बस यार, वो रोब पटकना है कि डाइरेक्टर की नज़रों में जम जाऊं...एक बार ये लोग इम्प्रेस हो जाएं तो रास्ता साफ़ है। डॉ. फ़िशर तो जब भी कोई मौक़ा आएगा, मेरे फेवर में ही राय देंगे।''

रमा कुंदन के बच्चों-जैसे पुलकमय आवेश पर मंद-मंद मुस्कराती रही।

''मेम साहब, आपका फ़ोन है।''

''किसका है? बोलो बाद में करें। मेम साहब इस समय लंच ले रही हैं।''

कुंदन इस समय रमा को वह सारी बातें सुनाना चाहता था, जो आज उसके

और फ़िशर के बीच हुई थीं। कितने स्पष्ट थे सारे संकेत! फिर भी वह अपने अनुमानों का रमा से समर्थन करा लेना चाहता था।

''कॉलेज से मिसेज़ बर्मन का है।'' बैरा लौटने लगा।

''अरे ठहरो!'' और रमा एकदम उठ खड़ी हुई।

बातें शुरू हुई तो वह भूल ही गई कि कुंदन खाने की मेज़ पर बैठा है और वह खाना बीच में ही छोड़कर आई है।

''अरे डार्लिंग, आओ न! तुम औरतों का भी बस एक बार चरखा चल जाए तो ख़त्म ही नहीं होता।''

रमा लौट ही रही थी—''चरखा क्या, कोई इतने अपनेपन से बुलाए तो मैं ठीक से बात भी न करूं! यह भी कोई बात हुई भला?''

''अच्छा-अच्छा, अब अपना खाना ख़त्म करो।''

''तुम्हारा हो गया तो तुम उठो न!''

''नो...नो...यह कैसे हो सकता है भला?''

खाने के बाद कॉफ़ी लेकर, ईज़ी चेयर पर आराम करते हुए कुंदन ने सिगरेट सुलगा ली और गोल-गोल छल्लों के रूप में धुआं उगलता रहा। फिर रोज़ की तरह पांच मिनट के लिए आंख मूंद लीं। रमा अखबार पलटने लगी।

''अब चलें।'' झटके से कुंदन उठ खड़ा हुआ।

कोट उठाया तो तनख़्वाह की याद आई। भीतर की जेब से नोट के दो बंडल निकाले—एक बड़ा, दूसरा छोटा।

''अरे, यह क्या, तनख़्वाह ले आए? आज क्या पहली तारीख़ हो गई?'' रमा को आजकल तारीख़ और दिनों का कुछ ख़याल ही नहीं रहता।

''ये आया, बैरा और ख़ानसामा के हैं। अस्सी, अस्सी और सौ!''

छोटा बंडल बढ़ाते हुए कुंदन ने कहा। रमा ने बंडल ले लिया।

''और यह तुम्हारा है।'' फिर ज़रा-सा झुककर बोला।

''अब जो मुनासिब समझो, इस गुलाम को पान-सिगरेट के लिए दे देना।'' और हंस पड़ा। रमा भी मुस्करा दी।

''बा...बाई...'' और लाल बजरी की सड़क पर तैरती हुई कुंदन की कार रमा को वहीं छोड़कर आगे चली गई।

बंद दराज़ों का साथ

उसकी मेज़ बहुत बड़ी थी। और तीन दराज़ों में बंटी हुई थी। बाईं ओर वाली दराज़ व्यक्तिगत थी, बीच वाली पारिवारिक और दाहिनी को चाहें तो सामाजिक कह लें। यह विभाजन मंजरी का ही किया हुआ था, जो उसने काफी दिनों बाद किया था, उन दिनों जबकि उन दोनों के बीच भी एक विभाजन-रेखा खिंच गई थी। आरम्भ के दिनों में तो उसका ध्यान दराज़ों की ओर क्या जाता, मेज़ की ओर भी नहीं गया था। तब सारे घर में पलंग ही सबसे आकर्षक लगता था और मन करता था कि एक दिन के चौबीस घण्टे किसी तरह रात के आठ घण्टों में ही सिमट आएँ। विपिन का शरीर उसके सम्पूर्ण व्यक्तित्व का पर्याय बना हुआ था और यह बात कभी दिमाग में भी नहीं आती थी कि शरीर से परे भी उसका कोई व्यक्तित्व और अस्तित्व हो सकता है, सम्बन्ध और सम्पर्क हो सकते हैं, कोई अपना जीवन हो सकता है।

पर ये सब बहुत शुरू की बातें थीं। उन दिनों की, जब मनों में कोई भेद नहीं था और इसलिए जैसे सब तरह के भेद मिट गए थे। सारी ऋतुएँ बसन्त के समान सुहानी लगती थीं। आराम के समय काम की चुस्ती का अहसास होता रहता था और काम करने में भी अजीब तरह का आराम मिलता था।

वह बसन्त की सुहानी सुबह थी। गीले बालों की ढीली-सी चोटी बाँधकर बड़े मन से मंजरी ने मटर-चिउड़ा बनाया था। हर काम वह बड़े मन से करती थी और उसके गीत सारे घर में गूँजा करते थे। वह ट्रे में सारा सामान सजाकर ले गई, तभी उसने विपिन को कुछ कागज़ों में डूबे हुए पाया।

"इतना मगन होकर क्या पढ़ रहे हो?" उसने हँसते हुए पूछा था तो विपिन हल्के-से सकपका गया और सारी बात को टालते हुए उसने ढेर-सा चिउड़ा अपनी प्लेट में डाल लिया था। मंजरी को लगा था कि उस दिन वह कुछ ज़रूरत से ज़्यादा तारीफ करने के मूड़ में आया हुआ है। वह लगातार प्रसंगहीन बातें किए

चला जा रहा था, पर सब-कुछ मंजरी के मन को छुए बिना ही निकल गया।

रोज़ की तरह दोनों साथ ही घर से निकले थे, पर वह एक पीरियड के बाद ही सिर-दर्द का बहाना करके घर लौट आई। सारे रास्ते उसका सिर चकराता रहा था। घर में घुसते समय जाने क्यों लगा, जैसे वह किसी और के घर में घुस रही है।

वह सीधी टेबल के पास गई। टेबल पर पड़ी पुस्तकें, फाइलें, कागज़-पत्तर सब उसने पलटे, पर वे कागज़ नहीं थे। उसे खुद आश्चर्य हो रहा था, एक झलक-भर में उसने कैसे उन कागज़ों की ऐसी गहन पहचान कर ली थी। उसने झटके से पहली दराज़ खोली। उसमें कुछ मित्रों और रिश्तेदारों के पत्र थे। एक-दो विवाह के निमन्त्रण-पत्र थे, अपाइंटमेंट की डायरी थी, अखबारों की कुछ कतरनें थीं। उसने बीच की दराज़ खोली, उसमें पास-बुक और चैक-बुक थी, मकान और बिजली के बिल की रसीदें थीं। एक ओर तहाए हुए कुछ रूमाल पड़े थे। उसने तीसरी दराज़ खींची तो वह खुली नहीं। उसमें ताला लगा हुआ था। दराज़ में ताला होना न कोई ऐसी अनहोनी बात है, न ही ऐसी भयंकर, फिर भी वह भीतर तक काँप उठी थी। उसने सारा घर छान मारा, पर उसे चाबियाँ नहीं मिलीं। और अब सचमुच ही उसका सिर बुरी तरह दर्द करने लगा था और वह मुँह पर साड़ी का पल्ला डालकर सारे दिन लेटी रही।

उस रात जब वह सोयी तो भीतर-ही-भीतर उसके कुछ घुमड़ता रहा था। रुलाई का वेग जैसे फूट पड़ना चाहता था, फिर भी उसने सोच लिया था कि वह जब तक सारी बात का पता नहीं लगा लेगी, तब तक एक शब्द भी नहीं कहेगी। रोज़ की तरह विपिन ने उसे बाँहों में भर लिया था पर, जाने क्यों उसने भीतर-ही-भीतर महसूस किया कि उसके साथ सोने वाला, उसे प्यार करने वाला विपिन सम्पूर्ण नहीं है, केवल एक खण्ड है, एक टुकड़ा। सम्पूर्ण विपिन उसे हमेशा फूल की तरह हल्का लगता था, पर खण्डित विपिन का बोझ उसके लिए जैसे असह्य हो उठा। बार-बार उसका मन करता रहा कि वह उसी से साफ-साफ पूछ ले, लड़ ले, झगड़ ले, पर दराज़ का ताला जैसे उसकी ज़बान पर आकर लग गया था। वह सारी रात कसमसाती रही, पर बोला उससे कुछ नहीं गया था।

औरत की नज़र यों ही बड़ी पैनी होती है, फिर उस पर यदि सन्देह की सान चढ़ जाए तो आकाश-पाताल चीरने में भी उसे देर नहीं लगती। दूसरे दिन ही वह बन्द दराज़ उसके सामने खुली पड़ी थी, जो विपिन की निहायत निजी और व्यक्तिगत थी। कुछ डायरियाँ, एक महिला और बच्ची की तस्वीरें, पत्र, काँच

की ट्यूब में गोलियाँ...और क्रोध, घृणा, दुःख मिली-जुली भावनाओं का तूफ़ान उसके मन में उठ रहा था। सिर थामकर घंटों वहीं बैठी रही थी। फूट-फूट कर रोती रही थी। उसे बराबर लग रहा था कि जिसे धरती समझकर उसने पैर रखा था, वह शून्य था, कि जैसे एकाएक बेसहारा हो गई है। उसे अपने घर की छत और दीवारें सब हिलती नज़र आने लगी थीं।

क्योंकि दराज़ में विपिन का केवल अतीत ही नहीं था, वर्तमान भी था और उसमें भविष्य की योजनाएँ भी। वह जैसे-जैसे विपिन के व्यक्तिगत जीवन के निकट होती जा रही थी, अनजाने और अनचाहे ही विपिन से दूर होती जा रही थी। धीरे-धीरे मनों की यह दूरी शरीरों में भी फैलती चली गई थी। और वे अनायास ही एक-दूसरे के लिए निहायत अपरिचित-से हो गए। फिर उनके हिसाब अलग रहने लगे, सम्पर्क और सम्बन्ध अलग हुए।

दोनों के पास अपने-अपने तर्क थे और दोनों ही इस बात को अच्छी तरह जानते थे कि ये तर्क उन्हें कहीं नहीं ले जाएँगे। फिर भी हर तीसरे दिन घण्टों बहसें होती थीं और उनकी समाप्ति मंजरी के आँसू ही करते थे। अब स्नेह का स्थान सन्देह ने ले लिया था और तर्कों ने सद्भावना के रेशे-रेशे उधेड़ दिए थे।

तब मंजरी अपने ही घर में बहुत अकेली हो उठी थी और सब कुछ बड़ा वीरान लगने लगा था। हर काम बोझ लगने लगा था। खाली समय और भी बोझिल। वह घण्टों किताब खोले बैठी रहती थी। पर पंक्तियाँ केवल आँखों के नीचे से गुज़रती थीं, मन उनसे अछूता रहता था। कापियाँ देखने बैठती तो उसकी साथिनें मज़ाक करती थी कि वह इम्तिहान की कापियाँ देख रही है या प्रूफ़। विपिन से सम्बन्ध क्या गड़बड़ाया था, उसकी समस्त इन्द्रियों के आपसी सम्बन्ध गड़बड़ा गए थे।

वह घर के सारे खिड़की-दरवाज़े खुले रखती थी, फिर भी लगता रहता था कि साफ हवा के अभाव में घर की हवा धीरे-धीरे ज़हरीली होती जा रही है और कोई है, जो उसके देखते-देखते मरता जा रहा है। वह न उसे बचा सकती है और न ही निर्दयतापूर्वक मार सकती है। यों भीतर-ही-भीतर वह तरह-तरह के संकल्प करती थी, पर उसने उन्हें कभी विचारों से आगे नहीं बढ़ने दिया, क्योंकि घर में बहुत जल्दी ही एक तीसरा प्राणी आने वाला था। उसने उसके और अपने दुर्भाग्य को साथ-साथ ही कोसा था, पर इसके बावजूद मन में कहीं एक हल्की-सी आशा झाँकने लगी थी, शायद यह अनागत ही उनके बीच में कहीं सेतु बन जाए।

पर साल-भर के भीतर-ही-भीतर उसने अच्छी तरह जान लिया कि इस युग

में आशा करना ही मूर्खता है, क्योंकि आज ज़िन्दगी का हर पहलू, हर स्थिति और हर सम्बन्ध एक समाधानहीन समस्या होकर ही आता है, जिसे सुलझाया नहीं जा सकता, केवल भोगा जा सकता है। जिसमें आदमी निरन्तर बिखरता और टूटता चलता है। और वह भी दो साल तक और बिखरी और टूटी थी। विपिन मन में कहीं हल्का-सा आश्वस्त महसूस करने लगा था कि मंजरी ने शायद उस सबको स्वीकार कर लिया है कि शायद अब वह कटेगी नहीं।

पर ऐसा हुआ नहीं। शादी की पाँचवीं सालगिरह थी। वह दिन अपने सारे अर्थ खो चुकने पर भी दिन तो बना ही हुआ था। यों उस दिन न चाहने पर भी वह अपने को बहुत दुर्बल महसूस करती थी। उसकी यातना कई गुणा बढ़ जाती थी। पर इस बार उसने वैसा कुछ भी अनुभव नहीं किया और बड़े आग्रह से विपिन को कहा था कि वह उसे सन्ध्या के पाँच बजे ला-बोहीम में मिले।

ला-बोहीम का अँधेरा कोना। आस-पास की मेजें ख़ाली थीं और अपनी मेज़ पर लटकती बत्ती को उसने बुझा दिया था। अँधेरा होने के साथ ही मंजरी के मन में एक क्षण को यह बात आई थी कि आज के इस अँधेरे से ही वे चाहें तो अपनी ज़िन्दगी में कितनी रोशनी ला सकते हैं। उस समय भीतर-ही-भीतर कुछ कसका भी था, पर दूसरे ही क्षण उसने अपने को सहज बना लिया, यह सोचकर कि यह निरी भावुकता है और भावुकता को लेकर आदमी केवल कष्ट पा सकता है, जी नहीं सकता। मंजरी जीना चाहती थी—अपने लिए और अपने बच्चे के लिए।

और तीन घण्टे के बाद जब वे वहाँ से निकले, तो उसे स्वयं आश्चर्य हो रहा था कि कैसे वह इतने सहज और तटस्थ ढंग से सारी बात कर सकी, मानो ये सारे निर्णय उसके अपने लिए नहीं, किसी और के लिए हों। वह खुद जानती है कि औरतें कभी पूरी तरह तटस्थ नहीं रह सकतीं, खासकर ऐसे सांघातिक क्षणों में तो वे बात भी नहीं कर सकतीं, केवल रो सकती हैं, झार-झार रो सकती हैं।

उससे भी ज्यादा आश्चर्य उसे तब हुआ था, जब अपने निर्णय को व्यावहारिक रूप देने के लिए वह अपना सारा सामान बटोरकर, दो महीने की छुट्टी ले दिल्ली से विदा हुई थी। विपिन ने बच्चे को बहुत प्यार किया था और एक बार उसे भी। फिर बहुत ठण्डे स्वर में कहा था—‘‘मैं दिल्ली छोड़ दूँगा। इस सबके बाद मुझसे यहाँ रहा भी नहीं जाएगा। तुम शायद यहीं लौटकर आना पसन्द करोगी। इस घर को अपने नाम ही रहने दो।’’

मंजरी तब तक यह तय नहीं कर पाई थी कि उसे कहाँ रहना है, क्या

करना है। केवल एक विश्वास था जिस सहज ढंग से वह सारी स्थिति से उबरी है, उसी तरह नई ज़िन्दगी का रास्ता भी खोज लेगी। फिर भी उसने घर अपने ही नाम रहने दिया। मानसिक तनाव के ऐसे विकट क्षणों में भी उसकी व्यावहारिक बुद्धि कुंठित नहीं हुई, तभी उसे लगा कि विपिन से ब्याह करके आने वाली मंजरी पूरी तरह मर चुकी है। यह तो उसकी लाश से पैदा हुई दूसरी ही मंजरी है।

ऐन मौके पर बहुत बड़ा नाटक होने की सम्भावना थी। बच्चे को लेकर कुछ हो सकता था, पर कुछ नहीं हुआ। ऊपर से बड़े सहज ढंग से कुछ औपचारिक-से वाक्यों का आदान-प्रदान हो रहा था और भीतर से मन भरे हुए थे। ट्रेन प्लेटफार्म और प्लेटफार्म पर खड़े विपिन को पीछे छोड़कर आगे बढ़ गई थी अब सब-कुछ मंजरी ने सूखी आँखों से ही देखा था।

जब सब पीछे छूट गया तो भीतर से एक गहरी निःश्वास निकली थी, शायद मुक्ति की। अपने ही शरीर का फोड़ा जब सूख जाता है तो मरी हुई खाल को शरीर से खींचकर अलग करते समय जैसी भावना आती है, कुछ-कुछ वैसी ही।

दो महीने बाद वह उसी घर में लौटी थी। सबने उसे देखकर पूछा था कि क्या वह बीमार रहकर आई है, वह बहुत दुबली हो गई है, उसका चेहरा सूखा और काला हो गया है। उसे स्वयं महसूस होता था, पर उस सबसे कुछ अन्तर नहीं पड़ता था। उसने वहाँ आकर सबसे पहला चश्मा लिया क्योंकि उसकी आँखें एकाएक ही बहुत कमज़ोर हो गई थीं।

घर ज्यों-का-त्यों था, केवल वे सब चीज़ें वहाँ से हटा दी गई थीं जिनके साथ विपिन की स्मृति लिपटी थी, वह मेज़ भी। मेज़ वाला वह कोना खाली रहने पर भी उसके मन में भय और वितृष्णा की मिली-जुली भावना पैदा किया करता था। वह विपिन से मुक्त होकर भी जैसे उस मेज़ से पूरी तरह मुक्त नहीं हो पा रही थी।

घर के बचे हुए सामान पर धूल की परतें जमी हुई थीं। एक दिन तो वह उस घर में कुछ भी नहीं कर पाई, पर दूसरे दिन ही वह सफाई में जुट गई। विपिन का कोई भी चिह्न वहाँ नहीं था, सिवाय एक-दो भरे हुए एश-ट्रे के। एक बार उन्हें खाली करते समय ज़रूर उसका हाथ काँपा था। घर साफ हो गया फिर भी उसे बराबर लगता रहा था कि एक ही बड़ी परिचित गन्ध है जो उसमें बराबर बनी हुई है। वह किधर भी जाए, कहीं भी रहे, उस गन्ध के अहसास से मुक्त नहीं हो पाती थी।

तब उसने घर के सारे खिड़की-दरवाज़े खुले रखने शुरू कर दिए थे। बाहर

की साफ हवा, धूप आने के लिए। धीरे-धीरे उन खुले दरवाज़ों से हवा और धूप के साथ-साथ अनेक तरह की गन्ध, अनेक चेहरे और अनेक नज़रें भी झाँकने लगी थीं : कुछ तरस लिये और कुछ आत्मीयता लिए। उसके साहस की प्रंशसा भी की जाती थी और कभी-कभी ज़बान से यह समाचार भी दिया जाता था कि विपिन को किसी बच्ची और महिला के साथ देखा है। विपिन के लिए स्वर में भर्त्सना रहती थी, पर उसे न अपनी प्रंशसा छूती थी, न विपिन की भर्त्सना।

पहले साल परिचित और नये चेहरों की संख्या काफी बढ़ी थी, फिर धीरे-धीरे घटने लगी। हमदर्दी के लिए बात पुरानी हो चुकी थी और उन्हें लगता था कि वे अपना फर्ज़ अदा कर चुके हैं। सिर्फ़ एक चेहरा था जो निरन्तर बना रहा और घर में बहुत भीतर तक प्रवेश कर गया। पर मंजरी किसी प्रकार की हड़बड़ी में नहीं थी। हाँ, इतना ज़रूर हुआ कि एकाएक उसे बहुत-बहुत अकेलापन लगा, नौकरी बोझ लगने लगी और जीवन नीरस।

कभी-कभी वह अकेले क्षणों में सोचती कि नहीं, वह अब ज़िन्दगी की राहों को बदलेगी नहीं। जिस तटस्थता से उसने सब-कुछ झेला और अपने को टूटने नहीं दिया, उससे उसे लगने लगा था, जैसे वह बहुत बड़ी हो गई है, मैच्योर हो गई है। उस उम्र में यह सब शायद उसके लिए सम्भव नहीं होगा। पर जब भी वह चेहरा करीब आता, अनायास ही उसकी उम्र के दस साल कहीं चले जाते और तब वह सोचती कि नहीं, कहीं कुछ नहीं बिगड़ा है। दिनों ने गुज़रकर उसकी उम्र की संख्या में ज़रूर वृद्धि कर दी है पर भावनाएं तो आज भी अछूती ही हैं। ज़िन्दगी के वे सुनहरे दिन, जब उसे अपनी भावनाओं को ख़र्च करना था, मरे हुए सम्बन्धों की लाश ढोने में ही बीत गए।

फिर भी उसने तीन साल तक कोई निर्णय नहीं लिया। उसने सोचा था, केवल सोचा ही नहीं चाहा था, बहुत सच्चाई और ईमानदारी से चाहा था कि जैसे वह विपिन के सम्बन्ध से उबर गई थी, इस अकेलेपन से भी उबर जाए। पर उसने पाया कि वह अपने सहारे अपने अकेलेपन से लड़ने की कोशिश कर रही है। उसे खुद महसूस हुआ कि असित के प्रति उसका व्यवहार कहीं असन्तुलित होता चला जा रहा है। लोगों ने उसे दबी-दबी ज़बान से सलाह दी थी कि उसे असित को होस्टल भेज देना चाहिए। पहले वह बराबर विरोध करती रही थी—कुछ आर्थिक कारणों से और कुछ इसलिए कि उसे भेजकर वह स्वयं कितनी अकेली हो जाएगी। पर फिर उसे खुद लगा था कि वह अपना अकेलापन खत्म करने के लिए बच्चे का सारा भविष्य खत्म किए दे रही है।

तब उसने दो निर्णय एक साथ लिए थे। असित को होस्टल भेज देगी। वह अपना अकेलापन समाप्त करने के लिए सही और स्वाभाविक मार्ग ही अपनाएगी।

उसे इस बात पर खुशी भी हुई थी और हल्का-सा गर्व भी कि स्थिति बहुत अधिक बिगड़ने से पहले ही वह एकाएक तटस्थ होकर चीज़ों को उनके सही रूप में देख लेती है और फिर उन्हीं के अनुरूप निर्णय भी ले पाती है।

दिलीप अब साथ आ गया था और इसलिए ज़िन्दगी के दस वर्ष एकदम चले गए थे। घर बदल गया था और बिल्कुल नये ढंग से सजाया गया था। नये घर की साज-सज्जा में हमेशा कुछ-न-कुछ गुनगुनाते हुए वह काम किया करती थी। नौकरी उसने छोड़ दी थी, क्योंकि साथिनों की नज़रों में झाँकती हिकारत उसे बर्दाश्त नहीं होती थी। वैसे भी इस काम से वह बहुत ऊब चुकी थी। अब दिसम्बर की सरदी में सारी रात किसी की बाँहों में गरमाए रहने के बाद जब उसकी अलस आँखें खुलतीं तो सामने की ड्रेसिंग-टेबल पर उसे अपने प्रसाधन की अनेक चीज़ें सजी हुई दिखाई देती थीं, छमाही इम्तिहान की कापियों का गट्ठर नहीं। तब मन बहुत हल्का और आश्वस्त हो जाता था।

छुट्टियों में असित घर आया था। दिलीप को वह बराबर घर में देखता रहता था, सो मंजरी को दोनों को परिचित करने वाला संकट नहीं झेलना पड़ा। असित के आने से मंजरी बहुत प्रसन्न थी और उसे समझ नहीं आता था कि उसे क्या खिलाए, कहाँ घुमाए। दिलीप के जाते ही वह उसे लेकर निकल जाती। दिसम्बर की सुहानी धूप सारी दिल्ली को बेहद सुहाना और उत्फुल्ल बनाकर सड़कों-मैदानों पर फैली रहती थी। शाम को वे लौटते, तो दोनों के हाथों में असित के फरमाइशी पैकेट होते थे।

छुट्टियाँ समाप्त होने पर असित लौटने लगा। उसके स्कूल के बच्चों का पूरा ग्रुप था। स्कूल से छह महीने का बिल भी आया था। दिलीप ने यों ही कह दिया—‘‘यह स्कूल काफ़ी महँगा है, इस महीने यों भी काफी खर्च हो गया।’’ तो मंजरी के चेहरे पर हल्की-सी छाया तैर गई। बात साधारण थी और सच्ची भी। असित दिलीप का बच्चा होता तब भी वह यह बात कह सकता था। पर असित दिलीप का बच्चा नहीं था, और क्योंकि सन्दर्भ दूसरा था इसलिए बात का अर्थ भी दूसरा हो गया। दिलीप ने शायद स्थिति को भाँप लिया और सारी बात को सहज बनाने के लिए कहा, ‘‘क्या ज़माना आ गया है, हम इतना पढ़

लिए हैं पर ऐसी लम्बी-चौड़ी फीस कभी नहीं दी।'' पर बात फिर भी शायद सहज नहीं हो पाई थी। मंजरी को पहली बार अपनी नौकरी छोड़ने पर अफ़सोस हुआ।

और उसके बाद धीरे-धीरे फिर उस घर में एक अदृश्य मेज़ उभर आई थी, पर वह मेज़ दिलीप के कमरे में नहीं, मंजरी के कमरे में आई थी और वह दो दरवाज़ों में बंटी हुई थी—एक व्यक्तिगत, एक पारिवारिक। व्यक्तिगत दराज़ में असित के फरमाइशी पत्र, उसके चित्र, उसके स्कूल की रिपोर्ट और विपिन के कुछ औपचारिक पत्र थे, जिसमें यह आश्वासन दिया गया था कि असित का आधा खर्च वह दिया करेगा।

और मेज़ का वह विभाजन फिर पहले की तरह मन और शरीरों में होता हुआ सारे घर में फैल गया था। बाहर से कहीं कुछ नहीं था—न बातचीत में, न व्यवहार में, पर अनजाने और अनचाहे ही भीतर से जैसे मन बँट गए थे, ज़िन्दगी बँट गई थी। इस बार हालाँकि प्रसंग और स्थितियाँ दूसरी थीं, पर बँटने की पीड़ा वही थी, वैसी ही थी।

रात में, दिन में, लेटे-लेटे मंजरी न जाने क्या-क्या सोचा करती! जब-तब विपिन भी याद आने लगा और आश्चर्य यह कि उसका यों याद आना अब उतना बुरा भी नहीं लगता। फिर भी वह एहसास से मुक्त नहीं हो पाती कि विपिन ने केवल अपनी ज़िन्दगी को ही टुकड़ों में नहीं काटा, कितने कौशल से वह उसकी ज़िन्दगी को भी टुकड़ों में काट गया है कि आगे उसे सारी ज़िन्दगी ही इन टुकड़ों की अभिशप्त छाया में काटनी होगी कि वह अब भी अपनी सम्पूर्ण ज़िन्दगी नहीं जी पाएगी।

एखाने आकाश नाइं...

कभी मित्र लोग जब 'तीसरे सदस्य' का मज़ाक करते, तो जाने क्यों उसका मन अव्यक्त-से बोझ से दबने लगता.....इस बात को वह महज़ मज़ाक में नहीं ले पाता। पर इस समय उसके मन में सामने बैठी लेखा पर जाने कैसा प्यार उमड़ने लगा....कितनी कमज़ोर हो गई बेचारी! कितना परिश्रम किया है....!

"शिप्रा के स्कूल की बात सुनकर मुझे कितनी खुशी हो रही है, मैं बता नहीं सकती। क्यों न हम लोग आज ही उसके यहाँ चलें?" प्लेट में नाश्ता लगाकर दिनेश की ओर बढ़ाते हुए लेखा ने कहा।

"चलो।"

"हिम्मतवाली लड़की निकली, आखिर स्कूल खोल ही लिया! मुझे तो आज वह दिन याद आता है, जब हेमेन्द्र से अलग होकर वह बीनू की गोद में सिर रखकर फूट-फूटकर रोई थी। जाने क्यों, उस दिन लगा था कि बस, अब यह ज़िन्दगी-भर यों ही, रोती-बिलखती रहेगी। पर कितनी जल्दी संभाल लिया उसने अपने-आपको....!"

"मैं अन्दर आ जाऊँ, लेखा जी?" परदा हटाकर चमकते दाँतों की एक झलक मारते हुए सुषमा ने पूछा।

"अरे, आओ....आओ!" लेखा ने बिना कुरसी से उठे ही स्वागत किया।

खिड़की से सामने के कमरे की ओर झाँकते हुए दिनेश ने पूछा, "क्या बात है, आज महिम अभी तक नहीं लौटा क्या?"

महिम सामने के कमरे में ही रहता है। इधर जब-जब सुषमा उससे मिलने आई है, तो उससे मिलकर ही चली गई है, दिनेश के पास नहीं आई। उसी का उलाहना दिनेश ने दिया, तो सुषमा झेंप गई।

"वाह, आप तो ऐसे कह रहे हैं जैसे उनके रहने पर मैं आपके पास आती ही नहीं।"

लेखा ने ज़रा छेड़ने के लहजे में कहा, ‘‘आती तो नहीं है आजकल, पर ख़ैर, तुझे दोष नहीं देंगे......यह उमर ही ऐसी होती है।’’ फिर नये प्याले में चाय डालते हुए पूछा, ‘‘और सुना, घर की क्या खबर है?’’

‘‘घर की!’’ और सुषमा दो मिनट को चुप हो गई। फिर मेज़ पर ही नज़रें टिकाए बोली, ‘‘हमने अपनी शादी की तारीख़ तय कर ली है और मैंने कल घर में भी सबको बता दिया है!’’

‘‘ओऽहोऽऽ, यह बात है! तब तो मुबारक हो, सुषमा! लो, इस खुशी में मैं मिठाई की जगह एक चम्मच चीनी ही खा लेता हूँ।’’ और हँसते हुए दिनेश ने सचमुच ही एक चम्मच चीनी फाँक ली।

‘‘घरवाले मान गए अब तो?’’ लेखा ने सुषमा के चेहरे पर छाई हल्की-सी उदासी को लक्ष्य करके पूछा।

‘‘कल से ही घर में कोहराम मचा हुआ है। पिताजी गुस्से में बावले हुए घूम रहे हैं और अम्मा ने रो-रोकर सारा घर सिर पर उठा लिया है।’’

‘‘अरे, वह सब ठीक हो जाएगा....शुरू में सब ऐसे ही करते हैं।’’ खाली प्याला दिनेश ने लेखा के सामने सरका दिया।

‘‘हाँ, ठीक तो हो ही जाएगा, पर इस समय घरवाले भी साथ देते, तो...’’ बरबस ही आँखों में आए आँसुओं को पीते हुए सुषमा ने कहा, ‘‘पिछले तीन साल से मैं केवल घरवालों के लिए ही मर-खप रही हूँ। नौकरी के साथ दो-दो ट्यूशन करके मैंने घर का सारा खर्च चलाया। अब पिंकी ने बी.ए. पास कर लिया, तो अपनी बात पर सोचना शुरू किया। पर इन लोगों से इतना भी नहीं होता कि मेरी हँसी-खुशी में भी साथ दें।’’ सुषमा रुकी। दिनेश उसे तसल्ली देने के लिए कुछ कहने जा ही रहा था कि उसने फिर शुरू कर दिया, ‘‘इन लोगों के ख़्याल से मैं बहुत सुन्दर हूँ। पढ़ी-लिखी तो हूँ ही, सो ये सोचते हैं कि इस आधार पर तो ये मुझे बड़ी आसानी से किसी सम्पन्न परिवार में ब्याह सकते हैं—ऐसे परिवार में जहाँ जाकर मैं छोटी बहन का बोझ अपने ऊपर ले सकूँ। पर मेरी समझ में नहीं आता कि वे....’’ और आवेश में आकर उसने अपना होंठ काट लिया।

‘‘हम लोग करेंगे तुम्हारी शादी, तुम चिन्ता क्यों करती हो? दुनिया-भर की हिम्मत तुममें है और इस बात पर यों घबरा रही हो, धत्तेरे की!’’ और दिनेश ने सारी बात को कुछ ऐसे हल्के ढंग से उड़ा दिया, मानो कोई बात नहीं है, ‘‘लेखा, आज तो मिठाई मँगवाओ तुम इसी खुशी में।’’

‘‘कौन-सी तारीख तय की है?’’ लेखा ने नौकर को रुपये देते हुए पूछा।

‘‘तेईस अप्रैल! बस, अब तो दस दिन बाकी रह गए हैं।’’ कुछ लजाते हुए सुषमा बोली।

‘‘महिम ने हमें नहीं बताया। यों रोज़ ही घण्टों बैठकर गप्पें मारेगा, और इतनी ज़रूरी बात पी गया।’’ दिनेश ने एक बार फिर बाहर की ओर झाँका। सामने महिम के कमरे में अभी तक ताला लटक रहा था। ‘‘अभी तक लौटे ही नहीं हैं हज़रत!’’

मिठाई की प्लेट सुषमा की तरफ बढ़ाते हुए दिनेश ने कहा, ‘‘कल शिप्रा के स्कूल का उद्घाटन है, वहीं बैठकर तुम्हारी शादी की व्यवस्था भी कर देंगे। लो, इस बात पर मिठाई खा लो।’’ सुषमा गुलाबजामुन तोड़ने लगी, तो रोकते हुए बोला, ‘‘नहीं-नहीं, तोड़कर नहीं, पूरा-का-पूरा उठाकर खा जाओ।’’ सुषमा ने पूरा गुलाबजामुन मुँह में भर लिया, तो उसके दोनों गाल फूल गए। रूमाल सामने लगाकर उसने जैसे-तैसे उसे निगल लिया।

‘‘हाँ, ऐसे!’’ हँसते हुए दिनेश ने कहा, ‘‘अब जरा हँस भी दो। शादी की बात भी कोई ऐसे रो कर सुनाता होगा! हँसो-हँसो...’’

सुषमा हँस दी।

‘‘कोर्ट में अर्जी तो दे ही दी होगी?’’

‘‘हाँ, कल ही दे दी।’’

‘‘बस, तब क्या! गवाहों की कोई कमी नहीं है और सब मित्र लोग मिलकर एक पार्टी कर देंगे, हो गई सुषमा की शादी। बोलो, अब किस बात की चिन्ता है?’’

‘‘सुहागरात का कमरा मैं सजा दूँगी!’’ हँसते हुए लेखा ने कहा तो सुषमा के गालों में एकाएक ही गुलाब खिल आए।

शिप्रा के स्कूल के उद्घाटन पर जब लेखा पहुँची, तो उस पर जैसे स्नेह-भरे उलाहनों की बौछार-सी हो गई।

‘‘ओ हो! धन भाग हमारे, लेखा, जो तुम आई हो! वरना आजकल तो तुम्हारे दर्शन भी दुर्लभ हो गए हैं!’’ कुरसियाँ जमाते हुए बीनू बोली।

लेखा हल्के-से मुस्कराई, तो गालों की हड्डियाँ कुछ और उभर आईं और आँखों के पास की झुर्रियाँ कुछ अधिक स्पष्ट, अधिक गहरी हो उठीं।

‘‘कौन? लेखा जी आई हैं क्या?’’ स्टूल पर खड़ा तसवीर टाँगता वर्मा घूमा और दोनों हाथ जोड़कर प्रणाम की मुद्रा में खड़ा हो गया, ‘‘चलिए, इसी बहाने आपसे मुलाकात तो हुई! क्या बताएँ, आपने तो हम सब ‘मित्तर’ लोगों को इस

बेहरमी से काट दिया है कि बस!'' और उसने हँसते हुए एक हथेली पर दूसरी हथेली का आरा चला दिया।

तभी दिनेश माथे का पसीना पोंछता हुआ घुसा, ''क्या गर्मी है कमबख्त! हवा का कहीं नाम तक नहीं!'' और धम्म से ठीक पँखे के नीचे वाली कुरसी पर बैठ गया।

''क्यों रे दिनेश, लेखा जी को खाना-वाना भी देते हो या नहीं? क्या हड्डियाँ-हड्डियाँ निकल रही हैं।'' स्टूल से नीचे उतरकर वर्मा दिनेश के पीछे जा खड़ा हुआ और अपनी लगाई हुई तसवीर देखने लगा।

''क्यों, कैसी लग रही है यह तसवीर?''

''एक्सीलेंट!'' दिनेश ने सिगरेट का धुआँ छोड़ते हुए कहा और फिर काम में लगे हुए लोगों पर एक सरसरी-सी नज़र डालते हुए पूछा, ''शिप्रा जी कहाँ हैं?''

दिनेश की बग़ल वाली कुरसी पर बैठते हुए वर्मा ने कहा, ''वे कुछ सामान ख़रीदने गई हैं, आती ही होगी।'' और सिगरेट निकालकर सुलगाने लगा।

''तुम्हारी कम्पनी का क्या तय हुआ?'' दिनेश ने पूछा तो दो क्षण वर्मा चुप ही रहा, फिर धीरे-से बोला, ''तय हो गया है कि जून में बंद हो जाएगी!''

''तब?''

''क्या बताएँ यार, बड़ी मुसीबत है! इस उम्र में नई नौकरी ढूँढ़ना, नए सिरे से जमना...सोचता हूँ, तो मेरी तो कुछ समझ में ही नहीं आता।''

''कोशिश तो कर ही रहे होंगे....कहाँ-कहाँ बात चल रही है?''

''चल तो रही है दो-तीन जगह...कई जगह अर्ज़ियाँ भी दे रखी हैं, पर मन लायक बात अभी कहीं नहीं है।'' वर्मा के स्वर में चिन्ता-सी उभर आई, ''दो-दो बच्चों की ज़िम्मेदारी, फिर रहन-सहन के स्टैंडर्ड भी जो बन गए, घटाए नहीं जा सकते। सबसे बड़ी मुसीबत तो यह है कि दो महीने भी बिना काम के बैठना पड़ गया, तो खाएँगे क्या..... हालत तो तुम जानते ही हो।''

जाने क्यों, दिनेश को लगा कि इस समय यह प्रसंग छेड़कर उसने अच्छा नहीं किया। वह चुप हो गया। वर्मा सिगरेट पीता रहा।

मंच के सामने अल्पना बनाते हुए प्रीति बोली, ''लेखा, तुम तो सचमुच बहुत ही कमज़ोर हो गई हो। अरे, हम लोगों से मिलना-जुलना छोड़ दिया तो छोड़ दिया, अपनी सेहत का तो ख़्याल रखा करो।''

''क्या करूँ, कुछ तो यहाँ की आबहवा ही ऐसी है। न खुली, न साफ़ हवा मिलती है न अच्छा खाने-पीने को, फिर इधर कुछ....''

लेखा की बात को बीच में काटकर मेहरा बोला, ''अरे साहब, कॉलेज और घर के काम के साथ-साथ दो साल में थीसिस लिख डालना कोई सरल काम है क्या? हम तो आपकी लगन और परिश्रम की दाद देते हैं, लेखा जी?''

सभी ने इस बात को महसूस किया कि मेहरा के लहजे में लेखा की प्रशंसा कम और प्रीति के निकम्मेपन पर आरोप ज्यादा था।

प्रीति खून का घूँट पीकर रह गई। वह जानती है कि जब से उसने स्कूल छोड़ा है, मेहरा उसे जब-तब यों ही ताने सुनाया करता है। उससे घर का और स्कूल का काम साथ-साथ नहीं होता, तो वह क्या करे? नौकरों का तो यह हिसाब है कि चार दिन रहते हैं, तो आठ दिन ग़ायब! फिर वह लेखा की तरह अकेली भी नहीं कि चाहे जैसे रह लिए, चाहे जैसा खा लिया। सास-ससुर के साथ रहती है। घर के काम में ज़रा-सी कसर हुई नहीं कि महाभारत मच जाता है। हारकर उसने नौकरी छोड़ दी, तो अब मेहरा नाराज! उसकी आय भी घर का एक सहारा थी, पर वह क्या करे...यह दोहरी मेहनत उससे नहीं होती। वह काम करती थी, तब भी खुश नहीं थी, छोड़कर और भी दुःखी हो गई। मेहरा के मन में यह भाव है कि वह उसके माता-पिता के साथ रहने से प्रसन्न नहीं है...बात कुछ हद तक ठीक भी है और इसलिए मेहरा उससे खिंचता चला जा रहा है। दिनों-दिन बढ़ते इस तनाव को वह स्वयं महसूस कर रही है, पर नहीं जानती, कैसे इस तनाव को दूर करे।

दोनों हाथों में ढेर सारे रजनीगन्धा के फूल और दो आदमियों के सिर पर कोकाकोला की पेटियाँ लदवाए शिप्रा घुसी।

''शिप्रा जी, लीजिए, सब तैयार है। देखिए, देखकर पास कर दीजिए और मेहनताने के रूप में कोलाकोला की एक-एक बोतल इधर बढ़वा दीजिए। क्या गर्मी पड़ रही है कमबख़्त! गला एकदम सूख गया है।'' वर्मा ने फ़रमाइश की। शिप्रा हँसी। उसने पेटियों में से बोतलें निकालकर एक-एक के हाथ में थमाना शुरू किया और बोली, ''मैं तो आप लोगों के भरोसे एकदम ही निश्चिन्त हूँ, वर्मा भाई!'' और फिर सरसरी-सी नजर सारे हॉल पर डाली। सारा हॉल जगमगा रहा था। शिप्रा का अपना मुख भी जैसे चमकने लगा। तभी उसकी नज़र कोने में बैठी लेखा पर पड़ी। ''अरे तू आ गई, लेखा। तुझसे तो मुझे इतनी लड़ाई करनी है कि बस!'' और आगे बढ़कर हाथ के सारे फूल उसकी गोदी में पटककर बोली, ''ले, चल, फूल लगा सब।''

लेखा फूल लेकर उठी तो शिप्रा उस कुरसी पर बैठ गई।

दिनेश ने हँसते-हँसते कहा, ''शिप्रा जी, कल मुझे तो आप फोन पर इस कदर डाँट रही थी...अब लड़िए न लेखा से?''

शिप्रा कुछ कहती, उसके पहले ही लेखा बोल पड़ी, ''एक महीने बाद तेरे स्कूल की ही ड्यूटी बजाया करूँगी, शिप्रा, बस एक महीने और रुक जा।''

'एक महीने बाद तेरी यह घुलती काया रह भी जाएगी, मुझे इसीमें सन्देह है...क्या सूरत बना रखी है!'' एकटक लेखा की ओर देखते हुए शिप्रा बोली।

दिनेश ने देखा, लेखा के गालों पर गले की हड्डियाँ बेहद उभर आई हैं। नहीं, अब ऐसे नहीं चलेगा।

बातचीत के सारे प्रसंग को अपने पर से हटाने के उद्देश्य से लेखा ने सबको सम्बोधित करते हुए कहा, ''आप लोगों को पता है, सुषमा और महिम इस तेईस तारीख़ को शादी कर रहे हैं।''

''सच! तारीख़ तय कर ली? गुड!'' वर्मा ने कोकाकोला की बोतल से घूँट सिप करके बोतल को एक ओर सरकाते हुए कहा।

''बात तो उससे कल ही हुई थी...आज के प्रोग्राम में उसका गाना जो है। पर कल तो उसने कुछ नहीं बताया। अभी तक वह आई भी नहीं।'' और शिप्रा ने घड़ी देखी, ''ख़ैर, अभी तो समय है। घरवाले उसकी शादी नहीं कर रहे... सो यह पुण्य कार्य भी हम लोगों को ही करना है। मैंने उससे कह दिया कि तू निश्चिन्त रह, हम लोग तेरी शादी कर देंगे। पार्टी के लिए चन्दा कर लेंगे। बस, और करना ही क्या है!''

''कांग्रेचुलेशन्स, शिप्रा जी!' चिल्लाते हुए माथुर और मीना ने प्रवेश किया।

''आओ माथुर! यार, तुम बड़े उस्ताद हो! काम के समय तुम्हारा कहीं पता ही नहीं चलता। बस, मेहमान की तरह चले आ रहे हैं!'' देखते ही वर्मा चिल्लाया।

''शागिर्दों को भेज तो दिया था पहले ही काम करने के लिए। देखो, सब काम हो गया।'' और पंखे के नीचे वाली कुरसी पर रूमाल से पसीना पोंछने लगा, तो वर्मा ने पीठ पर धौल जमाते हुए कहा, 'इन्हें पसीना आ रहा है! काम-धाम कुछ किया नहीं और पसीना सुखा रहे हैं।''

''शिप्रा जी, कोई आदमी भेजिए हारमोनियम उतारने के लिए।'' बाहर से ही चिल्लाती हुई सुषमा घुसी। उसने हल्के गुलाबी रंग की साड़ी और उसी रंग का ब्लाउज पहन रखा था।

''बड़ी पिंकी बनकर आई है।''

‘‘सुना, तू बड़ी जल्दी मिठाई खिला रही है!’’

‘‘अकेली कैसे है? महिम को कहाँ छोड़ आई?’’

बिना एक भी प्रश्न का उत्तर दिए सुषमा नौकर को लेकर बाहर चली गई।

‘‘आज तो इसका चेहरा ही बदला हुआ है। कल आई थी, तब तो बात-बात पर जैसे आँखें भर-भर आ रही थीं। लगता है....’’

गाने की एक कड़ी गुनगुनाती सुषमा घुसी, तो दिनेश के अधूरे वाक्य पर विराम लग गया।

‘‘शिप्रा जी, यदि आप अनुमति दें, तो एक घण्टे को ज़रा बाहर घूम आएँ। प्रोग्राम शुरू होने के ठीक आधे घण्टे के पहले पहुँच जाएँगे। यहाँ बैठे-बैठे तो दम घुटा जा रहा है।’’ दिनेश ने पूछा।

‘‘बाहर की हालत तो और भी बदतर है। यहाँ कम-से-कम पंखे तो हैं। टैक्सी के लिए इन्तज़ार करने में मेरी आज जान ही निकल गई....! आज तो बला की गर्मी है...हवा एकदम बन्द!’’ सुषमा के ललाट पर पसीने की बूँदें एक-दूसरे से मिलकर धारा के रूप में बहने लगी थीं।

‘‘पंखे-पंखे...चौबीस घण्टे पंखों के नीचे रहते-रहते मेरा तो सिर भन्ना जाता है कमबख्त!’’ दिनेश शायद सबसे अधिक कष्ट पा रहा था।

‘‘अरे, कलकत्ता की यही तो विशेषता है!’’ और सुषमा एकाएक ही ऊँचे स्वर से गा उठी।

शोनो बन्धु शोनो प्राणहीन ऐ शहरेर इतिकथा
इंटेर पांजोड़े लोहार खांचाए दारुण मर्म व्यथा
एखाने आकाश नाइं, एखाने बाताश नाइं
एखाने अन्धगलीर नरके मुक्तिर व्याकुलता...

और सभी उसके स्वर-में-स्वर मिलाकर गाने लगेः ‘‘एखाने आकाश नाइं, एखाने बाताश नाइं....’’ सारा हॉल संगीत से गूँज उठा और सारी घुटन और बेचैनी स्वर-लहरियों पर थिरक-थिरककर इधर-उधर बिखरने लगी।

उद्घाटन-समारोह ठीक होने पर लेखा लौटी, तो वह बेहद थक गई थी। बिना कपड़े बदले वह ज्यों-की-त्यों पलंग पर जा पड़ी। दिनेश उसके सिरहाने बैठकर दो क्षण तक उसके क्लान्त चेहरे को देखता रहा। पसीने से सारा पाउडर पुँछ चुका था और एक अजीब-सी चिपचिपाहट चेहरे पर छाई हुई थी। बड़े स्नेह से लेखा के सिर को सहलाते हुए दिनेश ने कहा, ‘‘लेखा, आज तो मुझे एकाएक

ही लग रहा है कि तुम बहुत ही कमज़ोर हो गई हो। देखो तो हड्डी-हड्डी निकल रही है! पिछले छः सात महीने के परिश्रम ने तुम्हें तोड़ दिया है। सोचता हूँ, तुम कुछ दिनों को बाहर चली जाओ।''

लेखा धीमे से मुसकराई। दिनेश को याद आया, मुसकराती लेखा कभी कितनी आकर्षक लगती थी और अब...

''पहली मई से तुम्हारा कॉलेज बंद हो रहा है...बस, उसी दिन चली जाओ। मैं भी छुट्टी के लिए एप्लाई कर देता हूँ। जैसे ही छुट्टी मंजूर होगी, आ जाऊँगा।''

''पागल हो गए हो? आज सबने कह दिया, तो तुम्हें बस...''

''अरे, कह क्या दिया? मुझे क्या दिखाई नहीं देता?'' और एक बार दिनेश ने लेखा की आँखों के पास पड़े हुए गड्ढों को छूकर देखा...चेहरे पर पड़ी हुई झुर्रियों को महसूस करके देखा।

''सोचता हूँ, न हो तुम कुछ दिनों को घर ही चली जाओ। अम्मा भी बड़ी खुश होंगी और वहाँ की तो आबहवा ही ऐसी है कि एक बार मुर्दा भी जी उठे। छुट्टी मंजूर होते ही मैं भी पहुँच जाऊँगा। कुछ समय सबके साथ रहकर फिर हो सका, तो हम लोग थोड़े दिनों के लिए कहीं पहाड़ पर चले जाएँगे।''

''अब थोड़ा-सा काम बचा है, इसे कर लेने दो न!''

''नहीं....नहीं, अब मैं कुछ नहीं सुनूँगा। अब ऐसा क्या काम है जिसके लिए यहाँ रहना ज़रूरी है? टाइप किए हुए चैप्टर वहाँ बैठकर भी रिवाइज़ किए जा सकते हैं। मैं कल ही बाबूजी को लिख दूँगा.....सुरेश और रमेश को भी लिख दूँगा। तुम्हारी सारी व्यवस्था कर देंगे वे लोग। पहली तारीख को तुम्हें जाना ही है।''

गाड़ी जब प्लेटफ़ॉर्म पर पहुँची, तो सूरज डूब चुका था। सारे आसमान पर सोने में घुली सिन्दूर पुत रही थी और वातावरण में सुनहरी आभा छाई हुई थी। लेखा ने खिड़की से सिर निकालकर देखा, उसकी उत्सुक आँखें रमेश और सुरेश को खोज रही थीं। रेंगती गाड़ी, आठ-दस अजनबी चेहरे, दो-चार कुली, प्लेटफ़ॉर्म की मामूली-सी चहल-पहल। गाड़ी ठहरने के बाद भी लेखा कुछ देर तक खिड़की में से ही झाँककर देखती रही, पर किसी भी परिचित को न देखकर उसने स्वयं कुली को बुलाकर सामान उतरवाया।

लेखा को लिए हुए तांगा चरमर-चरमर करता खेत-खलिहानों से गुज़र रहा था। ऊपर दूर-दूर तक फैला नीला चमकीला आसमान और नीचे हरे-भरे मैदान, पेड़ों के झुरमुट, छोटे-छोटे पोखर-पोखरों में नहाते नंग-धड़ंग बच्चे। कहीं ट्राम-बस,

हल्ला-गुल्ला, शोर-शराबा नहीं। उसे गरियाहट चौराहे की याद हो गई। गति... गति...गति...वहाँ की अविराम गति को देखकर लेखा को कभी-कभी चक्कर-सा आने लगता था। उसने फिर चारों ओर देखा। मन को डुबो देने वाली शान्ति और क्लान्त-थके दिमाग़ को सहला देने वाले दृश्य। अमलतास और गुलमोहर के पेड़ों की फूलों से लदी टहनियाँ तांगे की छत को छू-छूकर लेखा की अगवानी कर रही थीं।

“चाची आ गई....चाची आ गई!” के शोर में ही लेखा घुसी। सिर पर पल्ला ओढ़ते हुए उसने अम्मा और भाभी के पैर छुए।

“बहू, तुम्हारा तो तार कोई दो बजे मिला, पर न घर में सुरेश, न रमेश। मैं तो इन निगोड़ों के मारे ऐसी परेशान हूँ कि क्या बताऊँ!”

साड़ी के पल्ले से ही हाथ पोंछती हुई गौरा रसोई से निकली, “नमस्ते भाभी!” लेखा ने बड़े दुलार से गौरा की पीठ पर हाथ फेरा, पर उसे लगा, जैसे गौरा पहले से कहीं बहुत बदल गई है। चेहरे पर न वह चमक है न कान्ति। रूखे बिखरे केश, मटमैली-सी साड़ी और कान्तिहीन चेहरा।

“तुम्हें तकलीफ़ तो नहीं हुई, बहू? तुम्हारे बाबूजी सुनेंगे तो दोनों की हड्डी-पसली एक कर देंगे।”

“नहीं अम्मा, तकलीफ़ कैसी! सीधा तो रास्ता है।”

“यही तो तुम पढ़ी-लिखियों का आराम है। हम जैसे हों, तो वहीं टिसुए बहाने लगें।”

लल्ला-बिट्टू ने मिल-मिलकर सामान भीतर रख दिया। गौरा ने चूल्हे पर से दाल उतारकर चाय का पानी चढ़ा दिया। लेखा सबके स्वागत और स्नेह को सिर-आँखों पर झेलती आँगन में बिछी खाट पर बैठ गई। आँगन के किनारे-किनारे पेड़ लगे थे और उनकी टहनियाँ हिल-हिलकर पंखा झल रही थीं। गर्मी या उमस का कहीं नाम तक नहीं था।

“भैया की छुट्टी कब तक मंजूर होगी, बहू?” अम्मा ने पूछा।

“दरख़्वास्त तो दे दी है...देखिए, कब मिलती है।”

“और तुमने ये हड्डी-हड्डी क्यों निकाल रखी हैं? दो जनों का तुम्हारा परिवार, ऐसा क्या काम रहता है तुम्हें भला जो यों बुढ़ापा आ गया। देखो तो, क्या सूरत बना रखी है!”

“काम तो कुछ नहीं, पर वहाँ की आबहवा ही कुछ ऐसी है अम्मा, कि...”

“तभी तो हम कहें हैं भाई कि यहीं रहो।” बात को बीच में ही काटकर

अम्मा बोलीं, ''क्या फायदा तुम्हारी कमाई का? यहाँ जो रूखा-सूखा मिले, सो ही खाओ। दोनों जने कमाते हैं और सूरत तो देखो, जैसे छह महीने से रोटी न मिली हो! भैया को देखो, वे तो आधे रह गए। यहाँ का तो पानी भी दूध की तरह गुनकारी है।''

लेखा केवल मुसकराई, पर ज़रा दूर बरामदे में बैठी तरकारी काटती हुई भाभी बोलीं, ''कलकत्ता के सैर-सपाट छोड़कर कौन इस घनचक्कर में फँसेगा। यह तो हमारे खोटे भाग हैं, जो रात-दिन कोल्हू के बैल की तरह पिसते रहते हैं।''

भाभी के स्वर की तल्खी और आक्रोश से लेखा अवाक्-सी रह गई। उसने बड़े झिझकते हुए अम्मा के चेहरे की ओर देखा।

तभी आँगन का पिछला दरवाज़ा खोलकर अपने साल-भर के लड़के को गोदी में लटकाए हुए चाची ने प्रवेश किया।

''आ गई क्या बहू?''

लेखा ने चट से उठकर चाची के पैर छुए, पर घर से और लोगों के चेहरों पर आए उपेक्षा-भाव ने स्पष्ट कर दिया कि उनका आना वहाँ किसी को अच्छा नहीं लगा।

''आइए, बैठिए, चाचीजी!'' थोड़ा साहस करके लेखा ने आग्रह किया। चाची और अम्मा के झगड़े की बात उसे मालूम थी, फिर भी...

''मैं तो सिर्फ़ तुम्हें देखने चली आई थी। भैया ने तो मुझे कभी पराया नहीं समझा। खा-पी लो, तुम भी कुछ देर को उधर आना।'' और वे वैसे ही लौट पड़ीं। जब तक दरवाज़ा बन्द नहीं हो गया, अम्मा की कुपित दृष्टि उनका पीछा करती रही।

घर के सब लोग लेखा के सामान के चारों ओर मँडरा रहे थे। उसने उठकर बक्सा खोला। वह सभी के लिए कुछ-न-कुछ लाई थी। अम्मा, भाभी, चाची और गौरा के लिए साड़ियाँ, बच्चों के लिए खिलौने, सुरेश और रमेश के लिए पेन...

चाची वाली साड़ी अम्मा ने अपनी ओर सरकाकर कहा, ''कोई ज़रूरत नहीं है उसे देने की। पहले ही मेरा तो सारा घर खाए बैठी है चुड़ैल! मुकदमेबाज़ी कर रही है मरी उस तहसीलदार के साथ मिलकर। ऐसे लक्षण हैं, तभी तो छोड़ रखा है खसम ने। मैं तो कहूँ, लाख रुपए के हैं लालाजी, पर चुड़ैल ने उनकी ज़िन्दगी हराम कर दी। हारकर उन्ने भी दूसरी कर ली। इत्ते पर चैन थोड़े है निगोड़ी को! यहाँ बैठी-बैठी मूँग दल रही है!''

''अरे भाभी, आप?'' आँखों में विस्मय और होंठों पर हँसी लपेटे सुरेश ने घर में घुसते हुए कहा, ''न कोई खबर, न सूचना!''

''तुम घर में रहो तो ख़बर भी मिले।'' अम्मा बिगड़ीं और हाथ नचाते हुए बोलीं, ''मैं पूछूँ कि घरवालों ने तुम्हारा कर्ज़ा खाया है जो दोनों जून रोटियों के मिस वसूलने आ जाते हो। सवेरे के निकले-निकले लाट साहब अब चले आ रहे हैं!''

भाभी के सामने यों छोटे बच्चों की तरह झिड़का जाना सुरेश को कुछ असह्य-सा जान पड़ा। झल्लाकर बोला, ''कॉलेज गया था और क्या! मुझे क्या मालूम कि भाभी आ रही हैं!''

''सात बजे तक कॉलेज में बैठा था! अरे, पढ़ी-लिखी नहीं हूँ तो क्या निरा उल्लू ही समझ रखा है तूने?'' साड़ियों को बग़ल में दबाकर उठती हुई अम्मा बोलीं।

''लाइब्रेरी गया था। इस घर में पढ़ने की कहीं जगह भी है जो आऊँ! सारे दिन तो किचकिच मची रहती है।''

''महल चिना लो अपने लिए! लाट साहब ही बने जा रहे हैं?'' बड़बड़ाती अम्मा भीतर चली गई।

गौरा चाय बना लाई और प्याला लेखा के सामने बढ़ा दिया। सबके बीच बैठकर यों अकेले चाय पीते हुए लेखा को बड़ा-अजीब-सा लग रहा था। यों वह इस घर की बहू है, पर पढ़ी-लिखी है, कमाती है और कुछ ऐसे भिन्न वातावरण से आई है कि उसके साथ यहाँ शुरू से ही विशेष सम्मानित अतिथि का-सा व्यवहार होता है।

''आप भी चाय पीजिए, सुरेश भैया!'' प्याला उसकी ओर बढ़ाते हुए लेखा ने कहा। लौटती हुई अम्मा की ओर उपेक्षा-भाव से देख उसने कहा, ''नहीं भाभी।'' और वह धड़ाधड़ सीढ़ियाँ चढ़ गया।

लेखा ने चाय का प्याला मुँह से लगाया, तो सारे दिन के थके-हारे दिनेश का कुम्हलाया-सा चेहरा उसके आगे घूम गया। उसे याद आया, कभी वह रात में देर तक जागती, तो दिनेश खुद उसके लिए कॉफ़ी बना लाता था...वह कितनी नाराज़ होती थी फिर भी...

जाने क्यों उसके मुँह का स्वाद ही बिगड़ गया।

नहा-धोकर गीले बालों की एक ढीली-सी चोटी बाँध लेखा नीचे उतरी, तो भाभी और गौरा रोटियाँ सेंक रही थीं और अम्मा बच्चों को खाना परोस रही थीं।

''तुम्हारे बाबूजी आ गए, मिल लो।'' अम्मा ने कहा, तो जाने क्यों लेखा

को लगा, जैसे यहाँ अभी-अभी कुछ कहा-सुनी हो चुकी है। रसोई में कुछ धुआँ भी था और कुछ तनाव भी। लेखा ने चुपचाप जाकर पैर छुए और आशीर्वाद का सेहरा ओढ़ती हुई फिर रसोई में लौट आई।

''आप उठिए भाभी, मैं रोटी बेल देती हूँ।''

''रहने दो, बाबा। दो दिन आराम करके आदत नहीं बिगाड़नी है। तुम बाहर हवा में बैठो, तुम्हें तो आदत भी नहीं होगी।''

लेखा से जवाब देते नहीं बना। उसने गौरा से कहा, ''तुम उठो, गौरा।''

''नहीं भाभी।'' धुएँ से जलती आँखों को आँचल से रगड़ते हुए गौरा ने कहा। भाभी की इनकारी में जितनी तिक्तता थी, गौरा की इनकारी में उतनी ही नम्रता।

खाना-पीना समाप्त हुआ तो लेखा छत पर चली गई। ऊपर के कमरे में ही उसका सामान रखवाया गया था। सुरेश और रमेश वहीं पढ़ते भी थे। छत की मुँडेर पर खड़े होकर उसने देखा, चारों ओर खुले मैदान फैले पड़े हैं। दूर-दूर बने हुए मकानों की मन्द-मन्द बत्तियाँ टिमटिमा रही थीं। ऊपर स्वच्छ नीले आकाश में तारे झिलमिला रहे थे। गुलमोहर की टहनियाँ छत की मुँडेर को ढकती हुई छत पर आ गई थीं और चारों ओर फूल और पत्तियाँ बिखरी पड़ी थीं। ठण्डी महकती बयार हौले-हौले चल रही थी। धुएँ से घुटा हुआ कलकत्ता याद आया, जहाँ ऐसी खुली छत नहीं है, ऐसे खुले मैदान नहीं हैं, ऐसी प्यारी हवा नहीं है, तारों की ऐसी जगमगाती दीवाली नहीं है। वह आकर खाट पर लेट गई, तो पेड़ों की डालियाँ उसे पंखा झलने लगीं।

उसकी आँखों के आगे दिनेश उभर आया-कमरे में फुल-स्पीड पंखे के नीचे भी पसीने में भीगा, बेचैनी से करवटें बदलता, छटपटाता।

सवेरे चार बजते ही लेखा की नींद खुल गई। पिछले कई दिनों से वह नियमित रूप से चार बजे उठ रही है। आज उसे पढ़ना नहीं था, कोई और काम भी नहीं था फिर भी नींद खुल ही गई। वह उठी। उसके बिस्तरे पर पत्तियाँ और फूल की पंखुड़ियाँ झड़ी पड़ी थीं। थोड़ी ही दूर गौरा, सुरेश, रमेश, लल्ला, बिट्टू सोए हुए थे—निश्चिन्त बेख़बर। वह खाट से नीचे उतरी। मुँडेर पर अमलतास और गुलमोहर के फूल इठला रहे थे। भोर के हल्के-फीके प्रकाश में उनका रंग बड़ा चटकीला लग रहा था। लेखा ने फूलों को छुआ। अजीब-सी पुलक से उसका रोम-रोम भर गया। अपने कमरे में वह बहुत फूल लगाती है, पर पेड़ों पर लगे फूलों को बाँहों में भरने का यह आनन्द उसके लिए नया था।

चिड़ियों के कलरव से धरती-आसमान के ओर-छोर मिल गए और आसमान का कोना सिन्दूरिया आभा से दीप्त हो उठा। मैदानों में खिले रंग-बिरंगे जंगली फूलों में चटकीलापन आने लगा और चारों ओर एक नई स्फूर्ति का आभास मिलने लगा। मन में एक विचित्र-सी पुलक और ताज़गी लिए लेखा नीचे उतर आई।

दोपहर के सारे कामों से छुट्टी पाकर अम्मा ऊपर आकर लेखा के पास ही बैठ गईं।

''बहू, बड़ी के लक्खन तो तुम देख रही हो। उठते-बैठते कोसती है। उसे तो घर के हम सब ज़हर लगे हैं। हमें तो भाई उससे अब कोई उम्मीद नहीं रही। अब तो तुम्हीं इस घर को ढर्रे पर लगाओ तो लगे। हम तो हार गए।''

अम्मा के स्वर में व्यथा और निराशा उभर आई और उनका स्वर टूट गया।

''गौरा का ब्याह करना है। हम तो बहुत कहते थे कि इसे इतना मत पढ़ाओ-लिखाओ। कोई नौकरी तो करवानी नहीं है इससे।'' फिर एकाएक रुकी, शायद ख़याल आया कि लेखा भी नौकरी करती है। बात सम्भालती हुई बोली, ''सब तो तुम्हारी जैसी होती नहीं। फिर कलकत्ता की तो बात ही और है। कुछ करो, कोई कहने-सुनने वाला नहीं, पर यहाँ तो पचास बातें देखनी होती हैं। बड़ी को छठा दर्जा पास कराकर ब्याह दिया, तो आज अपना घरबार लेकर सुखी है। पर इसके लिए तो एम.ए. पास लड़का चाहिए कि नहीं? अब तुम्हीं बताओ कहाँ से लाऊँ? तुम्हारे पिताजी में तो अब दर-दर ठोकरें खाने का दम-ख़म रहा ही नहीं...लड़के को दुकान से ही फुरसत नहीं। यों भी उन दोनों का हम पर तो सदा कोप ही बरसता रहता है। अब तुम्हारे आदमी ने तरक्की नहीं की तो हम क्या करें। रहे सुरेश-रमेश, सो उनकी तो बात ही न्यारी है। पढ़ते-लिखते क्या हैं, हम पर एहसान करते हैं। ये भले और इनकी किताबें भली। घरवाले इनकी बला से, मरो चाहे जिओ!''

''यों भी अम्मा, ये बेचारे इस विषय में कर ही क्या सकते हैं! उनकी तो अभी उमर ही पढ़ने-लिखने की...''

''सबकी अपनी-अपनी उमरें हैं, तो लड़की को कौन पार लगावेगा? तुम लोग यों ही घर से कट-छँटकर रहते हो—बिरादरी के चार आदमियों को तुम नहीं जानते होओगे। मैं तो भैया, चिन्ता के मारे रात-दिन घुली जाती हूँ।''

लेखा समझ ही नहीं पा रही थी कि वह क्या जवाब दे। वह अपने को ही अपराधी महसूस करने लगी।

''अब आजकल एक नई धुन सवार हुई है—कहती है, मैं तो नौकरी करूँगी।

इसी जुलाई से स्कूल में कोई जगह ख़ाली होने वाली है, सो रात-दिन यही रट लगा रखी है कि पढ़ाऊँगी। अब तुम्हीं बताओ, इस छोटी-सी जगह में वह नौकरी करेगी, तो अच्छा लगेगा?''

''क्या हर्ज है, अम्मा? समय भी अच्छा बीतेगा और कुछ मदद भी हो जाएगी।''

''माफ़ करो बाबा, हमें नहीं चाहिए ऐसी मदद!'' हाथ नचाते हुए अम्मा भड़क पड़ी, ''जवान लड़की, एक बार पैर घर से बाहर पड़ गया, तो फिर बाहर की ही हो रहेगी। आज और चाहे कुछ हो, कम-से-कम अपनी इज़्ज़त तो ओढ़े बैठे हैं। अब तो लगता है, मुँह दिखलाने लायक भी नहीं रहेंगे। तुम कलकत्ता की बात छोड़ो। मैं कहता हूँ, इस बार भइया आएँ तो इसका जुगाड़ बिठा दो।''

लेखा को अचानक ही मीना की याद आ गई, जो अपनी सोलह साल की लड़की से जब-तब कहती रहती है, ''देख रीती, तू अपनी शादी अपने-आप तय कर लेना। इस भरोसे रहना ही मत कि हम तेरे लिए लड़का ढूँढ़ते फिरेंगे। बस खबर कर देना, तो धूमधाम से शादी कर देंगे।' और वहाँ सबको इस बात का अन्देशा हो गया है कि अवश्य रीती किसी दिन कोई गलत काम कर बैठेगी। फिर भी...

बड़ी सशंकित-सी नज़र चारों ओर डालकर और कुछ और पास सरककर अम्मा ने धीरे-से कहा, ''अब तुमसे क्या छिपाऊँ, बहू....तुम्हारे पिताजी के पास वह पाठक जी का लौंडा आया करे है कभी-कभी। मैं सोचती थी, आता होगा यों ही। मुझे क्या पता, यहाँ कोई अलग ही खिचड़ी पक रही है! आज किताबें आ रही हैं तो कल कुछ और।'' फिर स्वर को और धीमा करके बिल्कुल ही फुसफुसाते हुए बोली, ''चिट्ठी भी पकड़ी एक-दो तो।'' और अम्मा अपनी बात की प्रतिक्रिया जानने के लिए लेखा के चेहरे की ओर बड़े गौर से देखने लगीं। परन्तु इतनी बात सुनकर भी लेखा का यों निर्विकार-भाव से बैठे रहना उन्हें अच्छा नहीं लगा। आगे कुछ कहने का उत्साह ही जैसे जाता रहा। सारी बात को समाप्त करने के लहजे में बोलीं, ''क्या करें, कुछ समझ में नहीं आता। यह तो समझ लो, बात तुम्हारी चाची और बड़ी तक नहीं पहुँची, नहीं तो सारे गाँव में हंगामा मच जाता।'' अम्मा का गला भरा आया।

शाम को पिताजी ने आते ही ख़बर दी कि बड़की की लल्ली की शादी पक्की हो गई। सप्तमी को लगन जा रही है।

''कहाँ हुई? लड़का कौन है?'' अम्मा ने उत्सुकता से पूछा।

‘‘चन्दौसी के कॉलेज में प्रोफ़ेसर है। घर-वर सभी अच्छा है।’’

‘‘यह भी क़िस्मत की बात है। लो, लल्ली तो दसवीं पास ही है। अरे भई, करने वाले चाहिए। बिरादरी में अच्छे लड़कों का कोई टोटा थोड़े ही है। चलो, अच्छा है, लल्ली भी अपनी ही है।’’ पर अपनेपन की भावना के बावजूद अम्मा के कलेजे से एक गहरी निःश्वास फूट पड़ी।

‘‘भात की तैयारी करो, भात की तैयारी!’’ कमीज़ उतारकर खूँटी पर टाँगते हुए पिताजी बोले, ‘‘इन्होंने तो चट मँगनी पट ब्याह कर दिया, पर अब हम कैसे इतनी जल्दी तैयारी करें? पहला ही मौक़ा है। कसर रह गई, तो भद्द उड़ेगी या नहीं?’’

पिताजी सीधी-सी बात भी करते हैं, तो लेखा को लगता है, जैसे वे शिकायत कर रहे हैं....उनके स्वर और लहजे में कुछ ऐसा रहता है जो शिकायत का आभास देता रहता है। कभी-कभी तो लेखा को यह भी लगने लगता है जैसे यह शिकायत दिनेश और उसके प्रति है जो घर से कटकर रहते हैं।

रात लेखा जब छत पर पहुँची, तो देखा, गौरा अकेली लेटी सूनी आँखों से आसमान को निहार रही है। लेखा को देखते ही गौरा उठ बैठी, ‘‘आइए, भाभी!’’

‘‘लेटी रहो, गौरा! सारे दिन काम करते-करते थक भी तो जाती होगी।’’लेखा का मन हुआ, गौरा का सिर सहलाए, उसे खूब-खूब प्यार करे; पर गौरा लेटी ही नहीं। दो साल में ही कितनी बदल गई है गौरा! चेहरा कितना फीका पड़ गया है।

‘‘और सुनाओ, क्या ख़बर है? तुमसे तो कुछ बात ही नहीं हुई!’’

‘‘सब ठीक है।’’ दबे गले से गौरा ने कहा और फीकी-सी मुसकराहट उसके सूखे होंठों पर फैल गई, पर स्वर की व्यथा लेखा से छिपी नहीं रही। वह समझ ही नहीं पा रही थी कि गौरा से क्या कहे। उसे लगा, जैसे गौरा उससे कहना चाह रही है पर कह नहीं पा रही है। कहना तो वह भी बहुत-कुछ चाह रही है... बहुत-कुछ वह गौरा से पूछना चाहती है, पर पूछ नहीं पाती। हवा में हिलती हुई पेड़ों की टहनियाँ ही छत की निस्तब्धता को तोड़ रही हैं। लेखा पाठक जी के लड़के के बारे में पूछना चाहती है, पर केवल इतना ही कहकर रह जाती है, ‘‘यहाँ तो गर्मी का नाम भी नहीं।’’ और उसे एकाएक ही दिनेश की याद आने लगी। ऐसे खुली छतों के लिए कितना तड़पता है दिनेश! लेखा ने चारों ओर देखा, हल्की-सी चाँदनी बिखरी थी, और चटक नीले आसमान पर दिप्-दिप् करके तारे चमक रहे थे।

तभी अचानक बड़ी तेज़ दुर्गन्ध का एक झोंका आया और धीरे-धीरे वह बदबू हवा में फैलने लगी। साड़ी का पल्ला नाक पर लगाते हुए लेखा ने कहा, ''यह बदबू किधर से आ रही है?''

''पीछे की तरफ़ एक पोखरा है—बड़ा-सा। उसके पानी में दुनिया भर का कूड़ा-करकट सड़ा करता है और जब हवा इधर बहती है, तो दुर्गंध आती है। पहले तो इतनी सड़ी बदबू आती थी कि मुझे कै हो जाया करती थी, अब तो फिर भी आदत हो गई है।''

''म्युनिसिपैलिटी सफाई क्यों नहीं करवाती?'' लेखा के लिए वह बदबू सचमुच ही असह्य हो रही थी।

''क्या पता!'' और दोनों फिर चुप हो गईं। पर दो क्षण बाद ही जैसे अपनी सारी शक्ति बटोरकर गौरा एकाएक पूछ बैठी, ''भाभी, मुझे कलकत्ता में नौकरी नहीं मिल सकती क्या? यहाँ तो अम्मा-पिताजी मुझे कुछ नहीं करने देते, करने भी नहीं देगें और सारे दिन घर में मेरा मन नहीं लगता। आप मुझे अपने साथ ले चलिए, भाभी! मैं भी कोई नौकरी कर लूँगी। यहाँ तो कभी पढ़ने-लिखने के लिए एक पत्रिका मँगा लो, तो जैसे सारे घर में तूफ़ान मच जाता है। यही सब करवाना था, तो मुझे पढ़ाने-लिखाने...''

''बहू...ओ बहू!'' छत के पिछले हिस्से से चाची की छत जुड़ी हुई थी, वहीं से खड़ी होकर चाची आवाज़ दे रही थीं।

गौरा की बात को बीच में ही छोड़कर लेखा उधर गई।

''तुम तो आई ही नहीं बहू। मैंने तो कल भी तुम्हारी राह देखी।'' चाची ने उलाहना दिया, ''तुम तो कम-से-कम मुझे पराया मत समझो! भैया पर तो मेरा मन जिठानी जी से कम नहीं है। उन्होंने भी मुझे कभी कम नहीं माना। जब भी आते, मेरे लिए वैसी ही साड़ी लाते जैसी जिठानी के लिए लाते। तुम तो...''

''गैं भी लाई हूँ, चाचीजी। उधर आऊँगी तो दूँगी। आप भला पराई कैसे हो सकती हैं! वे तो हमेशा ही आपको याद करते हैं।''

''मैं तो खुद ही आ जाती, पर क्या करूँ, इन लोगों को तो मैं फूटी आँखों नहीं सुहाती। जाकर खड़ी नहीं होऊँगी कि सबको साँप सूँघ जाएगा।'' फिर बड़े बुझे-बुझे स्वर में बोलीं, ''जब अपना आदमी ही नहीं पूछे, तो दूसरों को क्या दोष दूँ! तुम्हारी तरह पढ़ी-लिखी होती, तो मैं भी कमाकर खा लेती। अब तो समझ ही नहीं आता, यह पहाड़-जैसी ज़िन्दगी कैसे कटेगी! कैसे इस छोरे को

बड़ा करूँगी! मकान के इस हिस्से के सिवा मेरे पास तो कुछ भी नहीं है। हिस्से का थोड़ा-बहुत पैसा है, पर सब दबा लिया। माँगती हूँ तो सबको काँटे जैसे लगती हूँ। गौरा को लखनऊ में मैंने साल भर तक अपने पास रखा, पढ़ाया-लिखाया। इस छोरे की कसम खाकर कहती हूँ जो कभी एक पैसा भी लिया हो या उसे तकलीफ़ दी हो। तुम्हें तो याद होगा, तुम शादी होकर आई थीं तब कैसी दिखती थी गौरा....! अब देख लो कैसी हो गई। आज मुझ पर संकट पड़ा तो...''

“बहू....ओ बहू!'' अम्मा की आवाज़ सुनते ही लेखा घूम पड़ी और चाची का प्रवाह रुक गया। अपनी बात को बीच में ही तोड़कर बोलीं, “कल आना, बहू...ज़रूर आना।''

“क्या पट्टी पढ़ा रही थी? कोस रही होगी हमें और क्या!'' चाची की छत पर कुपित दृष्टि से देखते हुए अम्मा बोलीं। फिर खाट पर बैठते हुए गौरा को आदेश दिया, “जा दूध चढ़ाकर आई हूँ, उसे उतारकर जमा देना। दोनों नवाबज़ादे भी आ गए हैं....उन्हें खाना देती आना...''

गौरा उठकर चली गई और लेखा को फिर अम्मा के पास बैठना पड़ा।

“बहू, अब तो भात की तैयारी करनी है, बस। तीन साड़ियाँ तो तुम्हारी लाई...''

“अम्मा!'' सुरेश की आवाज़ से अम्मा की बात बीच में ही टूट गई।

“क्या है?'' अम्मा के स्वर ने ही बता दिया कि उन्हें सुरेश का यों टोकना अच्छा नहीं लगा।

“इस बार जैसे भी हो, मुझे पन्द्रह रुपए दो। चश्मा बदलवाए बिना पढ़ना-लिखना असम्भव हो गया है। आजकल तो सारे दिन बस सिर भिन्नाता रहता है। आँखों से पानी बहता रहता है।''

“आए दिन तुम्हारे चश्मों के नम्बर ही बदलते रहते हैं! मैं तो दुखी हो गई।''

“अरे सुरेश, ज़रा अपनी अम्मा को नीचे भेजना।'' बाबूजी ने आवाज़ लगाई, तो अम्मा वैसे ही बड़बड़ाती हुई नीचे उतर गईं। सुरेश भी उनके पीछे-पीछे ही उतर गया।

अकेले होते ही लेखा ने महसूस किया, जैसे इन सबके बीच वह बहुत परायी है। उस घर की एक सदस्या होकर भी वह घर से अलग है। यहाँ आकर उसे बराबर ही लगता रहा है जैसे वह बहुत फ़िज़ूलख़र्च है; जैसे उसका बहुत-सा कर्तव्य इस घर के व्यक्तियों के प्रति है, पर जिसे वह पूरा नहीं कर रही है। वे दोनों

सौ रुपए भेजकर समझते हैं कि सब-कुछ कर दिया। दो साल तक अपने काम और पढ़ाई में डूबे रहकर वह तो भूल ही गई थी कि उसका लम्बा-चौड़ा परिवार है, उस परिवार की समस्याएँ हैं। उसके सामने तो उसका अपना भविष्य था, कैरियर था, बड़े-बड़े अरमान थे।

लेखा यों ही खाट पर लेटकर आसमान की ओर निहारने लगी। उसे कलकत्ता याद आने लगा। वर्मा और बीनू शिप्रा, मीनाक्षी माथुर-एक-एक करके सब याद आए। सुषमा महिम के साथ दार्जिलिंग में कहीं घूम रही होगी। जिस दिन विदा किया था, उस दिन सचमुच सुषमा बहुत सुन्दर लग रही थी। दिनेश की छुट्टी कब मंजूर होगी! उसने तार से अपने पहुँचने की सूचना दे दी थी, पत्र अभी नहीं लिख पाई थी। कल वह दिनेश को पत्र लिखेंगी। टाइप किया हुआ चैप्टर उसके बक्स में रखा है, कल उसे भी निकालेंगी। पर कुछ कर पाएगी यहाँ? कल तो उसे चाची जी के पास भी जाना है। कल वह गौरा से बात करेगी। रमेश और सुरेश को जैसे भी होगा, अपने पास बिठाएगी। वह इस परिवार के लोगों के साथ घुलेगी-मिलेगी। आख़िर वह भी इस परिवार की एक सदस्या है।

रविवार को सुरेश और रमेश ने प्रस्ताव रखा, "भाभी, शाम को घाट पर चलिए। कुछ देर नाव पर ही सैर की जाए।"

"हाँ, भाभी, आज घाट पर ही शाम बिताई जाए। खाना खूब जल्दी बना लेंगे, और क्या!" प्रफुल्लित-सी गौरा बोली।

"अम्मा, चले जाएँ?" इजाज़त के लहजे में लेखा ने पूछा।

"चली जाओ। सब लोगों का मन है, तो घूम आओ।" तार पर फैली हुई साड़ी को समेटते हुए अम्मा ने कह दिया, पर उनके स्वर में कोई विशेष उत्साह नहीं था। लेखा जानती है, आज ही उसने भात के लिए अम्मा को एक अंगूठी और पचास रुपये दिए हैं। आज चाहकर भी उनसे मना करते नहीं बनेगा।

"भाभी, आज तो आपको भी चलना ही होगा!" लेखा ने बड़े मनुहार-भरे स्वर में कहा।

भाभी बरामदे में बैठी अपनी सबसे छोटी लड़की को दूध पिला रही थीं। सुनते ही भभक उठीं, "तुम्हीं करो नाव के सैर-सपाटे। हमारी किस्मत में तो रसोई के ही सैर-सपाटे लिखे हैं।"

"कहा न, आज खाना जल्दी ही बना लेंगे। मैं अकेली ही बना लूँगी, बस?" उत्साहित-सी गौरा बोली, पर भाभी नहीं मानी। लेखा घर के काम में बहुत पटु नहीं है, फिर भी जानती ज़रूर है। पर जाने क्यों यहाँ उससे कोई काम नहीं करवाता।

यों छोटा-मोटा काम वह कर देती है। उसे भाभी पर गुस्सा तो नहीं आता, वह भाभी की जगह होती, तो शायद उसकी भी यही स्थिति होती, पर घर का तनाव और हमेशा की कहा-सुनी मन को बोझिल ज़रूर बना देती है। लेकिन क्या किया जाए।

बहती नदी में विहार करते हुए गौरा का मन जैसे बहने लगा था। वह मुग्ध भाव से नदी को देख रही थी। ढीली चोटी में से निकले हुए उसके केश हवा के साथ उड़ रहे थे। उसकी साड़ी का पल्ला उड़ रहा था। शायद उसका मन भी उड़ रहा था। लेखा ने पहली बार गौरा को इतना प्रसन्न, इतना चंचल देखा। सुरेश और गौरा ने मिलकर एक सहगान गाया। साँझ की सूनी दिशाएँ संगीत से गूँज उठीं। लेखा का मन हुआ, वह भी उनके साथ गाए, पर उसे वह गीत नहीं आता था। उसे सुषमा की याद आई। वह अच्छा गाती है। पर कितनी पूछ है उसके गाने की! गौरा के गले में भी लोच है; आवाज़ में सुरीलापन है।

नदी बह रही थी, उस पर नाव बह रही थी, उस पर रमेश, सुरेश और गौरा बह रहे थे। चारों और संगीत की स्वर-लहरियाँ बह रही थीं और आसमान में बादलों के छोटे-छोटे टुकड़े बह रहे थे। इस बहाव में गौरा के मन की उदासी और खिन्नता न जाने कहाँ बह गई थी। सुरेश का सिर-दर्द बह गया था।

लेकिन रात को लेखा ऊपर चढ़ी, तो सुरेश सिर पर रूमाल बाँधे औंधा लेटा हुआ था।

''क्या बात है, भैया? सिर दर्द कर रहा है?'' सिरहाने बैठते हुए लेखा ने पूछा।

''यों ही ज़रा-सा।'' झट उठते हुए सुरेश ने कहा और एक झटके से सिर पर बँधा रूमाल खींच लिया।

''अरे, लेटे रहो....लेटे रहो। आप लोग मेरे साथ तकल्लुफ क्यों करते हैं?'' लेखा के स्वर में शिकायत थी। सुरेश धीमे-से मुसकराया।

''चश्मे का नम्बर बढ़ गया है इसलिए यों तो आजकल सारे दिन ही सिर दर्द करता रहता है, पर ज़रा-सा भी पढ़ लूँ, तो दर्द बहुत बढ़ जाता है। अम्मा रुपये देंगी तब तक तो यों ही चलाना पड़ेगा।'' सुरेश दूसरी ओर देखने लगा।

लेखा जानती है, अम्मा ने रुपये भात की तैयारी में लगा दिए हैं। लेखा के पास जो कुछ था, वह भी उसने अम्मा को दे दिया।

''भाभी, यदि मैं कलकत्ता आ जाऊँ, तो क्या कुछ ऐसा प्रबन्ध नहीं हो सकता कि कुछ काम भी मिल जाए और पढ़ाई भी चलती रहे? वहाँ तो रात

के कॉलेज हैं। उसी में पढ़ लिया करूँगा। मैं आप लोगों पर बोझ नहीं बनूँगा।''

सुरेश के स्वर की मायूसी लेखा को कचोट गई। बोझ...लेखा ने महसूस किया कि इन मासूम बच्चों के दिलों में अभी से यह बात कितने गहरे तक बैठ गई है कि ये बोझ हैं....अभी इन लोगों की उम्र ही क्या है। गौरा भी तो उसके साथ-साथ जाना चाहती है। गौरा से फिर बात ही नहीं हो पाई। अम्मा उसे किसी के पास बैठने ही नहीं देतीं। वह जानना चाहती है कि क्या सचमुच गौरा पाठक जी के लड़के से...

''ऐसा नहीं हो सकता है क्या, भाभी?'' सुरेश उसके उत्तर की प्रतीक्षा कर रहा था।

''हो क्यों नहीं सकता। पर यह तो तुम्हारा फाइनल ईयर है। अगले साल आना। सभी इन्तज़ाम हो जाएगा। यों छुट्टियों में एक बार आओ। कुछ घूमना-फिरना ही हो जाएगा।''

''छुट्टियों में?'' सुरेश चुप हो गया। लेखा को लगा, छुट्टियों वाली बात उसे नहीं कहनी थी। कलकत्ता तक आने-जाने का किराया...

''बहू...ओ बहू! सो गई क्या?'' छत पर चढ़ते हुए अम्मा ने कहा।

लेखा ने सिर पर पल्ला खींचते हुए कहा, ''नहीं, अम्मा!' और वह खाट पर से उठ खड़ी हुई। सुरेश दोनों हाथों में सिर छिपाकर फिर औंधा लेट गया। अम्मा लेखा की खाट पर बैठ गई और कमर से साड़ी का खुँसा हुआ पल्ला निकालकर बोलीं, ''आज तुम लोग घाट पर गए थे, तो मैं भी एक काम कर आई।'' और फिर एक मोटे-से धागे में बँधी हुई एक छोटी-सी पोटली लेखा के हाथ में देते हुए बोली, ''कल सोमवार है। नहा-धोकर इसे बाँध लेना।''

''यह क्या है, अम्मा?'' आश्चर्य से पोटली को उँगलियों में नचाते हुए लेखा ने पूछा।

''अब ज़्यादा पूछताछ तो करो मत, बस बँधा लेना।'' अम्मा बड़े गद्गद् स्वर में बोली, ''भाई, तुम लोग चाहे सोचो न सोचो, हम लोग तो इस चिन्ता में भी घुले जाते हैं। तुम्हारे ब्याह को चार-चार साल होने को आए और घर में कोई बाल-गोपाल नहीं। भरी जवानी में ही कोख रुझ जाए, यह भी कोई बात हुई भला!''

लज्जित, अपमानित, अवाक्-सी लेखा अम्मा का मुँह ही देखती रह गई। क्या कह रही हैं अम्मा!

''यहाँ एक पीर हैं। नीम के नीचे बैठते हैं, सो उन्हें सब नीम-तले का पीर

ही कहते हैं। ऐसा तावीज़ देते हैं कि बस! आज तक उनका तावीज़ अकारथ नहीं गया। लोग दूर-दूर से आते हैं। पाँच रुपये और एक गज़ लाल कपड़ा... सो तुम्हारा घर आबाद हो, बहू तेरे पाँच रुपये आ जाएँगे।''

लेखा ने बाँहों में मुँह छिपाए दर्द से छटपटाते सुरेश की ओर देखा। उसका मन क्षोभ से भर गया।

आज भात जाने वाला है। अम्मा ने बिरादरी में बुलावा फिरवाया है। सवेरे से ही घर में धमाचौकड़ी मची हुई है। भात सजाकर रख दिया गया है। ग्यारह जोड़ी कपड़े और चार तोला सोना रखा है। कुछ नकद रुपये भी हैं। लेखा आश्चर्य कर रही है, इतना सब अम्मा ने कहाँ से कर लिया! पर अम्मा बहुत खुश हैं। शाम को औरतें देखने आएँगी। भात की सराहना होगी। गीत गवेंगे, बताशे बंटेंगे। बड़ी भाभी कई बार रो चुकी हैं। चाची ने कई बार झाँक-झाँककर देख लिया है। वे शायद बराबर उम्मीद कर रही हैं कि उन्हें इस अवसर पर तो बुलाया ही जाएगा।

चौके का सारा काम जल्दी-जल्दी समाप्त करके गौरा लेखा के पास आई। बड़े सकुचाते-सकुचाते बोली, ''भाभी, कोई अच्छी साड़ी दीजिए पहनने के लिए।'' संकोच के आधिक्य से वह लेखा से आँखें नहीं मिला पा रही है। लेखा ने अपनी साड़ी उसे पहनाई। गले में हार और कानों में टॉप्स भी पहनाए। उसका जूड़ा भी बना दिया। गौरा झेंप रही है। वह प्रसन्न है। लेखा को गौरा का यह रूप बहुत अच्छा लगता है। वह चाहती है, गौरा हमेशा ऐसी ही प्रसन्न रहा करे।

गीत चल रहे हैं। पता नहीं, कहाँ से पाठक जी का वही लड़का आ गया। अम्मा के तेवर चढ़ गए। गीतों से उठकर वे भीतर गईं। फिर एक कठोर स्वर आया, ''गौरा, भीतर आ!''

गौरा साड़ी उतार रही थी और अम्मा बक रही थी, ''ये तेरे चरित्तर तुझे अच्छे रास्ते नहीं ले जाएँगे गौरा, मैं कहे देती हूँ। अब समझ में आया कि क्यों सवेरे से यह नख़रा हो रहा था...क्यों बात-बात पर हँसी फूट रही थी...बदन थिरक रहा था।''

लेखा लौट आई।

गीत गाकर, बताशे लेकर औरतें चली गईं। भात का सामान लेकर बड़े भैया चले गए, खुशी का मौक़ा था, फिर भी एक अजीब-सी मायूसी, एक खामोश-सी उदासी सारे घर में छा गई। रात को लेखा, गौरा, सुरेश और रमेश सब चुप-चुप

अपनी-अपनी खाट पर आ लेटे। सुरेश सिर पर रूमाल बाँधे वैसे ही औंधा लेटा है। गौरा दोनों बाँहों से आँखें मूँदें चित लेटी है...वह शायद रो रही है। पास वाली छत पर से रात के सन्नाटे में चाची का बड़बड़ाना स्पष्ट सुनाई दे रहा है। आज इतनी औरतों को बुलाया और उन्हें नहीं बुलाया। वे अपनी बेसहारा पहाड़-सी ज़िन्दगी और फूल-से बच्चों को कोस रही हैं। भाभी ने अपना दिन-भर का गुस्सा अकारण ही दोनों बच्चों पर निकाल डाला और वे इतने रोए, इतने रोए कि हमेशा चुप रहने वाले पिताजी को भी डाँटना पड़ा। और फिर भाभी रोई, उन्होंने अपनी किस्मत को कोसा, अपने बच्चों को कोसा। अब शायद वे लोग सो गए हैं... नीचे से किसी तरह की आवाज़ नहीं आ रही हैं।

लेखा ने करवट बदली। उसने सोचा, कल वह दिनेश को लिखेगी कि वह जल्दी-से-जल्दी आने की कोशिश करे। उसे एकाएक ही दिनेश की याद आने लगी। गहरे नीले आसमान के तारे अभी भी वैसे ही झिलमिला रहे थे, जैसे एक आईना चूर-चूर होकर बिखर गया हो।

यही सच है

कानपुर

सामने आंगन में फैली धूप सिमटकर दीवारों पर चढ़ गई और कंधे पर बस्ता लटकाए नन्हें-नन्हें बच्चों के झुंड-के-झुंड दिखाई दिए, तो एकाएक ही मुझे समय का आभास हुआ।...घंटा-भर हो गया यहां पर खड़े-खड़े और संजय का अभी तक पता नहीं! झुंझलाती-सी मैं कमरे में आती हूँ। कोने में रखी मेज़ पर किताबें बिखरी पड़ी हैं, कुछ खुली, कुछ बंद। एक क्षण मैं उन्हें देखती रहती हूँ, फिर निरुद्देश्य-सी कपड़ों की अलमारी खोलकर सरसरी-सी नज़र से कपड़े देखती हूँ। सब बिखरे पड़े हैं। इतनी देर यों ही व्यर्थ खड़ी रही, इन्हें ही ठीक कर लेती।... पर मन नहीं करता और फिर बंद कर देती हूँ।

नहीं आना था तो व्यर्थ ही मुझे समय क्यों दिया ? फिर यह कोई आज ही की बात है? हमेशा संजय अपने बताए हुए समय से घंटे-दो घंटे देरी करके आता है, और मैं हूँ कि उसी क्षण से प्रतीक्षा करने लगती हूँ। उसके बाद लाख कोशिश करके भी तो किसी काम में अपना मन नहीं लगा पाती। वह क्यों नहीं समझता कि मेरा समय बहुत अमूल्य है; थीसिस पूरी करने के लिए अब मुझे अपना सारा समय पढ़ाई में ही लगाना चाहिए। पर यह बात उसे कैसे समझाऊं।

मेज़ पर बैठकर मैं फिर पढ़ने का उपक्रम करने लगती हूँ, पर मन है कि लगता ही नहीं। पर्दे के ज़रा-से हिलने से दिल की धड़कन बढ़ जाती है और बार-बार नज़र घड़ी के सरकते हुए कांटों पर दौड़ जाती है। हर समय यही लगता है, वह आया...वह आया!...

तभी, मेहता साहब की पांच साल की छोटी बच्ची झिझकती-सी कमरे में आती है, ''आंटी, हमें कहानी सुनाओगी?''

''नहीं, अभी नहीं, पीछे आना!'' मैं रुखाई से जवाब देती हूँ। वह भाग जाती है।

ये मिसेज़ मेहता भी एक ही हैं! यों तो महीनों शायद मेरी सूरत नहीं देखतीं, पर बच्ची को जब-तब मेरा सिर खाने को भेज देती हैं। मेहता साहब तो फिर भी कभी-कभी आठ-दस दिन में ख़ैरियत पूछ ही लेते हैं, पर वे तो बेहद अकड़ मालूम होती हैं। अच्छा ही है, ज़्यादा दिलचस्पी दिखातीं तो क्या मैं इतनी आज़ादी से घूम-फिर सकती थी!

खट-खट-खट...वही परिचित पद-ध्वनि? तो आ गया संजय। मैं बरबस ही अपना सारा ध्यान पुस्तक में केंद्रित कर लेती हूँ। रजनीगंधा के ढेर-सारे फूल लिए संजय मुस्कराता-सा दरवाज़े पर खड़ा है। मैं देखती हूँ, पर मुस्कराकर स्वागत नहीं करती। हँसता हुआ वह आगे बढ़ता है; और फूलों को मेज़ पर पटककर, पीछे से मेरे दोनों कंधे दबाता हुआ पूछता है : ''बहुत नाराज़ हो?''

रजनीगंधा की महक से जैसे सारा कमरा महकने लगता है।

''मुझे क्या करना है नाराज़ होकर!'' रुखाई से मैं कहती हूँ।

वह कुर्सी सहित मुझे घुमाकर अपने सामने कर लेता है और बड़े दुलार के साथ ठोड़ी उठाकर कहता है : ''तुम्हीं बताओ, क्या करता? क्वालिटी में दोस्तों के बीच फंसा था। बहुत कोशिश करके भी उठ नहीं पाया। सबको नाराज़ करके आना अच्छा भी नहीं लगता।''

इच्छा होती है, कह दूं—तुम्हें दोस्तों का खयाल है, उनके बुरा मानने की चिंता है, बस मेरी ही नहीं! पर कुछ कह नहीं पाती, एकटक उसके चेहरे की ओर देखती रहती हूँ... उसके सांवले चेहरे पर पसीने की बूंदें चमक रही हैं। कोई और समय होता तो मैंने अपने आंचल से इन्हें पोंछ दिया होता, पर आज नहीं। वह मंद-मंद मुस्करा रहा है, उसकी आंखें क्षमायाचना कर रही हैं। पर मैं क्या करूं...तभी वह अपनी आदत के अनुसार कुर्सी के हत्थे पर बैठकर मेरे गाल सहलाने लगता है। मुझे उसकी इसी बात पर गुस्सा आता है। हमेशा इसी तरह करेगा और फिर दुनिया-भर का लाड़-दुलार दिखलाएगा। वह जानता जो है कि इसके आगे मेरा क्रोध टिक नहीं पाता।...फिर उठकर वह फूलदान के पुराने फूल फेंक देता है, और नए फूल लगाता है। फूल सजाने में वह कितना कुशल है! एक बार मैंने यों ही कह दिया था कि मुझे रजनीगंधा के फूल बड़े पसंद हैं, तो उसने नियम ही बना लिया कि हर चौथे दिन ढेर-सारे फूल लाकर मेरे कमरे में लगा देता है। और अब तो मुझे भी ऐसी आदत हो गई है कि एक दिन भी कमरे में फूल न रहें तो न पढ़ने में मन लगता है, न सोने में। ये फूल जैसे संजय की उपस्थिति का आभास देते रहते हैं।

यही सच है • 71

थोड़ी देर बाद हम घूमने निकल जाते हैं। एकाएक ही मुझे इरा के पत्र की बात याद आती है। जो बात सुनाने के लिए मैं सवेरे से ही आतुर थी, इस गुस्सेबाज़ी में जाने कैसे उसे ही भूल गई थी।

"सुनो, इरा ने लिखा है कि किसी दिन भी मेरे पास इंटरव्यू का बुलावा आ सकता है, मुझे तैयार रहना चाहिए।"

"कहां, कलकत्ता से?" कुछ याद करते हुए संजय पूछता है, और फिर एकाएक ही उछल पड़ता है, "यदि तुम्हें वह जॉब मिल जाए तो मज़ा आ जाए दीपा, मज़ा आ जाए!"

हम सड़क पर हैं, नहीं तो अवश्य ही उसने आवेश में आकर कोई हरकत कर डाली होती। जाने क्यों, मुझे उसका इस प्रकार प्रसन्न होना अच्छा नहीं लगता। क्या वह चाहता है कि मैं कलकत्ता चली जाऊं, उससे दूर ...

तभी सुनाई देता है : "तुम्हें यह जॉब मिल जाए तो सच में मैं भी अपना तबादला कलकत्ता ही करवा लूं, हेड ऑफ़िस में। यहां की रोज़ की किच-किच से तो मेरा मन ऊब गया है। कितनी ही बार सोचा कि तबादले की कोशिश करूं, पर तुम्हारे ख़याल ने हमेशा मुझे बांध लिया। ऑफ़िस में शांति हो जाएगी, पर मेरी शामें कितनी वीरान हो जाएंगी!"

उसके स्वर की आर्द्रता ने मुझे छू लिया। एकाएक ही मुझे लगने लगा कि रात बड़ी सुहावनी हो चली है।

हम दूर निकलकर अपनी प्रिय टेकरी पर जाकर बैठ जाते हैं। दूर-दूर तक हलकी-सी चांदनी फैली हुई है, और शहर की तरह यहां का वातावरण धुएं से भरा हुआ नहीं है। वह दोनों पैर फैलाकर बैठ जाता है और घंटों मुझे अपने ऑफ़िस के झगड़े की बातें सुनाता है और फिर कलकत्ता जाकर साथ जीवन बिताने की योजनाएं बनाता है, मैं कुछ नहीं बोलती, बस एकटक उसे देखती हूँ, देखती रहती हूँ।

जब वह चुप हो जाता है तो बोलती हूँ : "मुझे तो इंटरव्यू में जाते हुए बड़ा डर लगता है। पता नहीं, कैसे-क्या पूछते होंगे! मेरे लिए तो यह पहला ही मौका है।"

वह खिलखिलाकर हंस पड़ता है।

"तुम भी एक ही मूर्ख हो! घर से दूर, यहां कमरा लेकर अकेली रहती हो, रिसर्च कर रही हो, दुनिया-भर में घूमती-फिरती हो और इंटरव्यू के नाम से डर लगता है। क्यों?" और गाल पर हल्की-सी चपत जमा देता है। फिर समझाता हुआ कहता है, "और देखो, आजकल ये इंटरव्यू आदि तो सब दिखावा-मात्र होते हैं। वहां किसी जान-पहचान वाले से इन्फ़्लुएंस डलवाना जाकर!"

‘‘पर कलकत्ता तो मेरे लिए एकदम नई जगह है। वहां इरा को छोड़कर मैं किसी को जानती भी नहीं। अब उन लोगों की कोई जान-पहचान हो तो बात दूसरी है,’’ असहाय-सी मैं कहती हूँ।

‘‘और किसी को नहीं जानतीं?’’ फिर मेरे चेहरे पर नज़रें गड़ाकर पूछता है : ‘‘निशीथ भी तो वहीं है?’’

‘‘होगा, मुझे क्या करना है उससे?’’ मैं एकदम ही भन्नाकर जवाब देती हूँ। पता नहीं क्यों, मुझे लग ही रहा था कि अब वह यही बात कहेगा।

‘‘कुछ नहीं करना?’’ वह छेड़ने के लहजे में कहता है।

और मैं भभक पड़ती हूँ, ‘‘देखो संजय, मैं हज़ार बार तुमसे कह चुकी हूँ कि उसे लेकर मुझसे मज़ाक मत किया करो! मुझे इस तरह का मज़ाक जरा भी पसंद नहीं है!’’

वह खिलखिलाकर हंस पड़ता है, पर मेरा तो मूड ही खराब हो जाता है।

हम लौट पड़ते हैं। वह मुझे खुश करने के इरादे से मेरे कंधे पर हाथ रख देता है। मैं झटककर हाथ हटा देती हूँ : ‘‘क्या कर रहे हो? कोई देख लेगा तो क्या कहेगा?’’

‘‘कौन है यहां जो देख लेगा? और देख लेगा तो देख ले, आप ही कुढ़ेगा।’’

‘‘नहीं, हमें पसंद नहीं है यह बेशर्मी!’’ और सच ही मुझे रास्ते में ऐसी हरकतें पसंद नहीं हैं। चाहे रास्ता निर्जन ही क्यों न हो, पर है तो रास्ता ही; फिर कानपुर जैसी जगह।

कमरे पर लौटकर मैं उसे बैठने को कहती हूँ, पर वह बैठता नहीं, बस, बांहों में भरकर एक बार चूम लेता है। यह भी जैसे उसका रोज़ का नियम है।

वह चला जाता है। मैं बाहर बालकनी में निकलकर उसे देखती रहती हूँ।...उसका आकार छोटा होते-होते सड़क के मोड़ पर जाकर लुप्त हो जाता है। मैं उधर ही देखती रहती हूँ–निरुद्देश्य-सी खोई-खोई-सी। फिर आकर पढ़ने बैठ जाती हूँ।

रात में सोती हूँ तो देर तक मेरी आंखें मेज़ पर लगे रजनीगंधा के फूलों को ही निहारती रहती हैं। जाने क्यों, अक्सर मुझे भ्रम हो जाता है कि ये फूल नहीं हैं, मानो संजय की अनेकानेक आंखें हैं, जो मुझे देख रही हैं, सहला रही हैं, दुलरा रही हैं। और अपने को यों असंख्य आंखों से निरंतर देखे जाने की कल्पना से ही मैं लजा जाती हूँ।

मैंने संजय को भी एक बार यह बात बताई थी, तो वह खूब हँसा था और

फिर मेरे गालों को सहलाते हुए उसने कहा था कि मैं पागल हूँ, निरी मूर्खा हूँ!

कौन जाने, शायद उसका कहना ही ठीक हो, शायद मैं पागल ही होऊं!

कानपुर

मैं जानती हूँ, संजय का मन निशीथ को लेकर जब-तब सशंकित हो उठता है; पर उसे कैसे विश्वास दिलाऊं कि मैं निशीथ से नफरत करती हूँ, उसकी याद-मात्र से मेरा मन घृणा से भर उठता है।...फिर अठारह वर्ष की आयु में किया हुआ प्यार भी कोई प्यार होता है भला! निरा बचपना होता है, महज पागलपन! उसमें आवेश रहता है पर स्थायित्व नहीं, गति रहती है, पर गहराई नहीं। जिस वेग से वह आरंभ होता है, ज़रा-सा झटका लगने पर उसी वेग से टूट भी जाता है।... और उसके बाद आहों, आंसुओं और सिसकियों का एक दौर, सारी दुनिया की निस्सारता और आत्महत्या करने के अनेकानेक संकल्प और फिर एक तीखी घृणा। जैसे ही जीवन को दूसरा आधार मिल जाता है, उन सबको भूलने में एक दिन भी नहीं लगता। फिर तो वह सब ऐसी बेवकूफी लगती है, जिस पर बैठकर घंटों हंसने की तबीयत होती है। तब एकाएक ही इस बात का एहसास होता है कि ये सारे आंसू, ये सारी आहें उस प्रेमी के लिए नहीं थीं, वरन् जीवन की उस रिक्तता और शून्यता के लिए थीं, जिसने जीवन को नीरस बनाकर बोझिल कर दिया था।

तभी तो संजय को पाते ही मैं निशीथ को भूल गई। मेरे आंसू हँसी में बदल गए और आहों की जगह किलकारियां गूंजने लगीं। पर संजय है कि जब-तब निशीथ की बात को लेकर व्यर्थ ही खिन्न-सा हो उठता है। मेरे कुछ कहने पर वह खिलखिला अवश्य पड़ता है, पर मैं जानती हूँ, वह पूर्ण रूप से आश्वस्त नहीं है।

उसे कैसे बताऊं कि मेरे प्यार का, मेरी कोमल भावनाओं का, भविष्य की मेरी अनेकानेक योजनाओं का एकमात्र केंद्र संजय ही है? यह बात दूसरी है कि चांदनी रात में, किसी निर्जन स्थान में पेड़-तले बैठकर भी मैं अपनी थीसिस की बात करती हूँ या वह अपने ऑफ़िस की, मित्रों की बातें करता है, या हम किसी और विषय पर बात करने लगते हैं...पर इस सबका यह मतलब तो नहीं कि हम प्रेम नहीं करते! वह क्यों नहीं समझता कि आज हमारी भावुकता यथार्थ में बदल गयी है; सपनों की जगह हम वास्तविकता में जीते हैं! हमारे प्रेम को परिपक्वता मिल गई है, जिसका आधार पाकर वह अधिक गहरा हो गया है, स्थायी हो गया है।

पर संजय को कैसे समझाऊं यह सब? कैसे उसे समझाऊं कि निशीथ ने

मेरा अपमान किया है, ऐसा अपमान जिसकी कचोट से मैं आज भी तिलमिला जाती हूँ। संबंध तोड़ने से पहले एक बार तो उसने मुझे बताया होता कि आखिर मैंने ऐसा कौन-सा अपराध कर डाला था, जिसके कारण उसने मुझे इतना कठोर दंड दे डाला? सारी दुनिया की भर्त्सना, तिरस्कार, परिहास और दया का विष मुझे पीना पड़ा।... विश्वासघाती! नीच कहीं का!...और संजय सोचता है कि आज भी मेरे मन में उसके लिए कोई कोमल स्थान है! छिः! मैं उससे नफरत करती हूँ! और सच पूछो तो अपने को भाग्यशालिनी समझती हूँ कि मैं एक ऐसे व्यक्ति के चंगुल में फंसने से बच गई, जिसके लिए प्रेम महज़ एक खिलवाड़ है।

संजय, यह तो सोचो कि यदि ऐसी कोई भी बात होती, तो क्या मैं तुम्हारे आगे, तुम्हारी हर उचित-अनुचित चेष्टा के आगे, यों आत्मसमर्पण करती? तुम्हारे चुंबनों और आलिंगनों में अपने को यों बिखरने देती? जानते हो, विवाह से पहले कोई भी लड़की किसी को इन सबका अधिकार नहीं देती। पर मैंने दिया, क्या केवल इसीलिए नहीं कि मैं तुम्हें प्यार करती हूँ, बहुत-बहुत प्यार करती हूँ? विश्वास करो संजय, तुम्हारा-मेरा प्यार ही सच है, निशीथ का प्यार तो मात्र छल था, भ्रम था, झूठ था।

कानपुर

परसों मुझे कलकत्ता जाना है। सच, बड़ा डर लग रहा है। कैसे क्या होगा? मान लो, इंटरव्यू में बहुत नर्वस हो गई तो? संजय को कह रही हूँ कि वह भी साथ चले, पर उसे ऑफिस से छुट्टी नहीं मिल सकती है। एक तो नया शहर, फिर इंटरव्यू! सच अपना कोई साथ होता तो बड़ा सहारा मिल जाता। मैं कमरा लेकर अकेली रहती हूँ, यों अकेली घूम-फिर भी लेती हूँ तो संजय सोचता है, मुझमें बड़ी हिम्मत है, पर सच, बड़ा डर लग रहा है।

बार-बार मैं यह मान लेती हूँ कि मुझे नौकरी मिल गई है और मैं संजय के साथ वहां रहने लगी हूँ। कितनी सुंदर कल्पना है, कितनी मादक! पर इंटरव्यू का भय मादकता में भरे इस स्वप्नजाल को छिन्न-भिन्न कर देता है...।

काश, संजय भी किसी तरह मेरे साथ चल पाता!

कलकत्ता

गाड़ी जब हावड़ा स्टेशन के प्लेटफ़ॉर्म पर प्रवेश करती है तो जाने कैसी विचित्र आशंका, विचित्र-से भय से मेरा मन भर जाता है। प्लेटफ़ॉर्म पर खड़े असंख्य नर-नारियों

में मैं इरा को ढूंढ़ती हूँ। वह कहीं दिखाई नहीं देती। नीचे उतरने की बजाय खिड़की में से ही दूर-दूर तक नज़रें दौड़ाती हूँ।...आख़िर एक कुली को बुलाकर, अपना छोटा-सा सूटकेस और बिस्तर उतारने का आदेश दे, मैं नीचे उतर पड़ती हूँ। उस भीड़ को देखकर मेरी दहशत जैसे और बढ़ जाती है। तभी किसी के हाथ के स्पर्श से मैं बुरी तरह चौंक जाती हूँ, पीछे देखती हूँ तो इरा खड़ी है।

रूमाल से चेहरे का पसीना पोंछते हुए कहती हूँ : ‘‘ओफ! तुझे न देखकर मैं घबरा रही थी कि तुम्हारे घर भी कैसे पहुंचूंगी!’’

बाहर आकर हम टैक्सी में बैठते हैं। अभी तक मैं स्वस्थ नहीं हो पाई हूँ। जैसे ही हावड़ा-पुल पर गाड़ी पहुंचती है, हुगली के जल को स्पर्श करती हुई ठंडी हवाएं तन-मन को एक ताज़गी से भर देती हैं। इरा मुझे इस पुल की विशेषता बताती है और मैं विस्मित-सी उस पुल को देखती हूँ, दूर-दूर तक फैले हुगली के विस्तार को देखती हूँ, उसकी छाती पर खड़ी और विहार करती अनेक नौकाओं को देखती हूँ, बड़े-बड़े जहाज़ों को देखती हूँ...

उसके बाद बहुत ही भीड़-भरी सड़कों पर हमारी टैक्सी रुकती-रुकती चलती है। ऊंची-ऊंची इमारतों और चारों ओर के वातावरण से कुछ विचित्र-सी विराटता का आभास होता है और इन सबके बीच जैसे मैं अपने को बड़ा खोया-खोया-सा महसूस करती हूँ। कहां पटना और कानपुर और कहां यह कलकत्ता! मैंने तो आज तक कभी बहुत बड़े शहर देखे ही नहीं!

सारी भीड़ को चीरकर हम रेड-रोड पर आ जाते हैं। चौड़ी शांत सड़क। मेरे दोनों ओर लंबे-चौड़े खुले मैदान।

‘‘क्यों इरा, कौन-कौन होंगे इंटरव्यू में? मुझे तो बड़ा डर लग रहा है।’’

‘‘अरे, सब ठीक हो जाएगा! तू और डर? हम जैसे डरें तो कोई बात भी है। जिसने अपना सारा कैरियर अपने-आप बनाया, वह भला इंटरव्यू में डरे!’’ फिर कुछ देर ठहरकर कहती है : ‘‘अच्छा, भैया-भाभी तो पटना ही होंगे? जाती है कभी उनके पास भी या नहीं?’’

‘‘कानपुर आने के बाद एक बार गई थी। कभी-कभी यों ही पत्र लिख देती हूँ।’’

‘‘भई कमाल के लोग हैं! बहिन को भी नहीं निभा सके!’’

मुझे यह प्रसंग कतई पसंद नहीं। मैं नहीं चाहती कि कोई इस विषय पर बात करे। मैं मौन ही रहती हूँ।

इरा का छोटा-सा घर है, सुंदर ढंग से सजाया हुआ। उसके पति के दौरे

पर जाने की बात सुनकर पहले तो मुझे अफ़सोस हुआ था; वे होते तो कुछ मदद ही करते! पर फिर एकाएक लगा कि उनकी अनुपस्थिति में मैं शायद अधिक स्वतंत्रता का अनुभव कर सकूं। उनका बच्चा भी बड़ा प्यारा है।

शाम को इरा मुझे कॉफी-हाउस ले जाती है। अचानक मुझे वहां निशीथ दिखाई पड़ता है। मैं सकपकाकर नज़र घुमा लेती हूँ। पर वह हमारी मेज़ पर ही आ पहुंचता है। विवश होकर मुझे उधर देखना पड़ता है, नमस्कार भी करना पड़ता है, इरा का परिचय भी करवाना पड़ता है। इरा पास की कुर्सी पर बैठने का निमंत्रण दे देती है। मुझे लगता है, मेरी सांस रुक जाएगी।

''कब आई?''

''आज सवेरे ही।''

''अभी ठहरोगी? ठहरी कहां हो?''

जवाब इरा देती है। मैं देख रही हूँ, निशीथ बहुत बदल गया है। उसने कवियों की तरह बाल बढ़ा लिए हैं। यह क्या शौक चर्राया? उसका रंग स्याह पड़ गया है। वह दुबला भी हो गया है।

विशेष बातचीत नहीं होती और हम लोग उठ पड़ते हैं। इरा को मुन्नू की चिंता सता रही थी, और मुझे स्वयं घर पहुंचने को उतावली हो रही थी। कॉफी-हाउस से धर्मतल्ला तक वह पैदल चलता हुआ हमारे साथ आता है। इरा उससे बात कर रही है, मानो वह इरा का ही मित्र हो! इरा अपना पता समझा देती है और वह दूसरे दिन नौ बजे आने का वायदा करके चला जाता है।

पूरे तीन साल बाद निशीथ का यों मिलना! न चाहकर भी जैसे सारा अतीत आंखों के सामने खुल जाता है। बहुत दुबला हो गया है निशीथ!...लगता है, जैसे मन में कहीं कोई गहरी पीड़ा छिपाए बैठा है।

मुझसे अलग होने का दुःख तो नहीं साल रहा है इसे?

कल्पना चाहे कितनी भी मधुर क्यों न हो, एक तृप्ति-युक्त आनंद देनेवाली क्यों न हो, पर मैं जानती हूँ, यह झूठ है। यदि ऐसा ही था तो कौन उसे कहने गया था कि तुम इस संबंध को तोड़ दो? उसने अपनी इच्छा से ही तो यह सब किया था।

एकाएक ही मेरा मन कटु हो उठता है—यही तो है वह व्यक्ति जिसने मुझे अपमानित करके सारी दुनिया के सामने छोड़ दिया था, महज़ उपहास का पात्र बनाकर! ओह, क्यों नहीं मैंने उसे पहचानने से इंकार कर दिया।

जब वह मेज़ के पास आकर खड़ा हुआ, तो क्यों नहीं मैंने कह दिया कि

माफ़ कीजिए, मैं आपको पहचानती नहीं? ज़रा उसका खिसियाना तो देखती। वह कल भी आएगा। सच, मुझे उसे साफ़-साफ़ मना कर देना चाहिए था कि मैं उसकी सूरत भी नहीं देखना चाहती, मैं उससे नफरत करती हूँ...!

अच्छा है, आए कल! मैं उसे बता दूंगी कि जल्दी ही मैं संजय से विवाह करनेवाली हूँ। यह भी बता दूंगी कि मैं पिछला सब कुछ भूल चुकी हूँ। यह भी बता दूंगी कि मैं उससे घृणा करती हूँ और उसे ज़िंदगी में कभी माफ नहीं कर सकती...

यह सब सोचने के साथ-साथ, जाने क्यों, मेरे मन में यह बात भी उठ रही थी कि तीन साल हो गए, अभी तक निशीथ ने विवाह क्यों नहीं किया? करे न करे, मुझे क्या...?

क्या वह आज भी मुझसे कुछ उम्मीद रखता है? हूँ! मूर्ख कहीं का!

संजय! मैंने तुमसे कितना कहा था कि तुम मेरे साथ चलो, पर तुम नहीं आए।...इस समय जबकि मुझे तुम्हारी इतनी-इतनी याद आ रही है, बताओ, मैं क्या करूं?

कलकत्ता

नौकरी पाना इतना मुश्किल है, इसका मुझे गुमान तक नहीं था। इरा कहती है कि डेढ़ सौ की नौकरी के लिए खुद मिनिस्टर तक सिफारिश करने पहुंच जाते हैं, फिर यह तो तीन सौ का जॉब है।...निशीथ सवेरे से शाम तक इसी चक्कर में भटका है, यहां तक कि उसने अपने ऑफिस से भी छुट्टी ले ली है, वह क्यों मेरे काम में इतनी दिलचस्पी ले रहा है? उसका परिचय बड़े-बड़े लोगों में है और वह कहता है कि जैसे भी होगा, वह काम मुझे दिलाकर ही मानेगा। पर आख़िर क्यों?

कल मैंने सोचा था कि अपने व्यवहार की रुखाई से मैं स्पष्ट कर दूंगी कि अब वह मेरे पास न आए। पौने नौ बजे के करीब, जब मैं अपने टूटे हुए बाल फेंकने खिड़की पर गई, तो देखा, घर से थोड़ी दूर पर निशीथ टहल रहा है। वही लंबे बाल, कुरता-पाजामा। तो वह समय के पहले ही आ गया! संजय होता तो ग्यारह के पहले नहीं पहुंचता, समय पर पहुंचना तो वह जानता ही नहीं।

उसे यों चक्कर काटते देख मेरा मन जाने कैसा हो आया!...और जब वह आया तो मैं चाहकर भी कटु नहीं हो सकी। मैंने उसे कलकत्ता आने का मक़सद बताया, तो लगा कि वह बड़ा प्रसन्न हुआ। वहीं बैठे-बैठे फ़ोन करके उसने इस नौकरी के संबंध में सारी जानकारी प्राप्त कर ली, कैसे क्या करना होगा, इसकी

योजना भी बना डाली; वहीं बैठे-बैठे फ़ोन से ऑफिस को सूचना भी दे दी कि आज वह ऑफ़िस नहीं आएगा।

विचित्र स्थिति मेरी हो रही थी। उसके इस अपनत्व-भरे व्यवहार को मैं स्वीकार भी नहीं कर पाती थी, नकार भी नहीं पाती थी। सारा दिन मैं उसके साथ घूमती रही; पर काम की बात के अतिरिक्त उसने एक भी बात नहीं की। मैंने कई बार चाहा कि संजय की बात बता दूं, पर बता नहीं सकी। सोचा, कहीं यह सुनकर वह दिलचस्पी लेना कम न कर दे। उसके आज-भर के प्रयत्नों से ही मुझे काफी उम्मीद हो चली थी। यह नौकरी मेरे लिए कितनी आवश्यक है, मिल जाए तो संजय कितना प्रसन्न होगा, हमारे विवाहित जीवन के आरंभिक दिन कितने सुख में बीतेंगे।

शाम को हम घर लौटते हैं। मैं उसे बैठने को कहती हूँ, पर वह बैठता नहीं, बस खड़ा ही रहता है। उसके चौड़े ललाट पर पसीने की बूंदें चमक रही हैं। एकाएक ही मुझे लगता है, इस समय संजय होता तो? मैं अपने आंचल से उसका पसीना पोंछ देती, और वह...क्या बिना बांहों में भरे, बिना प्यार किए यों ही चला जाता?

“अच्छा, तो चलता हूँ।”

यंत्रचालित-से मेरे हाथ जुड़ जाते हैं, वह लौट पड़ता है और मैं ठगी-सी देखती रहती हूँ।

सोते समय मेरी आदत है कि मैं संजय के लाए हुए फूलों को निहारती रहती हूँ। यहाँ वे फूल नहीं हैं तो बड़ा सूना-सूना-सा लग रहा है।

पता नहीं संजय, तुम इस समय क्या कर रहे हो! तीन दिन हो गए, किसी ने बांहों में भरकर प्यार तक नहीं किया...

कलकत्ता

आज सवेरे मेरा इंटरव्यू हो गया। मैं शायद बहुत नर्वस हो गई थी और जैसे उत्तर मुझे देने चाहिए, वैसे नहीं दे पाई। पर निशीथ ने आकर बताया कि मेरा चुना जाना क़रीब-क़रीब तय हो गया है। मैं जानती हूँ, यह सब निशीथ की वजह से ही हुआ।

ढलते सूरज की धूप निशीथ के बाएं गाल पर पड़ रही थी और सामने बैठा निशीथ इतने दिन बाद एक बार फिर मुझे बड़ा प्यारा-सा लगा।

मैंने देखा, मुझसे ज्यादा वह प्रसन्न है। वह कभी किसी का एहसान नहीं

लेता; पर मेरी ख़ातिर उसने न जाने कितने लोगों का एहसान लिया। आखिर क्यों? क्या वह चाहता है कि मैं कलकत्ता आकर रहूँ, उसके साथ, उसके पास? एक अजीब-सी पुलक से मेरा तन-मन सिहर उठता है। वह ऐसा क्यों चाहता है? उसका ऐसा चाहना बहुत गलत है, बहुत अनुचित है!...मैं अपने मन को समझाती हूँ, ऐसी कोई बात नहीं है। शायद वह केवल मेरे प्रति किए गए अन्याय का प्रतिकार करने के लिए यह सब कर रहा है। पर क्या वह समझता है कि उसकी मदद से नौकरी पाकर मैं उसे क्षमा कर दूंगी, या जो कुछ उसने किया है, उसे भूल जाऊंगी? असंभव! मैं कल ही उसे संजय की बात बता दूंगी।

"आज, तो इस खुशी में पार्टी हो जाए!"

काम की बात के अलावा यह पहला वाक्य मैं उसके मुंह से सुनती हूँ, मैं इरा की ओर देखती हूँ। वह प्रस्ताव का समर्थन करके भी मुन्नू की तबीयत का बहाना लेकर अपने को काट लेती है। अकेले जाना मुझे कुछ अटपटा-सा लगता है। अभी तक तो काम का बहाना लेकर घूम रही थी, पर अब? फिर भी मैं मना नहीं कर पाती। अंदर जाकर तैयार होती हूँ। मुझे याद आता है, निशीथ को नीला रंग बहुत पसंद था, मैं नीली साड़ी ही पहनती हूँ। बड़े चाव और सतर्कता से अपना प्रसाधन करती हूँ, और बार-बार अपने को टोकती जाती हूँ—किसको रिझाने के लिए यह सब हो रहा है? क्या यह निरा पागलपन नहीं है?

सीढ़ियों पर निशीथ हल्की-सी मुस्कराहट के साथ कहता है, "इस साड़ी में तुम बहुत सुंदर लग रही हो।"

मेरा चेहरा तमतमा जाता है; कनपटियां सुर्ख हो जाती हैं। मैं सचमुच ही इस वाक्य के लिए तैयार नहीं थी। वह सदा चुप रहनेवाला निशीथ बोला भी तो ऐसी बात।

मुझे ऐसी बातें सुनने की ज़रा भी आदत नहीं है। संजय न कभी मेरे कपड़ों पर ध्यान देता है, न ऐसी बातें करता है, जब कि उसे पूरा अधिकार है। और यह बिना अधिकार ऐसी बातें करे?...

पर जाने क्या है कि मैं उस पर नाराज़ नहीं हो पाती हूँ; बल्कि एक पुलकमय सिहरन महसूस करती हूँ। सच, संजय के मुंह से ऐसा वाक्य सुनने को मेरा मन तरसता रहता है, पर उसने कभी ऐसी बात नहीं की। पिछले ढाई साल से मैं संजय के साथ रह रही हूँ। रोज ही शाम को हम घूमने जाते हैं। कितनी ही बार मैंने श्रृंगार किया, अच्छे कपड़े पहने, पर प्रशंसा का एक शब्द भी उसके मुंह से नहीं सुना। इन बातों पर उसका ध्यान ही नहीं जाता; वह देखकर भी जैसे वह सब

नहीं देख पाता। इस वाक्य को सुनने के लिए तरसता हुआ मेरा मन जैसे रस से नहा जाता है। पर निशीथ ने यह बात क्यों कहीं? उसे क्या अधिकार है?

क्या सचमुच ही उसे अधिकार नहीं है?...

जाने कैसी मजबूरी है, कैसी विवशता है कि मैं इस बात का जवाब नहीं दे पाती हूँ। निश्चयात्मक दृढ़ता से नहीं कह पाती कि साथ चलते इस व्यक्ति को सचमुच ही मेरे विषय में ऐसी अवांछित बात कहने का कोई अधिकार नहीं है।

हम दोनों टैक्सी में बैठते हैं। मैं सोचती हूँ, आज मैं इसे संजय की बात बता दूंगी।

"स्काई-रूम?" निशीथ टैक्सीवाले को आदेश देता है।

टुन की घंटी के साथ मीटर डाउन होता है और टैक्सी हवा से बातें करने लगती है। निशीथ बहुत सतर्कता से कोने में बैठा है, बीच में इतनी जगह छोड़कर कि यदि हिचकोला खाकर भी टैक्सी रुके, तो हमारा स्पर्श न हो। हवा के झोंके से मेरी रेशमी साड़ी का पल्लू उसके समूचे बदन को स्पर्श करता हुआ उसकी गोदी में पड़कर फरफराता है। वह उसे हटाता नहीं है। मुझे लगता है, यह रेशमी, सुवासित पल्लू उसके तन-मन को रस से भिगो रहा है, यह स्पर्श उसे पुलकित कर रहा है, मैं विजय के अकथनीय आह्लाद से भर जाती हूँ।

आज भी मैं संजय की बात नहीं कह पाती। चाहकर भी नहीं कह पाती। अपनी इस विवशता पर मुझे खीज भी आती है, पर मेरा मुंह है कि खुलता ही नहीं। मुझे लगता है कि मैं जैसे कोई बहुत बड़ा अपराध कर रही होऊं; पर फिर भी मैं कुछ नहीं कह सकती।

यह निशीथ कुछ बोलता क्यों नहीं? उसका यों कोने में दुबककर निर्विकार भाव से बैठे रहना मुझे क़तई अच्छा नहीं लगता। एकाएक ही मुझे संजय की याद आने लगती है। इस समय वह यहां होता तो उसका हाथ मेरी कमर में लिपटा होता! गों सड़क पर ऐसी हरकतें मुझे स्वयं पसंद नहीं, पर आज जाने क्यों, किसी की बांहों की लपेट के लिए मेरा मन ललक उठता है। मैं जानती हूँ कि जब निशीथ बगल में बैठा हो, उस समय ऐसी इच्छा करना, या ऐसी बात सोचना भी कितना अनुचित है पर मैं क्या करूं? जितनी द्रुतगति से टैक्सी चली जा रही है, मुझे लगता है उतनी ही द्रुतगति से मैं भी बही जा रही हूँ, अनुचित, अवांछित दिशाओं की ओर।

टैक्सी झटका खाकर रुकती है तो मेरी चेतना लौटती है। मैं जल्दी से दाहिनी ओर का फाटक खोलकर कुछ इस हड़बड़ी से नीचे उतर पड़ती हूँ, मानों अंदर निशीथ मेरे साथ कोई बदतमीज़ी कर रहा हो।

‘‘अजी, इधर से नहीं उतरना चाहिए कभी?’’ टैक्सीवाला कहता है तो अपनी ग़लती का भान होता है। उधर निशीथ खड़ा है, इधर मैं, बीच में टैक्सी!

पैसे लेकर टैक्सी चली जाती है तो हम दोनों एक-दूसरे के आमने-सामने हो जाते हैं। एकाएक ही मुझे खयाल आता है कि टैक्सी के पैसे आज तो मुझे ही देने चाहिए थे। पर अब क्या हो सकता था? चुपचाप हम दोनों अंदर जाते हैं। आसपास बहुत कुछ है, चहल-पहल, रोशनी, रौनक। पर मेरे लिए जैसे सबका अस्तित्व ही मिट जाता है। मैं अपने को सबकी नजरों से ऐसे बचाकर चलती हूँ, मानो मैंने कोई अपराध कर डाला हो, और कोई मुझे पकड़ न ले।

क्या सचमुच ही मुझसे कोई अपराध हो गया है?

आमने-सामने हम दोनों बैठ जाते हैं। मैं होस्ट हूँ, फिर भी उसका पार्ट वही अदा कर रहा है। वही आर्डर देता है। बाहर की हलचल और उससे अधिक मन की हलचल में मैं अपने को खोया-खोया-सा महसूस करती हूँ।

हम दोनों के सामने बैरा कोल्ड-कॉफी के गिलास और खाने का कुछ सामान रख जाता है। मुझे बार-बार लगता है कि निशीथ कुछ कहना चाह रहा है। मैं उसके होंठों की धड़कन तक महसूस करती हूँ। वह जल्दी से कॉफी का स्ट्रॉ मुंह से लगा लेता है।

मूर्ख कहीं का! वह सोचता है, मैं बेवकूफ़ हूँ। मैं अच्छी तरह जानती हूँ कि इस समय वह क्या सोच रहा है।

तीन दिन साथ रहकर भी हमने उस प्रसंग को नहीं छेड़ा। शायद नौकरी की बात ही हमारे दिमागों पर छाई हुई थी। पर आज...आज अवश्य ही वह बात आएगी! न आए, यह कितना अस्वाभाविक है! पर नहीं, स्वाभाविक शायद यही है। तीन साल पहले जो अध्याय सदा के लिए बंद हो गया, उसे उलटकर देखने का साहस शायद हम दोनों में से किसी में नहीं है। जो संबंध टूट गए, टूट गए। अब उन पर कौन बात करे?

मैं तो कभी नहीं करूंगी। पर उसे तो करनी चाहिए। तोड़ा उसने था, बात भी वही आरंभ करे। मैं क्यों करूं, और मुझे क्या पड़ी है? मैं तो जल्दी ही संजय से विवाह करनेवाली हूँ। क्यों नहीं मैं इसे अभी संजय की बात बता देती? पर जाने कैसी विवशता है, जाने कैसा मोह है कि मैं मुंह नहीं खोल पाती। एकाएक मुझे लगता है जैसे उसने कुछ कहा...

‘‘आपने कुछ कहा?’’

‘‘नहीं तो!’’

मैं खिसिया जाती हूँ।

फिर वही मौन! खाने में मेरा ज़रा भी मन नहीं लग रहा है; पर यंत्रचालित-सी मैं खा रही हूँ। शायद वह भी ऐसे ही खा रहा है। मुझे फिर लगता है कि उसके होंठ फड़क रहे हैं, और स्ट्रॉ पकड़े हुए उंगलियां कांप रही हैं। मैं जानती हूँ, वह पूछना चाहता है, दीपा, तुमने मुझे माफ तो कर दिया न?

वह पूछ ही क्यों नहीं लेता? मान लो, यदि पूछ ही ले, तो क्या मैं कह सकूंगी कि मैं तुम्हें जिंदगी-भर माफ नहीं कर सकती, मैं तुमसे नफरत करती हूँ, मैं तुम्हारे साथ घूम-फिर ली, या कॉफी पी ली, तो यह मत समझो कि मैं तुम्हारे विश्वासघात की बात को भूल गई हूँ?

और एकाएक ही पिछला सब कुछ मेरी आंखों के आगे तैरने लगता है। पर यह क्या? असह्य अपमानजनित पीड़ा, क्रोध और कटुता क्यों नहीं याद आती? मेरे सामने तो पटना में गुज़ारी सुहानी संध्याओं और चांदनी रातों के वे चित्र उभरकर आते हैं, जब घंटों समीप बैठ, मौन भाव से हम एक-दूसरे को निहारा करते थे। बिना स्पर्श किए भी जाने कैसी मादकता तन-मन को विभोर किये रहती थी, जाने कैसी तन्मयता में हम डूबे रहते थे...एक विचित्र-सी, स्वप्निल दुनिया में!...मैं कुछ बोलना भी चाहती तो वह मेरे मुंह पर उंगली रखकर कहता : 'आत्मीयता के ये क्षण अनकहे ही रहने दो, दीपा!'

आज भी तो हम मौन ही हैं, एक दूसरे के निकट ही हैं। क्या आज भी हम आत्मीयता के उन्हीं क्षणों में गुजर रहे हैं? मैं अपनी सारी शक्ति लगाकर चीख पड़ना चाहती हूँ, नहीं!...नहीं!...नहीं!...पर कॉफ़ी सिप करने के अतिरिक्त मैं कुछ नहीं कर पाती। मेरा यह विरोध हृदय की न जाने कौन-सी अतल गहराइयों में डूब जाता है!

निशीथ मुझे बिल नहीं देने देता। एक विचित्र-सी भावना मेरे मन में उठती है कि छीना-झपटी में किसी तरह मेरा हाथ इसके हाथ से छू जाए! मैं अपने स्पर्श से उसके मन के तारों को झनझना देना चाहती हूँ। पर वैसा अवसर नहीं आता। बिल वही देता है, मुझसे तो विरोध भी नहीं किया जाता।

मन में प्रचंड तूफान! पर फिर भी निर्विकार भाव से मैं टैक्सी में आकर बैठती हूँ...फिर वही मौन, वही दूरी। पर जाने क्या है कि मुझे लगता है कि निशीथ मेरे बहुत निकट आ गया है, बहुत ही निकट! बार-बार मेरा मन करता है कि क्यों नहीं निशीथ मेरा हाथ पकड़ लेता, क्यों नहीं मेरे कंधे पर हाथ रख देता? मैं ज़रा भी बुरा नहीं मानूंगी, ज़रा भी नहीं! पर वह कुछ भी नहीं करता।

सोते समय रोज़ की तरह मैं आज भी संजय का ध्यान करते हुए ही सोना चाहती हूँ, पर निशीथ है कि बार-बार संजय की आकृति को हटाकर स्वयं आ खड़ा होता है...

कलकत्ता

अपनी मजबूरी पर खीज-खीज जाती हूँ। आज कितना अच्छा मौका था सारी बात बता देने का! पर मैं जाने कहां भटकी थी कि कुछ भी नहीं बता पाई।

शाम को मुझे निशीथ अपने साथ 'लेक' ले गया। पानी के किनारे हम घास पर बैठ गए। कुछ दूर पर काफी भीड़-भाड़ और चहल-पहल थी, पर यह स्थान अपेक्षाकृत शांत था। सामने लेक के पानी में छोटी-छोटी लहरें उठ रही हैं। चारों ओर के वातावरण का कुछ विचित्र-सा भाव मन पर पड़ रहा था।

''अब तो तुम यहां आ जाओगी!'' मेरी ओर देखकर उसने कहा।

''हां!''

''नौकरी के बाद क्या इरादा है?''

मैंने देखा, उसकी आंखों में कुछ जानने की आतुरता फैलती जा रही है, शायद कुछ कहने की भी। मुझसे कुछ जानकर वह अपनी बात कहेगा।

''कुछ नहीं!'' जाने क्यों मैं यह कह गई। कोई है जो मुझे कचोटे डाल रहा है। क्यों नहीं मैं बता देती कि नौकरी के बाद मैं संजय से विवाह करूंगी, मैं संजय से प्रेम करती हूँ, वह मुझसे प्रेम करता है? वह बहुत अच्छा है, बहुत ही! वह मुझे तुम्हारी तरह धोखा नहीं देगा, पर मैं कुछ भी तो नहीं कह पाती। अपनी इस बेबसी पर मेरी आंखें छलछला आती हैं। मैं दूसरी ओर मुंह फेर लेती हूँ।

''तुम्हारे यहां आने से मैं बहुत खुश हूँ!''

मेरी सांस जहां-की-तहां रुक जाती है आगे के शब्द सुनने के लिए। पर शब्द नहीं आते। बड़ी कातर, करुण और याचनाभरी दृष्टि से मैं उसे देखती हूँ, मानों कह रही होऊं कि तुम कह क्यों नहीं देते निशीथ, कि आज भी तुम मुझे प्यार करते हो, तुम मुझे सदा अपने पास रखना चाहते हो, जो कुछ हो गया है, उसे भूलकर तुम मुझसे विवाह करना चाहते हो? कह दो निशीथ, कह दो!...यह सुनने के लिए मेरा मन अकुला रहा है, छटपटा रहा है! मैं बुरा नहीं मानूंगी, ज़रा भी बुरा नहीं मानूंगी। मान ही कैसे सकती हूँ निशीथ! इतना सब हो जाने के बाद भी शायद मैं तुम्हें प्यार करती हूँ—शायद नहीं, सचमुच ही मैं तुम्हें प्यार करती हूँ!

मैं जानती हूँ–तुम कुछ नहीं कहोगे, सदा के ही मितभाषी जो हो। फिर भी कुछ सुनने की आतुरता लिए मैं तुम्हारी तरफ देखती रहती हूँ। पर तुम्हारी नज़र तो लेक के पानी पर जमी हुई है...शांत, मौन!

आत्मीयता के ये क्षण अनकहे भले ही रह जाएं पर अनबूझे नहीं रह सकते। तुम चाहे न कहो, पर मैं जानती हूँ, तुम आज भी मुझे प्यार करते हो, बहुत प्यार करते हो! मेरे कलकत्ता आ जाने के बाद इस टूटे संबंध को फिर से जोड़ने की बात ही तुम इस समय सोच रहे हो। तुम आज भी मुझे अपना ही समझते हो, तुम जानते हो, आज भी दीपा तुम्हारी है!...और मैं?

लगता है, इस प्रश्न का उत्तर देने का साहस मुझमें नहीं है। मुझे डर है कि जिस आधार पर मैं तुमसे नफरत करती थी, उसी आधार पर कहीं मुझे अपने से नफरत न करनी पड़े।

लगता है, रात आधी से भी अधिक ढल गई है।

कानपुर

मन में उत्कट अभिलाषा होते हुए भी निशीथ की आवश्यक मीटिंग की बात सुनकर मैंने कह दिया था कि तुम स्टेशन मत आना। इरा आई थी, पर गाड़ी पर बिठाकर ही चली गई, या कहूँ कि मैंने ज़बरदस्ती ही उसे भेज दिया। मैं जानती थी कि लाख मना करने पर भी निशीथ आएगा और विदा के उन अंतिम क्षणों में मैं उसके साथ अकेली ही रहना चाहती थी। मन में एक दबी-सी आशा थी कि चलते समय ही शायद वह कुछ कह दे।

गाड़ी चलने में जब दस मिनट रह गए तो देखा, बड़ी व्यग्रता से डिब्बों में झाँकता-झांकता निशीथ आ रहा था।...पागल! उसे इतना तो समझना चाहिए कि उसकी प्रतीक्षा में मैं यहां बाहर खड़ी हूँ।

मैं दौड़कर उसके पास जाती हूँ, ''आप क्यों आए?'' पर मुझे उसका आना बड़ा अच्छा लगता है! वह बहुत थका हुआ लग रहा है। शायद सारा दिन बहुत व्यस्त रहा और दौड़ता-दौड़ता मुझे सी-ऑफ करने यहां आ पहुंचा। मन करता है कुछ ऐसा करूं, जिससे इसकी सारी थकान दूर हो जाए। पर क्या करूं? हम डिब्बे के पास आ जाते हैं।

''जगह अच्छी मिल गई?'' वह अंदर झांकते हुए पूछता है।

''हां!''

''पानी-वानी तो है?''

''है।''

''बिस्तर फैला लिया?''

मैं खीज पड़ती हूँ। वह शायद समझ जाता है, सो चुप हो जाता है। हम दोनों एक क्षण को एक-दूसरे की ओर देखते हैं। मैं उसकी आंखों में विचित्र-सी छायाएं देखती हूँ; मानों कुछ है, जो उसके मन में घुट रहा है, उसे मथ रहा है, पर वह कह नहीं पा रहा है। वह क्यों नहीं कह देता? क्यों नहीं अपने मन की इस घुटन को हल्का कर लेता?

''आज भीड़ विशेष नहीं है,'' चारों ओर नज़र डालकर वह कहता है।

मैं भी एक बार चारों ओर देख लेती हूँ, पर नज़र मेरी बार-बार घड़ी पर ही जा रही है। जैसे-जैसे समय सरक रहा है, मेरा मन किसी गहरे अवसाद में डूब रहा है। मुझे कभी उस पर दया आती है तो कभी खीज। गाड़ी चलने में केवल तीन मिनट बाकी रह गए हैं। एक बार फिर हमारी नज़रें मिलती हैं।

''ऊपर चढ़ जाओ, अब गाड़ी चलनेवाली है।''

बड़ी असहाय-सी नज़र से मैं उसे देखती हूँ; मानो कह रही होऊं, तुम्हीं चढ़ा दो। ...और फिर धीरे-धीरे चढ़ जाती हूँ। दरवाज़े पर मैं खड़ी हूँ और वह नीचे प्लेटफार्म पर।

''जाकर पहुँचने की ख़बर देना। जैसे ही मुझे इधर कुछ निश्चित रूप से मालूम होगा, तुम्हें सूचना दूंगा।''

मैं कुछ बोलती नहीं, बस उसे देखती रहती हूँ...

सीटी...हरी झंडी...फिर सीटी। मेरी आंखें छलछला आती हैं।

गाड़ी एक हलके-से झटके के साथ सरकने लगती है। वह गाड़ी के साथ कदम आगे बढ़ाता है और मेरे हाथ पर धीरे से अपना हाथ रख देता है। मेरा रोम-रोम सिहर उठता है। मन करता है चिल्ला पड़ूं—मैं सब समझ गई निशीथ, सब समझ गई! जो कुछ तुम इन चार दिनों में नहीं कह पाए, वह तुम्हारे इस क्षणिक स्पर्श ने कह दिया। विश्वास करो, यदि तुम मेरे हो तो मैं भी तुम्हारी हूँ; केवल तुम्हारी, एकमात्र तुम्हारी!...पर मैं कुछ कह नहीं पाती। बस, साथ चलते निशीथ को देखती-भर रहती हूँ। गाड़ी के गति पकड़ते ही वह हाथ को ज़रा-सा दबाकर छोड़ देता है। मेरी छलछलाई आंखें मुंद जाती हैं। मुझे लगता है, यह स्पर्श, यह सुख, यह क्षण ही सत्य है, बाक़ी सब झूठ है; अपने को भूलने का, भरमाने का, छलने का असफल प्रयास है।

आंसू-भरी आंखों से मैं प्लेटफॉर्म को पीछे छूटता हुआ देखती हूँ। सारी आकृतियां

धुंधली-सी दिखाई देती हैं। असंख्य हिलते हुए हाथों के बीच निशीथ के हाथ को, उस हाथ को, जिसने मेरा हाथ पकड़ा था, ढूंढ़ने का असफल-सा प्रयास करती हूँ। गाड़ी प्लेटफॉर्म को पार कर जाती है, और दूर-दूर तक कलकत्ता की जगमगाती बत्तियां दिखाई देती हैं। धीरे-धीरे वे सब दूर हो जाती हैं, पीछे छूटती जाती हैं। मुझे लगता है, यह दैत्याकार ट्रेन मुझे मेरे घर से कहीं दूर ले जा रही है—अनदेखी, अनजानी राहों में गुमराह करने के लिए, भटकाने के लिए!

बोझिल मन से मैं अपने फैलाए हुए बिस्तर पर लेट जाती हूँ। आंखें बंद करते ही सबसे पहले मेरे सामने संजय का चित्र उभरता है...कानपुर जाकर मैं उसे क्या कहूँगी? इतने दिनों तक उसे छलती आई, अपने को छलती आई, पर अब नहीं।...मैं उसे सारी बात समझा दूंगी। कहूँगी, संजय जिस संबंध को टूटा हुआ जानकर मैं भूल चुकी थी, उसकी जड़ें हृदय की किन अतल गहराइयों में जमी हुई थीं, इसका एहसास कलकत्ता में निशीथ से मिलकर हुआ। याद आता है, तुम निशीथ को लेकर सदैव ही संदिग्ध रहते थे; पर तब मैं तुम्हें ईर्ष्यालु समझती थी। आज स्वीकार करती हूँ कि तुम जीते, मैं हारी!

सच मानना संजय, ढाई साल मैं स्वयं भ्रम में थी और तुम्हें भी भ्रम में डाल रखा था; पर आज भ्रम के, छलना के सारे ही जाल छिन्न-भिन्न हो गए हैं। मैं आज भी निशीथ को प्यार करती हूँ। और यह जानने के बाद, एक दिन भी तुम्हारे साथ और छल करने का दुस्साहस कैसे करूं? आज पहली बार मैंने अपने संबंधों का विश्लेषण किया, तो जैसे सब कुछ ही स्पष्ट हो गया और जब मेरे सामने सब कुछ स्पष्ट हो गया, तो तुमसे कुछ भी नहीं छिपाऊंगी, तुम्हारे सामने मैं चाहूँ तो भी झूठ नहीं बोल सकती।

आज लग रहा है, तुम्हारे प्रति मेरे मन में जो भी भावना है, वह प्यार की नहीं, केवल कृतज्ञता की है। तुमने मुझे उस समय सहारा दिया था, जब अपने पिता और निशीथ को खोकर मैं चूर-चूर हो चुकी थी। सारा संसार मुझे वीरान नज़र आने लगा था, उस समय तुमने अपने स्नेहिल स्पर्श से मुझे जिला दिया; मेरा मुरझाया, मरा मन हरा हो उठा; मैं कृतकृत्य हो उठी, और समझने लगी कि मैं तुमसे प्यार करती हूँ। पर प्यार की बेसुध घड़ियां, वे विभोर क्षण, तन्मयता के वे पल, जहां शब्द चुक जाते हैं, हमारे जीवन में कभी नहीं आए। तुम्हीं बताओ, आए कभी? तुम्हारे असंख्य आलिंगनों और चुंबनों के बीच भी, एक क्षण के लिए भी तो मैंने कभी तन-मन की सुध बिसरा देनेवाली पुलक या मादकता का अनुभव नहीं किया।

सोचती हूँ, निशीथ के चले जाने के बाद मेरे जीवन में एक विराट शून्यता आ गई थी, एक खोखलापन आ गया था; तुमने उसकी पूर्ति की। तुम पूरक थे, मैं गलती से तुम्हें प्रियतम समझ बैठी।

मुझे क्षमा कर दो संजय और लौट जाओ। तुम्हें मुझ जैसी अनेक दीपाएं मिल जाएंगी, जो सचमुच ही तुम्हें प्रियतम की तरह प्यार करेंगी। आज एक बात अच्छी तरह जान गई हूँ कि प्रथम प्रेम ही सच्चा प्रेम होता है; बाद में किया हुआ प्रेम तो अपने को भूलने का, भरमाने का प्रयास-मात्र होता है...

इसी तरह की असंख्य बातें मेरे दिमाग में आती हैं, जो मैं संजय से कहूँगी। कह सकूंगी यह सब? लेकिन कहना तो होगा ही। उसके साथ अब एक दिन भी छल नहीं कर सकती। मन से किसी और की आराधना करके तन से उसकी होने का अभिनय करती रहूँ? छीः! नहीं जानती, यही सब सोचते-सोचते मुझे कब नींद आ गई। लौटकर अपना कमरा खोलती हूँ, तो देखती हूँ, सब कुछ ज्यों-का-त्यों है, सिर्फ़ फूलदान के रजनीगंधा मुरझा गए हैं। कुछ फूल झरकर ज़मीन पर इधर-उधर भी बिखर गये हैं।

आगे बढ़ती हूँ तो ज़मीन पर पड़ा एक लिफाफा दिखाई देता है। संजय की लिखाई है, खोला तो छोटा-सा पत्र था :

दीपा,

तुमने तो कलकत्ता जाकर कोई सूचना ही नहीं दी। मैं आज ऑफिस के काम से कटक जा रहा हूँ। पांच-छः दिन में लौट आऊंगा। तब तक तुम आ ही जाओगी। जानने को उत्सुक हूँ कि कलकत्ता में क्या हुआ?

तुम्हारा
संजय

एक लंबा निःश्वास निकल जाता है। लगता है, एक बड़ा बोझ हट गया। इस अवधि में तो मैं अपने को अच्छी तरह तैयार कर लूंगी।

नहा-धोकर सबसे पहले मैं निशीथ को पत्र लिखती हूँ। उसकी उपस्थिति से जो हिचक मेरे होंठ बंद किए हुए थी, दूर रहकर वह अपने-आप ही टूट जाती है। मैं स्पष्ट शब्दों में लिख देती हूँ कि चाहे उसने कुछ नहीं कहा, फिर भी मैं सब कुछ समझ गई हूँ। साथ ही यह भी लिख देती हूँ कि मैं उसकी उस हरकत से बहुत दुखी थी, बहुत नाराज़ भी; पर उसे देखते ही जैसे सारा क्रोध बह गया। इस अपनत्व में क्रोध भला टिक भी कैसे पाता? लौटी हूँ, तब से न जाने कैसी रंगीनी और मादकता मेरी आंखों के आगे छाई है...!

एक ख़ूबसूरत-से लिफ़ाफ़े में उसे बंद करके मैं स्वयं पोस्ट करने जाती हूँ।

रात में सोती हूँ तो अनायास ही मेरी नज़र सूने फूलदान पर जाती है। मैं करवट बदलकर सो जाती हूँ।

कानपुर

आज निशीथ को पत्र लिखे पांचवां दिन है। मैं तो कल ही उसके पत्र की राह देख रही थी। पर आज की भी दोनों डाक निकल गई। जाने कैसा सूना-सूना, अनमना-अनमना लगता रहा सारा दिन! किसी भी तो काम में जी नहीं लगा। क्यों नहीं लौटती डाक से ही उत्तर दे दिया उसने? समझ में नहीं आता, कैसे समय गुज़ारूं!

मैं बाहर बालकनी में जाकर खड़ी हो जाती हूँ। एकाएक ख़याल आता है, पिछले ढाई सालों के करीब इसी समय, यहीं खड़े होकर मैंने संजय की प्रतीक्षा की है। क्या आज मैं संजय की प्रतीक्षा कर रही हूँ? या मैं निशीथ के पत्र की प्रतीक्षा कर रही हूँ? शायद किसी की नहीं, क्योंकि जानती हूँ कि दोनों में से कोई भी नहीं आएगा। फिर?

निरुद्देश्य-सी कमरे में लौट पड़ती हूँ। शाम का समय मुझसे घर में नहीं काटा जाता। रोज़ ही तो संजय के साथ घूमने निकल जाया करती थी। लगता है, यहीं बैठी रही तो दम ही घुट जाएगा। कमरा बंद करके मैं अपने को धकेलती-सी सड़क पर ले आती हूँ।...शाम का धुंधलका मन के बोझ को और भी बढ़ा देता है। कहां जाऊं? लगता है, जैसे मेरी राहें भटक गई हैं, मंज़िल खो गई है। मैं स्वयं नहीं जानती, आखिर मुझे जाना कहां है। फिर भी निरुद्देश्य-सी चलती रहती हूँ। पर आखिर कब तक यूं भटकती रहूँ? हारकर लौट पड़ती हूँ।

आते ही मेहता साहब की बच्ची तार का एक लिफ़ाफ़ा देती है। धड़कते दिल से मैं उसे खोलती हूँ। इरा का तार था।

'नियुक्ति हो गई है। बधाई!'

इतनी बड़ी खुशखबरी पाकर भी जाने क्या है कि खुश नहीं हो पाती। यह खबर तो निशीथ भेजनेवाला था। एकाएक ही एक विचार मन में आता है : क्या जो कुछ मैं सोच गई, वह निरा भ्रम ही था, मात्र मेरी कल्पना, मेरा अनुमान? नहीं-नहीं! उस स्पर्श को मैं भ्रम कैसे मान लूं, जिसने मेरे तन-मन को डुबो दिया था, जिसके द्वारा उसके हृदय की एक-एक परत मेरे सामने खुल गई थी?...लेक

पर बिताए उन मधुर क्षणों को भ्रम कैसे मान लूं, जहां उसका मौन ही मुखरित होकर सब कुछ कह गया था? आत्मीयता के वे अनकहे क्षण! तो फिर उसने पत्र क्यों नहीं लिखा? क्या कल उसका पत्र आएगा? क्या आज भी उसे वही हिचक रोके हुए है?

तभी सामने की घड़ी टन्-टन् करके नौ बजाती है। मैं उसे देखती हूँ। यह संजय की लाई हुई है।...लगता है, जैसे यह घड़ी घंटे सुना-सुनाकर मुझे संजय की याद दिला रही है। फहराते ये हरे पर्दे, यह हरी बुक-रैक, यह टेबल, यह फूलदान, सभी तो संजय के ही लाए हुए हैं। मेज़ पर रखा यह पेन उसने मुझे सालगिरह पर लाकर दिया था।

अपनी चेतना के इन बिखरे सूत्रों को समेटकर मैं फिर पढ़ने का प्रयास करती हूँ, पर पढ़ नहीं पाती। हारकर मैं पलंग पर लेट जाती हूँ।

सामने के फूलदान का सूनापन मेरे मन के सूनेपन को और अधिक बढ़ा देता है। मैं कसकर आंखें मूंद लेती हूँ।...एक बार फिर मेरी आंखों के आगे लेक का स्वच्छ, नीला जल उभर आता है, जिसमें छोटी-छोटी लहरें उठ रही थीं। उस जल की ओर देखते हुए निशीथ की आकृति उभरकर आती है। वह लाख जल की ओर देखे; पर चेहरे पर अंकित उसके मन की हलचल को मैं आज भी, इतनी दूर रहकर भी महसूस करती हूँ। कुछ न कह पाने की मजबूरी, उसकी विवशता, उसकी घुटन आज भी मेरे सामने साकार हो उठती है। धीरे-धीरे लेक के पानी का विस्तार सिमटता जाता है, और एक छोटी-सी राइटिंग टेबल में बदल जाता है, और मैं देखती हूँ कि एक हाथ में पेन लिए और दूसरे हाथ की उंगलियों को बालों में उलझाए निशीथ बैठा है...वही मजबूरी, वही विवशता, वही घुटन लिए।...वह चाहता है; पर जैसे लिख नहीं पाता। वह कोशिश करता है, पर उसका हाथ बस कांपकर रह जाता है।...ओह! लगता है, उसकी घुटन मेरा दम घोंटकर रख देगी।...मैं एकाएक ही आंखें खोल देती हूँ। वही फूलदान, पर्दे, मेज़, घड़ी...!

कानपुर

आखिर आज निशीथ का पत्र आ गया। धड़कते दिल से मैंने उसे खोला। इतना छोटा-सा पत्र!

प्रिय दीपा,

तुम अच्छी तरह पहुंच गईं, यह जानकर प्रसन्नता हुई। तुम्हें अपनी नियुक्ति का तार तो मिल ही गया होगा। मैंने कल ही इरा जी को फोन करके सूचना

दे दी थी, और उन्होंने बताया था कि तार दे देंगी। ऑफिस की ओर से भी सूचना मिल जाएगी।

इस सफलता के लिए मेरी ओर से हार्दिक बधाई स्वीकार करना। सच, मैं बहुत खुश हूँ कि तुम्हें यह काम मिल गया! मेहनत सफल हो गई। शेष फिर।

शुभेच्छु,
निशीथ

बस! धीरे-धीरे पत्र के सारे शब्द आंखों के आगे लुप्त हो जाते हैं, रह जाता है केवल : 'शेष फिर!'

तो अभी उसके पास 'कुछ' लिखने को शेष है? क्यों नहीं लिख दिया उसने अभी? क्या लिखेगा वह?

'दीप!'

मैं मुड़कर दरवाज़े की ओर देखती हूँ। रजनीगंधा के ढेर सारे फूल लिए मुस्कराता-सा संजय खड़ा है। एक क्षण में संज्ञा-शून्य-सी उसे इस तरह देखती हूँ, मानो पहचानने की कोशिश कर रही होऊं। वह आगे बढ़ता है, तो मेरी खोई हुई चेतना लौटती है, और विक्षिप्त-सी दौड़कर उससे लिपट जाती हूँ।

"क्या हो गया है तुम्हें, पागल हो गई हो क्या?"

"तुम कहां चले गए थे संजय?" और मेरा स्वर टूट जाता है। अनायास ही आंखों से आंसू बह चलते हैं।

"क्या हो गया? कलकत्ता का काम नहीं मिला क्या?...मारो भी गोली काम को। तुम इतनी परेशान क्यों हो रही हो उसके लिए?"

पर मुझसे कुछ नहीं बोला जाता। बस, मेरी बांहों की जकड़ कसती जाती है, कसती जाती है। रजनीगंधा की महक धीरे-धीरे मेरे तन-मन पर छा जाती है। तभी मैं अपने भाल पर संजय के अधरों का स्पर्श महसूस करती हूँ, और मुझे लगता है, यह स्पर्श, यह सुख, यह क्षण ही सत्य है, वह सब झूठ था, मिथ्या था, भ्रम था...।

और हम दोनों एक-दूसरे के आलिंगन में बंधे रहते हैं—चुंबित प्रति-चुंबित!

यही सच है ● 91

सज़ा

प्पा का कार्ड आया है चाचाजी के नाम : 'फ़ैसले की तारीख 16 अप्रैल पड़ी है और इस बार निश्चित रूप से फ़ैसला हो जाएगा, पहले की तरह स्थगित नहीं होगा। यदि छुट्टी मिल सके और असुविधा न हो तो दो दिन के लिए आ जाना।'

मेरे और मुन्नू के लिए एक लाइन तक नहीं लिखी थी। न प्यार, न आने के लिए कुछ। पूरे साल में पप्पा का यह पहला कार्ड था और हमारे विषय में कुछ नहीं लिखा, जैसे उन्हें मालूम ही नहीं हो कि हम भी यहां हैं। क्या पप्पा ने अपने को इतना बदल लिया है? उन्होंने क्या बदल लिया है, शायद समय ने उन्हें बदल लिया है। उन्हें ही क्या, सबको ही बदल दिया। मैं क्या कम बदल गई हूँ? मुन्नू क्या कम बदला है? पता नहीं, अम्मा की क्या हालत होगी! ओह, इन पांच सालों में क्या कुछ नहीं हो गया।

16 अप्रैल, आज से पांच दिन बाद। मैं जाऊंगी, ज़रूर जाऊंगी और मुन्नू को लेकर ही जाऊंगी। कांत मामा ने तो हर सुनवाई के बाद यही लिखा है कि इस बार फैसला पक्ष में होगा। हे भगवान्, ऐसा ही हो।' पर रह-रहकर मन कांप जाता है। पहली बार भी तो सब यही कहते थे। तब मैं एकदम नासमझ नहीं थी, फिर भी ज़्यादा नहीं समझती थी। पप्पा और अम्मा तो हमेशा मुझे बच्ची ही समझते थे, इसीलिए शायद बड़ी ही नहीं हो पाती थी। इधर एकदम कितनी बड़ी हो गई हूँ। कानून की बातें समझने लगी हूँ। सात आदमियों का दोनों समय का खाना बना लेती हूँ। खाना ही नहीं, घर का भी तो काम करने लगी हूँ। मेरे साथ स्कूल में जो लड़कियां पढ़ती थीं, उनसे करवा कर तो देखें कोई भी काम! पर वे क्यों ये सब काम करें? भगवान् कभी उन्हें ऐसे बुरे दिन न दिखाएं!

क्या पापा सचमुच छूट जाएंगे? पिछली बार जब फैसला हुआ था तब दादी, बाबा, चाचा सब आ गए थे। सब लोग कचहरी गए, पर हमें नहीं ले गए। मुन्नू को छोड़ जाते, वह सचमुच बच्चा था; पर मैं तो बड़ी थी, नवीं का इम्तिहान

दे चुकी थी। मुझे पापा के सारे केस की बातें पता थीं, फिर भी मुझे नहीं ले गए थे। मैं और मुन्नू सांस रोककर सबके लौटने की प्रतीक्षा कर रहे थे। मैं खुद बहुत घबरा रही थी पर मुन्नू को बराबर समझाती जा रही थी। और कोई चाहे मुझे बड़ा न समझता, पर वह तो समझता ही था। बारह बजे दादी और अम्मा ने रोते-रोते घर में प्रवेश किया। बाबा कुर्सी पर बैठकर, हथेलियों में मुंह छिपाकर, फूट-फूटकर रोने लगे : ''हे भगवान्, तेरे राज में इतना अंधेर! मेरे निर्दोष बेटे को दो साल की सज़ा!'' सबको रोते देख हम दोनों भी खूब रोए। पप्पा को घर नहीं आने दिया। वहीं से जेल ले गए।

दो दिन मैं स्कूल नहीं गई। जब गई तो मेरी सभी सहेलियां हमदर्दी दिखाने लगीं। पर वह हमदर्दी बिल्कुल नहीं थी। हमदर्दी क्या ऐसे कहकर दिखाई जाती है, ''हाय-हाय, बेचारी के पिता को जेल हो गई!'' आपस में दबी-दबी ज़बान में कहतीं : ''इतने बड़े लोग भी चोरी करते हैं? तभी ठाठ थे आशा जी के!'' मेरा जी होता, चीख-चीखकर सबसे कहूँ कि पप्पा ने कुछ नहीं किया है, बस, इस समय उनके ग्रह बिगड़े हुए हैं। ग्रह जब बिगड़ जाते हैं तब क्या नहीं हो जाता? रामचंद्रजी ने कौन चोरी की थी, फिर भी चौदह साल का बनवास काटा या नहीं? पांडवों ने क्या किया था, फिर भी अज्ञातवास भोगा या नहीं? तब? जब ग्रह बिगड़ते हैं तो राजा को भी सब कुछ भोगना पड़ता है। इतनी-सी बात ये लोग क्यों नहीं समझतीं? अम्मा ने मुझे समझाया कि अभी हमारे बुरे दिन हैं, जो भी आए, चुपचाप सहन कर लो; और मैं समझ गई। तभी तो उन लोगों से कुछ नहीं कहती थी। पर उनको कभी समझ नहीं आया। शायद बुरे दिनों में ही समझ बढ़ती है।

ख़ैर, तभी कांत मामा आ गए। वह इंग्लैंड से जैसे ही लौटे, सीधे घर आ गए थे। कितना बिगड़े थे बाबा और चाचाजी पर कि यह सब हो कैसे गया? आज के ज़माने में तो गुनहगार अपने को साफ बचाकर ले जाते हैं। लाखों हज़म करके मूंछों पर ताव देते घूमते हैं। फाइलें की फाइलें गायब करवा देते हैं। और एक ये हैं कि बिना गड़बड़ किए जेल भोगने जा रहे हैं। बिना अपराध किए भी बाबा अपराधी की भांति चुपचाप सिर नीचा किए सब सुनते रहे। वह बेचारे कानून के छक्के-पंजे क्या जानें? जब नहीं सुना जाता तो रो पड़ते। उस समय मुझे कांत मामा का व्यवहार ज़रा भी अच्छा नहीं लगता। पर कुछ कह भी तो नहीं सकता था कोई। वह हाईकोर्ट में अपील मंजूर करवाने के लिए भाग-दौड़ कर रहे थे। इंग्लैंड से लौटकर कांत मामा अपने को बहुत समझने लगे थे, शायद बहुत-कुछ होकर भी आए थे।

उन्होंने सचमुच अपील मंज़ूर करवा दी। पच्चीस दिनों बाद पप्पा छूटकर आए। मैं सोच रही थी, अब पप्पा कितना प्यार करेंगे हमें! कितने दिनों से घर में मनहूसियत छाई हुई है, वह दूर हो जाएगी। हमारे अच्छे दिन लौट आएंगे। सब लोगों के आ जाने से हमें तो कोई पूछता ही नहीं था। पहले घर में हम ही हम थे। खाना बनाया जाता हमारी इच्छा से, कहीं बाहर जाते तो हमारी इच्छा से। एकाएक जैसे हम कुछ नहीं रहे। मैं फिर भी कुछ समझती थी पर मुन्नू नहीं समझता, किसी भी चीज़ की ज़िद कर बैठता। मैं उसे समझाती, ''भैया, अभी हमारे बुरे ग्रह आए हुए हैं, किसी भी चीज़ की ज़िद नहीं करते।' पर वह ग्रह-व्रह कुछ नहीं मानता और रोये ही चला जाता। सोचा था, अब हमारे आँसू पोंछनेवाले और हमारी हर ज़िद पूरी करनेवाले पप्पा आ जाएँगे तो हमारे सारे दुःख दूर हो जाएँगे।

पर वैसा कुछ भी नहीं हुआ। पप्पा मामा के साथ तांगे पर आए थे और आते ही बात करना तो दूर, बिना किसी की ओर देखे, चुपचाप, नीची नज़र किए वह ऊपर चले गए। सब लोग सकते में आ गए। कैसे हो गए हैं पप्पा! किसी की हिम्मत ही नहीं हुई कि ऊपर जाए। आख़िर दादी ने अम्मा को भेजा। अम्मा थोड़ी देर में ही लौट आईं, ''दरवाज़ा ही नहीं खोलते। बहुत खटखटाया तो यही कहा—चली जाओ, मुझे अभी परेशान मत करो।''

यों घरवालों के साथ रोई मैं रोज़ ही थी; पर उस दिन पहली बार मेरा मन रोया था, अपनी पूरी समझ के साथ रोया था। क्या हो गया है मेरे पप्पा को? पच्चीस दिनों बाद घर में घुसे और प्यार करना तो दूर रहा, हमारी ओर देखा तक नहीं! बार-बार मन कहने लगा—यह मेरे पप्पा नहीं हैं। वह ऐसे हो ही नहीं सकते। जेलवालों ने उन्हें बदल दिया। एक अजीब-सा भय मन में समाने लगा कि अब शायद पप्पा कभी प्यार नहीं करेंगे। और सचमुच उसके बाद मैंने कभी उनका प्यार नहीं पाया—आज तक नहीं। इस कार्ड में क्या वह एक पंक्ति भी हमारे लिए नहीं लिख सकते थे? यों मैं उनकी इस उदासीनता और तटस्थता को समझती भी हूँ। शायद वह अब किसी से मोह नहीं रखना चाहते। कहीं फिर सज़ा हो गई तो?

शाम को सब लोग ऊपर गए। दरवाज़ा तो खोला पप्पा ने, पर बात किसी से नहीं की थी। बस, तकिए में मुंह गड़ाकर पड़े रहे थे। मुझे लग रहा था, जैसे वह रो रहे हैं। पर हमें तुरंत नीचे भेज दिया गया था। कितना-कितना गुस्सा आया था उस समय! पप्पा हमारे हैं और ये सब इस तरह कर रहे हैं, मानों हम कुछ हैं ही नहीं। पप्पा पर पहला हक मेरा है, और वह भी सारी दुनिया में मुझे ही सबसे ज्यादा प्यार करते हैं। मैं मनाने लगी थी कि ये सब लोग जल्दी से

जल्दी अलीगढ़ से चले जाएं तो अच्छा हो। तभी शायद पप्पा हमसे पहले की तरह प्यार करेंगे। सबके सामने शायद उन्हें शर्म आती है। शर्म की बात तो है ही। स्कूल में मुझे क्या कम शर्म आती थी!

पप्पा के घर आने के बाद मामा और चाचाजी चले भी गए। दादी और बाबा तो घर के ही हैं, पर पप्पा फिर भी नहीं उतरे। उस रात अम्मा को सोने के लिए ऊपर भेजा। वह सवेरे उठकर आईं तो बोलीं : ''मांजी, मुन्नू को आप गांव लेती जाइए, वहां के स्कूल में डाल दीजिए। यहां तो अब उसकी फीस जुटाना भी भारी पड़ेगा। आशा का तो इस साल फाइनल है; वरना उसे भी उमेश भैया के पास भेज देती। नीचे का घर अब खाली कर देंगे।'' फिर और पता नहीं क्या-क्या बातें हुई दोनों में और फिर दोनों खूब रोईं, खूब रोईं। मैं किसी को भी रोता देखती तो बिना कारण जाने ही रोने लगती। फिर उस समय तो रोने का बहुत बड़ा कारण भी था—मुन्नू चला जाएगा! कैसे रहेगा यह गांव में? वहां का स्कूल भी कोई स्कूल है! यहां इतने अच्छे स्कूल में पढ़ा। पप्पा वैसे चाहे सारे दिन चुपचाप पड़े रहें, पर इस मामले में वह कभी चुप नहीं रहेंगे।

पर पप्पा कुछ नहीं बोले। शायद अम्मा-पप्पा ने साथ बैठकर ही यह सब तय किया था। रो-धोकर मुन्नू भी चला गया। हां, जाते समय पप्पा ने उसे सीने से लगाकर बहुत प्यार किया था। मैं पास ही खड़ी रही थी। पप्पा की आंखों से आंसू टपक रहे थे। मेरा बड़ा मन कर रहा था कि मैं आंसू पोंछ दूं—उनके दुःख को दूर करने के लिए नहीं, पप्पा का प्यार पाने के लिए। मुन्नू दूर जाकर भी पप्पा के कितने पास हो गया; मैं पास रहकर भी शायद हमेशा दूर ही रहूँगी! पर पप्पा छोड़ने नीचे नहीं आए। कोई स्टेशन भी नहीं गया। जाता ही कौन? अम्मा अकेली निकलती नहीं, और मैं जाती तो लौटती कैसे?

कोई महीने-भर बाद फिर हमारा घर रह गया था, उसमें से भी मुन्नू चला गया था। मुन्नू ही क्यों, सप्ताह बीतते-न-बीतते सारा सामान भी चला गया। नीचे का मकान ख़ाली कर दिया गया। पकाना, खाना और सोना बरसाती में। पास की छोटी-सी कोठरी साफ़ करके मुझे पढ़ने के लिए मिली।

पप्पा अब कुछ-कुछ बोलने लगे थे, पर पहलेवाले पप्पा वह बिल्कुल नहीं रह गए थे। बस, सारे दिन चुपचाप लेटे रहते या कुछ पढ़ते रहते। कभी-कभी गोदी में तकिया रखकर कुछ लिखते भी। मेरा बड़ा मन होता था कि देखूं, वह क्या लिखते हैं, पर कभी हिम्मत ही नहीं हुई। कितनी ही बार पढ़ा था कि दुःख में हिम्मत रखनेवाले ही सच्चे वीर होते हैं। हंसते-हंसते जो सारे दुःखों को झेल

जाए, वही सच्चा वीर पुरुष है। मेरा मन होता, पप्पा को यह बात समझाऊं। पर क्या पप्पा यह सब नहीं जानते? फिर? इस तरह मुंह छिपाकर तो वह पड़ा रहे जिसने सचमुच चोरी की हो। पप्पा को तो बाहर निकलना चाहिए, घूमना-फिरना चाहिए। इस तरह रहकर तो वह सबके बीच अपने को अपराधी ही साबित कर रहे हैं। पर उन्हें कैसे समझाती?

अपनी कोठरी में और कोई कष्ट नहीं था, पर भयंकर गर्मी के दिन और पंखा नहीं। रात तो जैसे-तैसे छत पर कट जाती, पर दोपहर में तो छत पर बने ये कमरे भट्टी की तरह जलते थे। छुट्टियों के दिन बिताए नहीं बीत रहे थे। अपनी किसी सहेली के यहां जाने की इच्छा नहीं होती थी। पड़ोस तक में जाना छोड़ रखा था। दुःख में कोई साथी नहीं होता। बस, एक गांठ बांध रखी थी कि जब तक ये बुरे ग्रह टल नहीं जाते, तब तक सभी कुछ चुपचाप सहन करना है।

जुलाई में बाबा की चिट्ठी आई। मुन्नू को छठवें में भरती करवा दिया है और वह खुश है। हम सबने भी मान लिया था कि वह खुश ही होगा। ऐसा मान लेने में ही हम सबकी खुशी थी। साथ ही बाबा ने यह भी लिखा था कि शाम को उन्होंने एक दुकान में हिसाब लिखने का काम शुरू कर दिया है। पच्चीस रुपए मिलेंगे, जिन्हें वह पप्पा के पास भेज देंगे। पचास रुपए उमेश चाचाजी भेजेंगे। मेरे सामने बाबा का बूढ़ा शरीर, झुकी कमर और धुंध-भरी आंखें घूम गईं। इस बुढ़ापे में वह अब फिर से नौकरी करेंगे? अम्मा ने बताया कि इन पचहत्तर रुपयों में ही उन्हें घर चलाना है।

तब मुझे भी पहली बार पप्पा पर गुस्सा आया कि क्यों उन्होंने सस्पेंशन के दौरान मिलनेवाली आधी तनख्वाह लेने से इंकार कर दिया? कितना समझाया था कांत मामा ने...चाचाजी तो एक तरह से नाराज़ ही हो गए थे पर पप्पा की एक ही ज़िद—जब तक मैं इस आरोप से मुक्त नहीं हो जाता, ऑफिस से एक पैसा भी नहीं लूंगा।

मैंने स्कूल की बस छोड़ दी। तीन मील पैदल ही जाती थी। धूप हो या बारिश, चेहरे पर शिकन नहीं लाती थी। कभी-कभी सोचती, पप्पा को सस्पेंड हुए दो साल तीन महीने हुए, इतने दिनों में आखिर कितना खर्च हुआ कि बैंक का सारा रुपया निकल गया, अम्मा के सारे गहने बिक गए...और भी पता नहीं क्या-क्या चला गया! वकील लोग शायद बहुत लुटेरे होते हैं। कभी सोचती, इससे तो पप्पा सचमुच ही ऑफिस का रुपया मार लेते तो अच्छा होता। कम-से-कम मुन्नू को तो अपने पास रख सकते, और एक पंखा भी रख लेते। इस उमस

में चमड़ी जैसे उबली जाती है। ईमानदारी करके ही कौन बड़ा सुख मिल रहा है!

अम्मा को पता नहीं क्या हो गया था कि भीतर-ही-भीतर सूखती जा रही थीं। कहां तो कुछ नहीं करती थीं और कहां अब सारा काम हाथ से करने लगीं। पप्पा भी उनकी मदद करते थे, उस समय मुझे बड़ा अच्छा लगता था। उन दिनों अम्मा बहुत चिड़चिड़ी हो गई थीं। एक दिन उन्होंने मुझे ज़रा-सी बात पर पीट दिया। अपनी याद में पहली बार मार खाई थी और वह भी इस उम्र में। शरीर से ज़्यादा मन आहत हुआ। चोट से ज़्यादा इस बात का दुःख था कि पप्पा बैठे देखते रहे, पर कुछ नहीं कहा। न अम्मा को मना किया, न मुझे ही प्यार किया।

अपनी कोठरी में बैठकर में घंटों रोई थी। हे भगवान्, सब दुःख दो पर मेरे पप्पा को पहले जैसा कर दो। वह पहले की ही तरह काम करेंगे तो मैं सब कुछ सह लूंगी।

सुनवाई की पहली तारीख ही छः महीने बाद की पड़ी थी। कांत मामा ने कोशिश तो बहुत की थी कि जल्दी-जल्दी सारी सुनवाई हो जाए और फ़ैसला हो जाए; पर क़ानून कांत मामा की इच्छा से नहीं, अपनी रफ़्तार से चलता है। वकीलों का सारा ख़र्च मामा ही कर रहे हैं, ज़रूर मामी से छिपा कर कर रहे होंगे; वरना वह तो एक पैसा भी खर्च न करने दें।

पहली सुनवाई बहुत अच्छी हुई थी। सर्दी में ठिठुरते हुए जब हमने यह खबर सुनी थी तो गर्मी की एक लहर ऊपर से नीचे तक दौड़ गई थी।

घर की हालत बद से बदतर होती जा रही थी, ख़ास कर अम्मा की! मुझे तभी लगता था कि कोई ऐसी बीमारी इन्हें लग गई है जो भीतर-ही-भीतर इन्हें खाए जा रही है। हाइजिन में रोग और उनके लक्षण पढ़ रखे थे और मुझे अम्मा के सारे लक्षण राजयक्ष्मा के-से लगते थे। सर्दी में वह जो ठंड खा गई तो चार महीने तक खांसती ही रहीं।

बाबा की चिट्ठी आई। बड़ी बेबसी में उन्होंने लिखा, ''हिसाब में कुछ ऐसी भूल हुई कि वह काम चला गया। अब तो पचास रुपये की पेंशन में से किसी तरह पंद्रह रुपये ही भेज सकूंगा। हिम्मत रखना बेटा, बुरे दिन आते हैं तो सब तरफ से आते हैं। पर ये दिन फिरेंगे ज़रूर। भगवान् के घर देर हो सकती है, अंधेर नहीं।'

दूसरी सुनवाई अप्रैल में हुई। तारीख़ें जल्दी मिलती ही नहीं थीं। पप्पा को छुटे साल हो गया था और अभी तक केवल दो सुनवाई हुई थीं। इतने-इतने दिनों बाद ही यदि सुनवाई हुई तो एक साल और लग जाएगा। मेरा मन कांप-कांप

जाता था। लगता था, अब ऐसे दिन नहीं काटे जाते : ''मुन्नू गांव में, पप्पा बरसाती में, मैं कोठरी में और अम्मा खाट पर।

कैसे मैंने मैट्रिक का इम्तहान दिया था, मैं ही जानती हूँ। फिर भी सेकंड डिविज़न में पास हो गई। कोई खुशी मनानेवाला नहीं था। सबके मन ऐसे मर चुके थे कि न किसी बात की खुशी होती थी, न रंज।

जुलाई में नई समस्या आई। गांव में तो केवल मिडिल स्कूल ही था। मुन्नू का अब क्या हो? मेरा अब क्या हो? यहां कॉलेज में जाने का तो प्रश्न ही नहीं उठता था। मैं जानती थी कि बच्चों को पढ़ाना तो दूर, पैंसठ रुपए में साथ रखकर खिलाना भी मुश्किल था। बाबा ने मुन्नू को सीधे उमेश चाचा के पास भेज दिया और ख़बर कर दी। यहां की स्थिति वह जानते थे। पप्पा वह पत्र पढ़कर सिहर उठे, अम्मा बहुत रोई, ''मैं छोरे को बे-पढ़ा ही रख लेती, वहां क्यों भेज दिया? एक बार उसे मुझसे मिला तो देते। लीला का स्वभाव कौन नहीं जानता? मेरा बच्चा सहम-सहमकर मर जाएगा।'' दो दिन तक वह रोती रहीं। पप्पा अपराधी की तरह चुप बैठे रहे। अम्मा क्यों रोती हैं इस तरह? पप्पा यदि कुछ कर सकते हैं तो क्यों नहीं करते? दो दिनों बाद वह बोलीं, ''मैं सोचती हूँ, आशा को भी वहीं भेज दो। वहीं कॉलेज में भरती हो जाएगी।'' मैं समझ ही नहीं पाई कि अम्मा व्यंग्य कर रही हैं या....पर अगले वाक्य ने ही सारी बात साफ कर दी : ''लीला का स्वभाव तुम जानते ही हो। आशा मुन्नू के पास रहेगी तो उसे तसल्ली तो रहेगी। रोने को एक गोद तो रहेगी।'' और अम्मा खुद फूट-फूटकर रोने लगी थीं। ''उमेश भैया को लिख देना, जो भी वह खर्च करें, हम पर क़र्ज़ ही समझें। मैं उनकी पाई-पाई चुका दूंगी। भगवान् कभी हमारे दिन भी बदलेगा ही, नहीं तो अपने को बेचकर उनका क़र्ज़ अदा करूंगी। पर मेरे बच्चों पर थोड़ा रहम करें। ये दुखियारे यों ही अनाथ हो रहे हैं, थोड़ा प्यार इन्हें भी दें; थोड़ा लीला को भी समझा दें।''

कांत मामा अपने ही किसी काम से दिल्ली आए थे। लौटते समय अलीगढ़ भी उतरे। अम्मा ने उन्हीं के साथ मुझे इलाहाबाद भेज दिया था। कांत मामा ने एक बार कहा ज़रूर था, ''कलकत्ता भेज दो, वहां पढ़ लेगी।'' पर क्या मैं पढ़ने जा रही थी? पढ़ना तो बस यों ही था। मुझे तो मुन्नू को तसल्ली देनी थी। वह रोये तो उसे अपनी गोदी में रुलाना था। और उस दिन मैं सचमुच बड़ी हो गई थी—अम्मा की तरह बड़ी। पर घर छोड़ते समय सारे बड़प्पन के बावजूद फूट पड़ी थी। अम्मा की हालत देखकर घर का अधिक काम मैंने संभाल रखा था। अब क्या होगा? इस हालत में अम्मा कैसे सब काम करेंगी? रोज़-रोज़ के

बुखार ने उन्हें हड्डियों की गठरी बना दिया था। पर अम्मा को तसल्ली देनेवाले पप्पा हैं, रोने के लिए पप्पा की गोदी है। मुन्नू तो वहां अकेला है। अभी मेरी सबसे ज़्यादा ज़रूरत मुन्नू को ही है।

रास्ते में कांत मामा ने मुझसे पूछा था, ''शारदा को रोज़ बुखार रहता है। किसी डॉक्टर को दिखाया या नहीं?''

''नहीं।'' और मुझे रोना आ गया।

''रोते नहीं बेटे, अब बहुत जल्दी ही सब ठीक हो जाएगा।''

''पप्पा ने तो कई बार कहा था कि दिखा दो; पर अम्मा मानती ही नहीं। कहती हैं—डॉक्टर झूठमूठ को वहम डाल देते हैं।''

मामा चुप हो गए थे। मामा क्या समझते नहीं : ''अम्मा इसलिए नहीं दिखाती हैं कि डॉक्टर और दवाई का खर्च कहां से आएगा? वे लोग तो टॉनिक और दूध-फल बता देंगे, आराम करने और खुश रहने को कह देंगे। बोलो, यह सब हो सकेगा पैंसठ रुपए में? मुझसे पूछो, इन दिनों में मैंने हिसाब चलाया है। एक-एक चीज़ गिना सकती थी, पर उनसे क्या कहती! वकीलों का सारा खर्च तो वह कर ही रहे हैं; और वकीलों पर कितना खर्च होता है, क्या मैं जानती नहीं?

मुन्नू मुझे देखते ही चिपट पड़ा था और रो दिया था। मुझे भी रोना आ गया था। चाची ने कुछ कहा ज़रूर था; पर अपने ही रोने में हमने सुना नहीं। मुन्नू को गले लगाकर मुझे कैसा लग रहा था, मैं नहीं बता सकती। इतना ज़रूर लगा कि उसे सचमुच किसी गोदी की ज़रूरत थी—किसी सहारे की। मैं चाची से बातें कर रही थी। उन्हें मेरा आना अच्छा नहीं लगा था, यह साफ था; पर मैं ही कौन अपनी इच्छा से आई हूँ। मुन्नू का रंग काफी सांवला पड़ गया था। चेहरा सूखकर मुरझा गया था और आंखें बड़ी सहमी-सहमी-सी थीं। लगा, बहुत डरकर-दबकर रहता है शायद यहां। घर में तो कितना ऊधम करता था! इतना-सा बच्चा, कैसे उसने अपने को बदला होगा, दबाया होगा? देखा, उसका काम था सालभर के बिट्टू को खिलाना। सारे दिन वह उसे गोदी में टांगे-टांगे फिरता। कब तो वह पढ़ता होगा, कब वह होमवर्क करता होगा!

रात को जब वह सोने मेरे पास आया तो धीरे से बोला, ''दीदी, कल मुझे बुढ़िया के बाल खिलाना। टिल्लू और पम्मी रोज़ खाते हैं। चाची उन्हें पैसे देती हैं और कहती हैं, छिपकर खा लिया करो। पर वे सामने ही खाते हैं। एक दिन टिल्लू मुझे चिढ़ाकर खा रहा था, मैंने उसके बाल छीन लिए। उसने चाची से शिकायत कर दी। चाची ने मुझे बहुत मारा। चाची बहुत ज़ोर से मारती हैं।'' और वह फिर सिसकने लगा। मैंने उसे प्यार किया और कहा : ''मैं अपने भैया

को बाल खिलाऊंगी।'' पर मेरा मन भीतर तक सिसक पड़ा। हम बड़े हैं, हम सब समझते हैं और सह भी सकते हैं; पर यह बेचारा कैसे समझे? समझ तो गया ही होगा, पर सहे कैसे?

पहली रात को ही मैंने संकल्प किया—मैं कॉलेज नहीं जाऊंगी। घर का सारा काम मैं करूंगी जिससे चाची को पूरा आराम मिले और उनका गुस्सा ठंडा रहे। चाची कुछ भी कहेंगी तो चूं तक नहीं करूंगी। वह प्रसन्न रहेंगी तो मुन्नू सुरक्षित रहेगा। मुन्नू को रात में बैठकर पढ़ाया करूंगी।

मैं चाची से भी जल्दी उठकर सबके लिए चाय बना देती। फिर जल्दी से टिल्लू और पम्मी को तैयार कर देती, तब नाश्ता देकर तीनों बच्चें को स्कूल भेज देती। नाश्ते की प्लेट देखने चाची ज़रूर आतीं। शायद उन्हें यह वहम रहता है कि मैं मुन्नू को कुछ ज़्यादा या अच्छा न खिला दूं। चाचाजी तारीफ़ करते, ''तुम तो बड़ी होशियार हो आशा, इतना काम कर लेती हो।'' चाची तुरंत कहतीं, ''मैं जब इतनी बड़ी थी तो बारह जनों के कुनबे को संभालती थी। आध-आध मन के पापड़-मंगोड़ी करती थी।'' चुप रहती थी मैं तो। दोनों समय का खाना भी मैंने अपने ही जिम्मे कर रखा था।

रात में सोने जाती तो पैर मेरे तपते थे। कभी-कभी मुन्नू को अपने पैरों पर खड़ा कर लेती थी। उससे पैरों को तो आराम मिल जाता था, पर मन? अम्मा कभी-कभी गाँव में काम करवाती थीं तो पप्पा डांटते थे, ''मैं अपनी आशा को डॉक्टर बनाऊंगा, विदेश भेजूंगा, यह भटियार-खाना करवाकर क्या मुझे अपनी बिटिया की ज़िन्दगी खराब करनी है?'' यही वाक्य हवाओं में तैरकर कमरे में घूमता रहता, गूंजता रहता। धीरे-धीरे आदत पड़ गई तो पैरों का दर्द बंद हो गया और मन भी सुन्न होता चला गया।

मैंने अम्मा को नहीं लिखा कि मैं कॉलेज में भरती नहीं हूँ। लिखने के लिए चाचीजी ने मुझे चार पोस्टकार्ड दिए थे और बताया था कि हर महीने चार कार्ड मिलेंगे। उनमें मैं अपने कुशल-समाचार भेज देती थी, बस।

रात-दिन काम कर-करके मैं चाची के क्रोध को संभाले रहती। आराम पाकर मुझ पर वह कुछ-कुछ प्रसन्न भी हो गई थीं; पर उनका हाथ जब-तब उठ जाया करता था—अपने बच्चों पर भी, मुन्नू पर भी। उनके बच्चे आदी थे, सो मार खाकर भी हंसते और भाग जाते। फिर वे मार खाते तो प्यार भी पाते थे। पर मुन्नू सहम जाता था। भीतर-ही-भीतर सिसकता। बड़ी करुण नज़रों से वह मुझे देखता। पर भीतर से कटकर भी मैं ऐसे अवसरों पर कुछ नहीं बोलती। सोचती, यों मार खा-खाकर मुन्नू या तो बेहद ढीठ हो जाएगा या जड़। पप्पा और अम्मा

तो कभी हाथ भी नहीं लगाते थे हमारे। अकेले में मैं उसे प्यार कर लेती। समझाती, ''थोड़े दिनों की बात और है भैया, फिर हम अपने घर चलेंगे। अम्मा और पप्पा के पास बस।'' पता नहीं, वह समझता भी था या नहीं। पर मेरा मन सबसे ज्यादा दुखी होता तब चाची गुस्से में कहतीं : ''ऑफिस के बीस हज़ार गायब करके गाड़ दिए और हमारा खून चूस रहे हैं! ये हमारे बड़े हैं। लानत है ऐसे बड़प्पन पर!'' मैं सोचती, क्या सचमुच चाचाजी यही सोचते हैं कि पप्पा ने रुपए मारे हैं? यदि आज उनके पास पैसा होता तो क्या हमें यों छोड़ देते? और अपने सारे पिछले दिन आंखों के आगे घूम जाते। कितना प्यार करते थे पप्पा...कितना! मैं चाहे कुछ भी लिखूं, पर क्या वह जानते नहीं कि हम पर यहां क्या गुज़र रही है?

31 तारीख को चाचाजी ने चाची के हाथ में तनख़्वाह रखी तो चाची ने कहा, ''अब भाई साहब को लिख दो कि पचास रुपए नहीं भेज सकेंगे। इस महंगाई के ज़माने में दो को पालना ही बहुत भारी पड़ रहा है, फिर हमारे भी तो बच्चे हैं। कौन यहां खान गड़ी है!'' बात ठीक थी, पर मेरा मन कांप गया। चाचाजी रुपए नहीं भेजेंगे तो क्या होगा? पन्द्रह रुपए महीने में क्या होगा? इतना तो कमरे का किराया ही चला जाता है।

रोती हुई अम्मा और बिसूरते हुए पप्पा मुझे सारी रात दिखाई दिए। मैं भी उनके साथ बहुत रोई।

अम्मा का कोई पत्र ही नहीं आया बहुत दिनों तक। उठते-बैठते एक ही चिंता थी मुझे—अम्मा ने पैसे की क्या व्यवस्था की होगी? कांत मामा का भी कोई पत्र नहीं आया। पता नहीं, क्या हाल है उधर का?

पूरा अगस्त बीत गया। मैं अपने चारों कार्ड डाल चुकी; पर कोई जवाब नहीं आया। क्या हो गया है अम्मा को, लिखती क्यों नहीं? सितंबर में कांत मामा का पत्र आया : 'शारदा की तबीयत खराब थी, सो उसे यहां ले आया। यहां उसका इलाज चल रहा है। दिनेशजी ने कमरा बदल लिया है, उनका पता...है। किस्मत के अलावा क्या कहूँ कि तारीख जल्दी नहीं मिलती। अगली तारीख इसी महीने के आखिर में पड़ी है। सुनवाई पर जाऊंगा। तुम घबराना मत। भगवान सब ठीक करेंगे। गर्मियों तक कुछ न कुछ अवश्य हो जाएगा।'

तो पप्पा अकेले रह गए? अम्मा की गोद भी छिन गई जिसमें वे रो सकते थे। पप्पा का यह पता? अलीगढ़ की गली-गली मुझे मालूम थी? यह तो मज़दूरों की बस्ती है। अंधेरी सीलन-भरी गलियां...पास में बहते नाले। पप्पा का खाना कौन बनाता होगा? उन्होंने तो कभी ऐसे काम नहीं किए। कभी अंगीठी भी जलाते तो अम्मा मना कर देती थीं। तब वह यही कह देते, ''शारदा, कौन जाने कि

इस बार छूट ही जाऊंगा। सज़ा हो गई तो पता नहीं क्या-क्या करना पड़ेगा...''

अम्मा बीच में ही डांट देतीं : ''ऐसी बात भी क्यों मुंह से निकालते हो? भगवान के घर देर हो सकती है, अंधेर नहीं।'' यह वाक्य अम्मा ने बाबा से सीखा था और मंत्र की तरह गांठ बांध ली थी।

और मैं भगवान से यही मनाया करती कि हे भगवान, उन्हें सज़ा न हो। पप्पा की तपस्या का फल उन्हें मिले। जो कुछ वह सह रहे हैं, वह क्या तपस्या से कम है? सीलन-भरी अंधेरी कोठरी में सबसे मुंह छिपाकर रहना, बच्चे कहीं, पत्नी कहीं, अब तो रहम करना। अब उन्हें सज़ा मत करना!

कांत मामा की चिट्ठी आई कि फैसला पक्ष में ही होगा। केस की पैरवी बहुत अच्छे ढंग से हुई है। बस, फैसले की तारीख पड़ जाए जल्दी से।

मैं बैठी-बैठी दिन गिनती। अपील के बाद मुक़दमा चलते हुए चार साल हो गए। इन चार सालों में क्या कुछ नहीं हुआ! भगवान्, देर तो बहुत की, अब अंधेर मत करना! यों यह देर भी अंधेर से कम नहीं, पर और अंधेर मत करना!

मुन्नू और टिल्लू अपना-अपना रिज़ल्ट लेकर आए। टिल्लू सब विषयों में पास था और मुन्नू एक विषय में फेल होकर प्रमोट हुआ था। चाचाजी ने टिल्लू को प्यार किया, मुन्नू पास खड़ा आंसू-भरी आंखों से टुकुर-टुकुर ताकता रहा। चाची ने कहा : ''फेल हो गया न? पढ़ने-लिखने में मन लगाओ मुन्नू साहब, तब टिल्लू की तरह पास होओगे। सारे दिन बैठे-बैठे टसुए बहाने से पास नहीं हुआ जाता।'' आंख के आंसू गालों पर ढुलक गए। कमीज़ की बांह से उन्हें पोंछता हुआ वह भीतर जाने लगा तो टिल्लू चिढ़ाने लगा, '''फेलूराम...फेलूराम!' उस दिन पहली बार मेरे लिए अपने पर बस रखना बहुत कठिन हो गया था। मन हुआ, कह दूं—'उसे पढ़ने के लिए समय ही कहां मिलता है? सारे दिन तो बिट्टू को खिलाता है। पच्चीस चक्कर बाज़ार के करता है।' पर चुप!

जाते-जाते मुन्नू ने एक बार चिढ़ाते हुए टिल्लू को ज़रूर जलती आंखों से देखा था। लगा, उठाकर एक हाथ मार देगा; पर न वह लौटा, न कुछ बोला ही। कैसे हो गया है मुन्नू इतना सहनशील? चुपचाप सहने का उपदेश उसे मैं ही दिया करती थी। पर अब वह यों सह जाता है तो सबसे ज़्यादा कष्ट मुझे ही होता है। कोई उपाय भी तो नहीं था।

मुन्नू की छुट्टियां हो गई। सोचती थी कि शायद कांत मामा या अम्मा का कोई पत्र आएगा कि तुम लोग आ जाओ, पर किसी ने कुछ नहीं लिखा। पप्पा तो कभी कुछ लिखते ही नहीं, अम्मा कभी-कभी दो लाइनें लिख देतीं : ''मैं धीरे-धीरे ठीक हो रही हूँ, तुम चिंता मत करना। लीला को आशीर्वाद, बच्चों को प्यार।

चाची की मदद करना, तंग मत करना।' मुझे हर बार लगता था, कितनी झूठी चिट्ठी लिखती हैं अम्मा!

पर धीरज की अवधि खिंचते-खिंचते एक साल तक पहुंच गई। पिछले मार्च में सुनवाई हुई थी और अब इस साल का अप्रैल है।

अब तो मुझे लगने लगा था कि जैसे ज़िंदगी-भर हमें इसी तरह रहना है, बस, इसी तरह। अब मैं कभी कॉलेज में पढ़ने नहीं जाऊंगी। मुन्नू हर साल एक विषय में फेल होकर जैसे-तैसे प्रमोट हुआ करेगा। अम्मा शायद हमेशा बीमार रहकर मामा के यहां इलाज ही करवाती रहेंगी। पप्पा वैसे ही सीलन-भरी बदबूदार कोठरी में अपना खाना पकाया करेंगे...।

और तभी आज पप्पा की यह चिट्ठी आई—उनके हाथ की लिखी पहली चिट्ठी। मैं ने हज़ार बार उसे देखा, पढ़ा, छुआ, जैसे उस कार्ड को छूकर पप्पा की हालत का ज्ञान हो जाएगा।

पप्पा ने हमें बुलाया नहीं। कहने से चाचाजी ले जाएंगे? पर इस बार जाएंगे ज़रूर, चाहे कुछ भी हो जाए। कांत मामा को लिखूं, वे लेते जाएंगे?

कल सवेरे दस बजे फ़ैसला है। हम दोनों कांत मामा के साथ आ गए। धर्मशाला में छोड़कर मामा, अम्मा को लेने चले गए। पूरी उम्मीद थी कि इस बार अम्मा ज़रूर आएगी; पर वह नहीं आई। मामा ने इतना ही कहा : ''उसकी हालत लाने जैसी नहीं थी...। फ़ैसला हो जाए तो तुम लोग वहीं चलना।'' पता नहीं, अम्मा किस हालत में हैं! मन बार-बार कांप उठता है। मामा कुछ छिपा रहे हैं। मैंने भी अम्मा से कितना कुछ छिपा रखा है! आज कौन किसके बारे में सही बात जानता है? दूसरे को हलका रखने के लिए सब अपने-अपने दुख से ही भारी हो रहे हैं।

पप्पा आए तो मैं और मुन्नू उनसे लिपट गए। कैसे हो गए हैं पप्पा? शायद पप्पा को भी हम लोग ऐसे ही लग रहे होंगे। कितने-कितने आंसू बह गए हम तीनों के! कांत मामा भी रो पड़े।

शाम को दादी-बाबा भी आ गए। रात में मुन्नू दादी से पूछ रहा था, "दादी, अब तो हम पप्पा के पास ही रहेंगे न? तुम इतनी पूजा करती हो, अपने भगवान से कहो कि हमारे पप्पा को छोड़ दें।''

''हां बेटा, अब तू पप्पा के पास ही रहेगा। रात-दिन भगवान से यही तो कहती हूँ।''

''चाची के पास तो मैं अब कभी नहीं जाऊंगा। टिल्लू अपने को समझता क्या है? मैं अपने पप्पा के पास रहूँ और फिर आ जाए! हरेक चीज़ में पछाड़

सकता हूं—पढ़ने में भी, कुश्ती में भी। पहले फ़र्स्ट भी आया हूँ एक बार क्लास में...क्यों दीदी, आया था न?''

मेरी आंखें भीग आईं। कितने दिनों बाद मुन्नू को उसके असली रूप में देख रही हूँ! टिल्लू ने उसे चिढ़ाया था तो इसने कुछ नहीं कहा था, चुपचाप भीतर बैठकर रोया था। शायद जानता था कि टिल्लू को कुछ भी कहने का अर्थ है चाची की मार। पर मुझे कितना बुरा लगा था उस दिन! कहां चली गई मुन्नू की बाल-सुलभ ईर्ष्या और प्रतिस्पर्धा की भावना? क्या इतनी-सी उम्र में हम लोग सब कुछ सहने के लिए ही बने हैं?

मुन्नू दादी की खाट पर ही सो गया। मुझे बिल्कुल भी नींद नहीं आई। कल फ़ैसला है—हम सबकी क़िस्मत का फ़ैसला। कांत मामा बहुत आश्वस्त हैं; पर पप्पा के चेहरे पर तो कोई भाव ही नहीं!

फ़ैसला हो गया। मैं भी कचहरी गई थी। इस बार किसी ने रोका भी नहीं। वहां ख़ास भीड़ नहीं थी। पप्पा में भला घरवालों के सिवा किसे दिलचस्पी हो सकती थी? पप्पा कठघरे में खड़े थे, हम कुर्सियों पर बैठे जज साहब के आने की प्रतीक्षा कर रहे थे। जज साहब आए तो बाबा ने आंखें मूंद लीं। अम्मा का सिर नीचा था। वह ज़रूर मन-ही-मन प्रार्थना कर रही होंगी। मुन्नू का हाथ कसकर दबाए बैठी थी और मुझे लग रहा था कि अब और देरी होगी तो मेरी सांस भी घुट जाएगी।

क़ानूनी भाषा में जज साहब ने क्या-क्या कहा, मुझे कुछ समझ में नहीं आया; पर आख़िरी वाक्य समझ में आ गया : ''मुलज़िम को रिहा किया जाता है...।'' मैं मुन्नू का हाथ हवा में उछालकर एक तरह से चीख़ पड़ी : ''मुन्नू, पापा रिहा हो गए...रिहा हो गए!'' पर एकाएक ही दादी और बाबा फूट-फूटकर रो पड़े। मैं भय से कांप उठी, कहीं मैंने गलत तो नहीं सुन लिया! पिछली बार भी तो ये लोग इसी प्रकार रोते-रोते घर में घुसे थे। पर बाबा का यह वाक्य : ''मैं कहता न था बेटे, भगवान के घर में देर है, अंधेर नहीं, देख...।''

पर पप्पा को क्या हुआ है? वह खुश क्यों नहीं हो रहे? उनका भावहीन चेहरा, गढ़े में धंसी हुई निस्तेज, निर्जीव आंखों में से खुशी की चमक क्यों नहीं आ रही? वह ऐसी पथराई आंखों से बाबा को देख रहे हैं, मानो उन्हें बाबा की बात ही समझ में नहीं आ रही हो।

मैं दौड़कर पप्पा से चिपट गई : ''पप्पा, आप बरी हो गए! सुनते हैं, आपको सज़ा नहीं हुई...सज़ा नहीं हुई है आपको!'' पर पप्पा फिर भी वैसे ही रहे, मानो उन्हें विश्वास ही नहीं हो रहा है कि उन्हें सज़ा नहीं हुई है।

आते-जाते यायावर

कभी सोचा भी नहीं था कि महज़ मज़ाक में कही हुई बात ऐसा मोड़ ले लेगी। मोड़, और इस शब्द पर मुझे खुद ही हंसी आने लगी। मेरी ज़िंदगी में अब न कोई उतार-चढ़ाव आएगा, न मोड़। वह ऐसे ही रहेगी; सीधी, सहज और सपाट। हां, कभी-कभी उस सपाट ज़िंदगी में एक दरार डालकर उसके पार बसी दुनिया को देखने के लिए जी ललचा उठता है, पर जब-जब ऐसा किया मन का बोझ बढ़ा ही है। फिर भी कल जो कुछ हुआ उसमें जीना अच्छा लग रहा है। ख़ास कर इस आश्वासन के साथ, नहीं, आश्वासन नहीं, न जाने क्यों मुझे सही शब्द नहीं सूझ रहे और मैं ग़लत शब्दों का ही प्रयोग करती जा रही हूँ—आमंत्रण या कहूँ कि साग्रह मनुहार के साथ कि मैं आज भी मिलूं।

ख़याल आया, रमला सुनेगी तो हंसती हुई कहेगी, ''लगा लिया तुझे भी क्यू में? भई, कमाल है?''

रात बारह बज गए थे, तो रमला ने पूछा नहीं था, एक तरह से आदेश-सा देते हुए ही कहा था, ''नरेन, मिताली को छोड़ने का ज़िम्मा आपका। आप इसे छोड़ते हुए निकल जाइए।''

उसने कुछ ऐसे सहर्ष भाव से स्वीकृति दी मानो वह इसी बात की प्रतीक्षा कर रहा था। टैक्सी-स्टैंड पर कई टैक्सियां खड़ी थीं, पर वह उधर नहीं बढ़ा। इस आदमी से काफ़ी दूरी रखनी है और इसकी हर बात को केवल ऊपर से निकाल देना है, इस बात के प्रति बेहद चौकस होने के बावजूद, आधी रात को उसके साथ पैदल चलने का ख़याल मुझे कहीं अच्छा लगा। चारों ओर निपट सन्नाटा था और सड़क के दोनों ओर दूर तक लैंपपोस्ट बांहें फैला-फैलाकर रोशनी उंडेल रहे थे।

''यहां बारह बजे ही कैसा सन्नाटा हो जाता है ! विदेशों में तो बारह के बाद से ही असली ज़िंदगी शुरू होती है।'' और मुझे लगा कि अब यह लगातार विदेश की बातों से बोर करेगा। इस देश की लड़कियों पर रौब डालने के लिए कितना अच्छा हथियार है यह!

पर ऐसा हुआ नहीं। वह फिर अपने बारे में बताने लगा। अपने शौक, अपनी महत्त्वाकांक्षाएं और खास कर अपनी यायावरी वृत्ति!

"लगता है, मेरे भीतर एक जिप्सी बैठा है, जो मुझे घुमाता है। पिछले सात साल से मैं केवल घूम रहा हूँ, भटक रहा हूँ, नए-नए स्थान, नए-नए लोग! पता नहीं कहां जाकर अंत होगा, कब अंत होगा!"

वह जैसे बहकने लगा था। मुझे ख़याल आया इसने बहुत पी रखी है, केवल नीट! बल्कि जब रमला दरवाज़े तक छोड़ने आई, तो कहा भी था, "आज आप बहुत पी गए हैं। ठीक से छोड़ तो देंगे न मिता को?"

वह हंसा था, "आप तो जानती ही हैं कि कितना भी पी लूं, मुझ पर रंग नहीं चढ़ता।"

"काला कंबल," रमला ने कहा था और हंस पड़ी थी। बातों के नीचे छिपे अर्थ मैं समझ रही थी, फिर भी अनजान बनी खड़ी रही पर क्षण-भर के लिए तीव्र आकांक्षा का एक झोंका ऊपर से नीचे तक जैसे चीरता हुआ निकल गया—एक बार मैं भी रंग चढ़ाने की कोशिश करके देखूं, और कुछ नहीं, केवल एक चैलेंज की तरह! सचमुच अब बातें या तो चैलेंज के रूप में आती हैं या बदला लेने की क्रूर भावना के साथ। रमना, डूबना—ये सारे शब्द तो जैसे एक-एक करके निरर्थक होते चले गए।

"जानती हैं, यूनिवर्सिटी की इन सड़कों पर मैं कितना घूमा हूँ? ज़िंदगी के कितने दिन इन पर गुज़ारे हैं?" तो उसी के स्वर-में-स्वर मिलाकर बोली, "और जाने किन-किन के साथ?"

वह हंस पड़ा, 'लगता है, रमला ने मेरे बारे में बहुत कुछ उल्टा-सीधा बता रखा है आपको।"

मैं हल्के-से मुस्कराई। सचमुच रमला ने इतना कुछ बता रखा था उसके बारे में कि बिना किसी विशेष परिचय के भी वह मुझे अपरिचित नहीं लग रहा था। धीरे से बोली, "कुछ ग़लत तो नहीं बताया न?"

वह फिर हंस पड़ा, "कभी-कभी सोचता हूँ, आदमी अपने भीतर कितना कुछ समेटे होता है, वह खुद नहीं जानता और एक बंधी-बंधाई लीक पर चलकर मर जाता है बिना अपने को जाने, बिना अपने को समझे! ह्वाट ए पिटी !"

बिना उसकी ओर देखे ही मैंने जान लिया कि स्वर की तरह उसके चेहरे पर भी एक हिक़ारत-भरी दया फैल गई होगी।

पर मैं एकाएक ही बहुत कटु हो आई। मन हुआ, कहूँ, 'लीक तोड़ना',

'संस्कारों से मुक्त होना'—इन सारे मुहावरों का चारा डालने के लिए कैसी खूबसूरती से प्रयोग किया जाता है आजकल। पर कहा केवल एक निहायत ही पिटा-पिटाया वाक्य, "लीक तोड़कर ही आदमी क्या बहुत कुछ पा लेता है?"

मैं जानती थी वह क्या उत्तर देगा! फिर भी उसके मुंह से सुनने का मोह हो आया।

"अच्छा, आप ऐसा नहीं मानतीं कि हम जितनी तरह की ज़िंदगी जीते हैं, जितने संपर्क और संबंध बनाते हैं, उनसे हमारे व्यक्तित्व के उतने ही पहलू उभरकर नहीं आते? नई-नई जगह देखना, नए-नए लोगों से मिलना, उनके निकट होना, उनको अपने निकट लाना—और खुद-ब-खुद भीतर एक नई दुनिया खुलती चलती है। तब एक मुग्ध विस्मय के साथ हम देखते हैं—अरे, यह सब भी हमारे भीतर था!"

मैं बड़े तटस्थ और कुछ ऐसे चौकन्ने भाव से उसकी बात सुनती रही, मानो यह सब पहली बार सुन रही होऊं। हालांकि रमला यह सब मुझे बता चुकी थी।

"और यदि यह संबंध ऑपोजिट-सेक्स के साथ हों, तब तो व्यक्तित्व के रगोरेशे तक उभरकर आ जाते हैं।"

और उसने एक निस्संकोच, सीधी नज़र मेरे चेहरे पर टिका दी, जिस पर अपनी बात का समर्थन करवाने का साग्रह अनुरोध अटका हुआ था।

हूँ, तो ये अब मुझ पर ही चालू हुए। पर लगा, आदमी दिलचस्प भी है, और औरों से भिन्न भी। सब लोग ऐसे मौकों पर बात करते हैं 'तुम' से। जैसे जो हो बस तुम ही हो, बाकी दुनिया बेकार। इसने बात दुनिया से शुरू की है, अब शायद 'तुम' पर आएगा—धीरे-धीरे, सीढ़ी-दर-सीढ़ी। नवीनता का भी तो अपना एक आकर्षण होता है। सचमुच आदमी तेज़ है और किसी को भी फंसाने के सारे हथकंडों से लैस।

फिर भी बात करने का नाटकीय अंदाज़ मन को भाया। रह-रहकर कंधों का उचकना, हथेलियों का हवा में फैलना-सिकुड़ना और पल-पल चेहरे की बदलती मुद्राएं।

'अमेरिकी लटका!' एकाएक ही मन में उभरा। ये अदाएं ही तो संपर्क-संबंध बनाने का सबसे सशक्त साधन होती होंगी।

भीतर-ही-भीतर कहीं हंसी उमड़ने लगी। रमला ने इस नाटकीय अंदाज़ की हू-ब-हू नकल करते हुए ये ही सब बातें बताई थीं और फिर हंसते हुए कहा था, "बोलो, मिला दें तुम्हें नरेन से? तुम भी उसके व्यक्तित्व का एक पहलू उजागर कर दो, या अपना करवा लो।"

भीतर-ही-भीतर मन में कुछ कुलबुलाने लगा। मैंने बड़ी ही तौलती-सी नज़र से एक बार उसे देखा।

सारी बात रमला को सुनाने के लिए महज़ एक मज़ाक बनकर रह जाती, यदि फाटक पर विदा लेते समय वह यह नहीं कहता, ''कल शाम को आप क्या कर रही हैं? खाली हों तो मिलें?''

एक क्षण को हां-ना किए बिना मैं असमंजस में खड़ी रही। तभी सुना, वह हंसते हुए कह रहा था, ''आप बहुत गालियां दे रही होंगी मुझे ! आज आपको भी थोड़ी-सी पिला देने का पाप कहिए या पुण्य, मुझसे हो ही गया। हमेशा याद रखिएगा कि आपके कुछ दायरों में से एक दायरा मैंने भी तोड़ा।''

अंतिम बात ने एकाएक ही जैसे मुझे कहीं बहुत भीतर, गहरे में धकेल दिया। मैं सुन्न हो गई। ख़याल ही नहीं रहा कि उसे कुछ जवाब देना है, पर वह खुद ही बोला, ''कल फ़ोन करके मैं खुद तय कर लूंगा।' और हाथ हिलाकर मुड़ गया, मैं जहां-की-तहां खड़ी रह गई।

मन की न जाने कौन-सी अदृश्य परतों के नीचे दबा एक वाक्य पूरे दृश्य के साथ उभर आया—अपने शरीर से अलग करते हुए उसने कहा था, ''आज तुम्हें एक अंधेरे कुएं से निकालकर खुली-फैली दुनिया में ले आया हूँ। अब जानोगी कि जीना क्या होता है !''

तब वह पुलकित होने के साथ-साथ भीतर तक कृतज्ञ भी हो आई थी।

और बहुत दिनों बाद उसी ने फिर कहा था, ''खींचकर लाना मेरा काम था, अब इस खुली दुनिया में चलना और अपना रास्ता तलाश करना तुम्हारा काम है।'' क्योंकि अपने साथ चलने के लिए उसने एक लिपी-पुती, बड़ी-सी बिंदी लगानेवाली गुड़िया जैसी लड़की चुन ली थी। एक बार परिचय भी करवाया था, ''ये हैं मिताली ठाकुर, हमारे साथ पढ़ती थीं। बहुत ही होशियार और गज़ब की बोल्ड।'' ''बोल्ड' शब्द कहते समय हल्की-सी भर्त्सना का पुट आ मिला था उसके स्वर में। पत्नी के सामने शायद मित्र कहने का तो वह साहस तक न जुटा पाया था।

तब एक बार बड़ी जोर से इच्छा हुई थी कि यदि वह मुझे अंधेरे कुएं में से खींचकर लाया था, तो मैं भी इसकी शराफ़त का यह खोल खींचकर उतार दूं, जिसे यह बड़ी मासूमियत के साथ अपनी पत्नी के सामने ओढ़े बैठा है।

पर मैं कुछ नहीं कर पाई थी। बस, भीतर-ही-भीतर उफनते ज़हर को चुपचाप पीती रही थी और आंखों से उमड़ते आंसुओं को ज़बरन पीछे ठेलती रही थी।

तब मुझे मालूम हुआ था कि संस्कार तोड़ने के बहाने कितनी खूबसूरती से वह मुझे ही तोड़ गया है!

अब एक ये आए हैं दायरे तोड़ने। ठीक है, कल ये भी आएं। अब मैं

भी पहले की तरह मूर्ख नहीं रह गई हूँ। और भीतर-ही-भीतर एक बड़ी ही क्रूर-सी इच्छा कुलबुलाने लगी।

अब तक की सारी मिठास एक कड़वाहट में बदल गई।

लेटी तो नींद नहीं आ रही थी। व्यक्ति अब अलग-अलग याद नहीं रहते। शायद सभी कहते हैं, 'मिता बहुत रिज़र्व्ड है, मिता इनिशिएटिव नहीं लेती, मिता अपने को कहीं भी प्रोजेक्ट नहीं करती।'

तो भीतर-ही-भीतर सबको धोखा देने का, छलने का एक क्रूर संतोष मन में जागता है। तुम कभी जान ही नहीं सकते कि मिता भीतर से क्या है? मिता ने तो सब कुछ किया है, आज भी कर सकती है, पर बर्दाश्त होगा तुमसे? तब तुम्हीं सबसे पहले थू-थू करते हुए हिक़ारत-भरे प्रहार करोगे और अपने-अपने दड़बों में लौट जाओगे।

नहीं, मैंने तो बहुत पहले ही तय कर लिया था कि अब मैं कुछ नहीं करूंगी। अपने को वापस दायरे में समेट लूंगी। इस निर्णय के साथ ही मैंने वह शहर ही नहीं छोड़ा था, अपना अतीत भी छोड़ दिया था। एक बार बाहर आकर भीतर की ओर लौटने की यातना भीतर से बाहर की ओर आने की यातना से कितनी ज़्यादा है, यह भी मैंने तभी जाना था। बाहर आने में कितनी उमंग, कितना उत्साह था और भीतर लौटने में कितनी निराशा, कितनी टूटन!

फिर भी एक अदृश्य संकल्प मेरे मन में धीरे-धीरे आकार लेने लगा।

ठीक समय पर वह आ गया। कमरा वैसा ही पड़ा है। एक बार भी मैंने उसे सजाने-संवारने का प्रयत्न नहीं किया। मैं अपनी हर बात से उसे यह दिखा देना चाहती हूँ कि मैं उसे ज़रा भी महत्त्व नहीं दे रही हूँ। न उसके इस प्रकार चले आने को कुछ विशेष समझ रही हूँ। मैंने मन-ही-मन तय कर लिया है कि मैं निहायत ही देशी ढंग से व्यवहार करूंगी और अंग्रेज़ी का एक शब्द भी नहीं बोलूंगी। अपनी विदेशियत के रौब को यों धूल में लोटते हुए देख उसे कैसी तिलमिलाहट होगी, यही तो इनकी सबसे बड़ी तुरुप होती है। उस काल्पनिक तिलमिलाहट से मुझे भीतर-ही-भीतर एक संतोष मिलने लगा।

"और जब सारी स्थिति बर्दाश्त के बाहर हो गई, तो हम लोगों ने उस संबंध को नकारकर नए सिरे से अपने-अपने व्यक्तित्व को स्वीकार किया। बताइए ज़रा, आदमी सिवाय एक औरत के पति के और कुछ रह ही नहीं जाए! यह भी कोई ज़िंदगी हुई भला!"

वह अपनी अमेरिकी पत्नी से अलग होने की बात बता रहा था। पर किसी बहुत ही आत्मीय या नाज़ुक के टूटने की हल्की-से-हल्की व्यथा भी उसके चेहरे पर नहीं थी। तोड़ना क्या इतना आसान भी हो सकता है? अतीत के संबंध से क्या सचमुच आदमी इस तरह मुक्त हो सकता है? पर जो जुड़ता ही नहीं उसके लिए टूटने की अहमियत ही क्या होती होगी भला!

फिर भी अतीत की किसी भी छाया या व्यथा से इसका यों मुक्त होना मुझे अच्छा लग रहा है। 'खाली स्लेट पर ही तो रंग अच्छा चढ़ता है', एकाएक ही मन में उभरा और जैसे मैं भीतर-ही-भीतर अपने एक-एक कदम के लिए सतर्क और चौकन्नी हो गई।

वह लगातार कुछ-न-कुछ बोले जा रहा था और मैं विस्मित-सी यह सोच रही थी—आदमी इस तरह उंडेल पाए, तो मन का कितना बोझ छंट जाए! कितना हल्का हो जाए! इसका मुझसे परिचय ही कितना है भला? फिर भी कैसे विश्वास में लेकर सब कुछ बताए जा रहा है, मानो मैं कोई बहुत ही घनिष्ठ होऊं, इसकी अंतरंग।

अनायास ही इस शब्द का यों मन में आ जाना मुझे अच्छा लगा, क्या इसके मन में भी इस समय मुझे लेकर कोई ऐसा ही भाव नहीं होगा? बस, यही अनुकूल अवसर है, मुझे चूकना नहीं चाहिए। स्वर को बहुत ही मुलायम बनाकर मैंने पूछा, ''अच्छा, एक बात बताइए ! लगातार यों घूम-घूमकर, भटक-भटककर आप थक नहीं जाते?''

उसने एक भेदती-सी नज़र से मुझे देखा, जैसे इस प्रश्न के पीछे का मक़सद जानना चाहता हो। मैं भीतर तक सिहर उठी, मानो चोरी करती हुई पकड़ी गई होऊं। पर नहीं, उसका ध्यान शायद उधर था ही नहीं। वह बड़े ही सहज स्वर में बोला, ''सचमुच कभी-कभी थक जाता हूँ। लगता है, जैसे अपने से ही हार रहा हूँ। यहां से वहां, वहां से कहीं और, कहीं और...निरुद्देश्य और निरर्थक। और तब मन करता है कि इस भटकन को समाप्त कर दूं। किसी एक के साथ, एक जगह बैठकर ज़िंदगी जिऊं, सुरक्षित और बंधी हुई।''

और उसने बड़े हारे-थके भाव से सिर कुर्सी की पीठ पर टिका दिया, मानो सचमुच ही वह घूम-घूमकर, भटक-भटक कर एकदम निढाल हो गया हो। छत की ओर एकटक देखते हुए होंठों को गोल बनाकर वह धीरे-धीरे धुएं के छल्ले उड़ाने लगा। रेशमी धुएं के वृत्त बड़े हो-होकर उसके ही चारों ओर फैलते-लिपटते चले गए। धुएं के उस झीने-से आवरण के पीछे उसका चेहरा मुझे बड़ा कातर और दयनीय-सा लगने लगा। कुछ इतना ज़्यादा कि मुझे तरस-सा आने लगा।

कहीं ये अनेक-अनेक संबंध बनने-बिगड़ने के किस्से मनगढ़ंत तो नहीं हैं? आजकल इस सबका बखान करना भी तो आधुनिक फ़ैशनों में से एक है। किसी भी लड़की के लिए अनेक प्रेम-प्रसंगों में लिप्त आदमी आजकल ज़्यादा आकर्षण का कारण होता है। एक जीता-जागता और ललकारता हुआ चैलेंज।

"पर छह महीने भी एक जगह बैठ लूं, तो दम घुटने लगता है। भीतर का जिप्सी कोड़े मार-मारकर मुझे ढकेलने लगता है और फिर यात्रा शुरू..."

"कभी आप आगे के बारे में सोचते हैं, जैसे दस साल बाद की बात! जब न इस तरह घूमना संभव होगा, और न कोई दो बात करने-पूछनेवाला रह जाएगा। शायद तब किसी के पास इतना समय भी नहीं होगा कि एक मिनट आपके लिए थम ही जाए।"

मैं उसे आतंकित कर देना चाहती हूँ। वह जान ले कि ऐसी ज़िंदगी का एक पहलू यह भी है।

"कभी-कभी ख़याल ज़रूर आता है, पर आगे के बारे में मैं ज़्यादा सोच नहीं पाता।"

"क्यों, क्या बूढ़े हो गए? आगे से मुंह मोड़कर पीछे देखना तो बूढ़ों का काम है।" वह खिलखिलाकर हंसने लगा। मुझे हर बार ऐसा लगता है, मानो मेरी सारी सतर्कता के बावजूद वह मेरे भीतर उठने-बैठनेवाले हर भाव को पढ़ रहा है। मुझे अजीब-सी बेचैनी होने लगी।

"नहीं, मैं पीछे भी नहीं देखता। केवल सामने देखता हूँ और शायद यह यूथ की निशानी है।" वार खाली जाने की झल्लाहट, ज़रूर मेरे मुंह पर आ गई होगी।

"मैं चाहूँ, तो भी यह भटकन समाप्त नहीं होगी। आख़िर उसने शाप भी तो बड़े सच्चे मन से दिया था।"

मेरी आंखों में प्रश्नवाचक भाव तैर आया तो फिर एक और प्रेम-प्रसग खुल पड़ा।

यूनिवर्सिटी की सड़कें, हॉस्टल के बंधन, यह सारा माहौल उस प्रसंग के साथ भी जुड़े हुए थे। अमेरिकी पत्नी की अपेक्षा इस प्रसंग में प्रेम की उष्मा भी ज्यादा थी और टूटने की व्यथा भी। एकाएक मुझे लगा, यह मुझसे मिलने नहीं आया है, मेरे माध्यम से अपने अतीत के उस टुकड़े को दोहराने आया है। मेरा अहं बुरी तरह तिलमिला गया। मुझसे कोई भी न मिले, यह मुझे मंजूर है... पर यों मात्र माध्यम की तरह!

''उसका रोना, उसका शाप, आज भी सब कुछ याद है।'' भावुकता की ये बातें करते समय उसकी सारी चुस्ती, सारी स्मार्टनेस जैसे गल गई और वह बड़ा दयनीय और बड़ा साधारण-सा लगने लगा।

''अब वह कहां है?' कुछ रुख़ाई से मैंने पूछा।

''उसने शादी कर ली। खूब प्रसन्न है। मुझे बुलाकर अपना सुख, अपना वैभव और अपनी प्रसन्नता दिखा भी दी।''

''और आपकी पत्नी?''

''संबंध टूटने के साल-भर बाद तक तो उससे सम्पर्क रहा था। उन दिनों वह अपने किसी अफ़ेयर में व्यस्त थी। हो सकता है, अब तक उसने शादी भी कर ली हो या किसी नए अफ़ेयर में व्यस्त हो गई हो।''

मेरी तिलमिलाहट एक क्रूर आनंद में बदल गई। जैसे मेरे भी सारे बदले इन औरतों ने चुका दिए।

तो सब ओर से हारे-पीटे ये यहां आए हैं मेरे दायरे तोड़ने। और मेरा मन इसके भीतर का सब कुछ जान लेने को अकुलाने लगा। यह सिर्फ़ एक नाटक है या कि इसके पीछे एक हारे हुए मन की कहीं टिक बैठने की आकांक्षा। कहीं से भी तो यह हारा-पिटा नहीं लगता। क्या टूटे संबंध इसे कहीं से भी नहीं तोड़ते? क्या मन की टूटन से यों असंपृक्त रहा जा सकता है?

''इस बार जाऊंगा, तो ज़रूर मिलूंगा उससे। अब मिलना शायद अच्छा ही लगेगा।''

''आप वापस कब जाएंगे?'' स्वर में आई उत्सुकता को भरसक दबाते हुए मैंने कुछ ऐसी लापरवाही से पूछा, मानो इसके उत्तर से मेरा कोई संबंध ही न हो।

''परसों यहां से कलकत्ते जाऊंगा और वहां से फिर पंद्रह को मास्को के लिए उड़ना है।''

एक क्षण को मैं जैसे हवा में लटक आई। लगा, थोड़ी देर पहले जो दयनीयता और कातरता उसके चेहरे पर उभर आई थी, वह मेरे चेहरे पर पुत गई है और वह बैठा वैसे ही हंस रहा है, सहज, मुक्त और निर्द्वंद्व। लगा, मैं फिर छली गई हूँ, अपनी सारी सावधानी के बावजूद। एकाएक ही मन सुलगने लगा। तब ये यहां करने क्या आया है? क़िस्से सुना-सुनाकर मन हल्का करने के लिए मैं ही मिली थी इसे? घनिष्ठता क्या, बिना परिचय के भी जो किसी को अपना सब कुछ बता सकता है, उसके लिए तो माध्यम कोई भी हो सकता था।

वह फिर चहकने लगा था। नई-नई जगह, नये-नये लोग, नये-नये अनुभवों

को पाने का कौतूहल-भरा उत्साह उसके चेहरे पर थिरक रहा था।

पर उसके बाद उसकी बातें, उसकी उपस्थिति, बात करने का उसका नाटकीय अंदाज़, सब कुछ मेरे लिए निरर्थक हो उठा। स्वादहीन और बेमतलब! बल्कि उसका होना-भर मुझे भारी लगने लगा। मन हुआ, उठकर बुरी तरह झिड़क दूं। पर किस बात पर? आख़िर उसने किया क्या है, यही समझ नहीं आ रहा था।

"तुम हर संबंध में भविष्य की संभावना खोजती हो, इसीलिए वर्तमान को भी नहीं भोग पातीं।" एक बार मृणाल दी के पति ने कहा था, तो लड़ने-लड़ने को मन हो आया था। जब भी मैं वहां जाती हूँ, तो बड़े दुलार से मेरे हाथ अपनी दोनों हथेलियों में लेकर सहलाएंगे, बांह दबाएंगे, ज़रा-सा इशारा करूं, तो मृणाल दी से छिपकर कॉफी पिलाने भी ले जाएंगे। कई बार ऐसा संकेत कर चुके हैं। कुछ और ढील दूं तो और भी आगे बढ़ सकते हैं, पर उसी सीमा तक, जहां किसी चीज़ का रिस्क न लेना पड़े। उनका सब कुछ सहज और सुरक्षित रहे। वे जानते हैं कि उन्हें सिर्फ पाना ही है, जो भी मिल जाए, खोना तो कुछ है नहीं। और मैं भी जानती हूँ कि मुझे पाना कुछ नहीं है। आधुनिकता के नाम पर कैसी-कैसी सूडरी ये लोग झाड़ते हैं!

"मैं पत्र लिखूंगा तो जवाब देंगी न?"

"नहीं, हमें नहीं आता पत्र-वत्र लिखना," खीज-भरे स्वर में मैंने कहा। एक ये ही तो रह गए हैं पत्र लिखने के लिए! इस आदमी के लिए व्यक्तियों और संबंधों का महत्त्व ही क्या है, सिवाय इसके कि एक किस्सा सुनाने को मिल जाए उसमें से। अब विदेश में किसी औरत के साथ शराब पीते हुए या कौन जाने किसी की बगल में लेटे-लेटे सुनाएंगे, 'हिंदुस्तान की लड़कियां यहां की तरह नहीं होतीं। न जाने कितने संस्कारों में बंधी, दायरों में घिरी।' उस समय भी मेरा नाम इसकी जीभ पर भले ही हो, मैं इसके दिमाग़ में कहीं नहीं होऊंगी। बस, कुछ-न-कुछ निरंतर बोलते जाने की हविस से ही वह बोलता चला जाएगा।

"अच्छा, पत्र लिखना नहीं आता, तो खाली काग़ज ही भेज दीजिए। मैं उसी से सब समझ लूंगा।"

जाते-जाते कैसे लटके बघार रहा है! फ़िल्मी डायलॉग! अब सचमुच मेरा धैर्य जवाब देने लगा था और मन हो रहा था, मैं सामने बैठे इस आदमी को फटकार दूं।

तभी चपरासी ने आकर जैसे मेरा उद्धार कर दिया। मैंने बताया, "आठ बजे के बाद यहां पुरुष कमरे में नहीं रह सकते।"

''प्राध्यापिकाओं के लिए भी इतने बंधन!'' और वह हंसने लगा, तो मैं भीतर-ही-भीतर बुरी तरह कुढ़ गई।

''हां, और नहीं तो क्या, यह अमेरिका नहीं है।'' मन-ही-मन कहा—'अमेरिका का दुम कहीं का!'

मैं एक क्षण को भी यह नहीं बताना चाहती थी कि परसों ही उसके जाने की बात सुनकर मैं विचलित हो गई हूँ या कि उसे लेकर...

बड़े सहज कदमों से मैं उसके साथ नीचे फाटक तक गई।

''यहां कोई खाली टैक्सी नहीं मिलेगी।'' मेरा इतना कह देने के बावजूद वह टैक्सी की प्रतीक्षा का बहाना लेकर खड़ा बातें करने लगा।

''मान लीजिए, कभी एक दिन आपके दरवाज़े पर खट-खट हो! आप खोलें और देखें कि मैं खड़ा हूँ, तो कैसा लगेगा?''

ख़ाक-धूल लगेगा! क्यों अब भी नाटक किए जा रहे हो? क्या मतलब है इन सब बातों का? कहने को मैं भी कह दूं—''दरवाज़ा खुले और आप देखें कि कोई और चेहरा झांककर बता रहा है कि मिताली तो शादी करके चली गई, तो आपको कैसा लगेगा?'' फिर ख़याल आया, इसे लगना ही क्या है? उसी के साथ बैठ जाएगा और मेरा क़िस्सा ऐसी आत्मीयता के साथ बताएगा, जैसे वह कोई इसकी अंतरंग हो।

पर मैंने कुछ भी नहीं कहा—बस, गुमसुम खड़ी रही।

''लगता है, टैक्सी तो यहां मिलेगी नहीं, मुझे मेन रोड तक जाना होगा।'' उसने कंधे उचकाए। फिर बड़ी अदा से हाथ जोड़कर होंठों पर ढेर सारी मुस्कान और चेहरे पर आत्मीयता पोतकर कहा, ''इस आते-जाते यायावर का नमस्कार!''

मैं चाहकर भी मुस्करा न पाई। बस, यंत्रवत् हाथ जोड़ दिए।

वह मुड़ गया। जैसे सहज और सधे कदमों से वह चल रहा था, उससे लगा, इन दो दिनों का सब कुछ झाड़-पोंछकर वह इस फाटक पर ही छोड़ गया है और बेहद हल्का होकर जा रहा है। हल्का और निर्द्वंद्व। सच पूछें तो इन दो दिनों में आखिर हुआ ही क्या है! पर मैं हूँ कि इस न कुछ हुए को भी अब न जाने कितने दिनों तक गुनती-बुनती रहूँगी। फिर एकाएक ही रमला पर खीज आने लगी। पता नहीं किस-किससे मिला देती है। उनके घर कोई भी आए, मुझे ज़रूर बुलाएगी। बड़ी गार्जियन बनी फिरती है।

निरंतर दूर होती हुई उसकी आकृति धुंधली हुई, थरथराई और फिर लुढ़क गई।

शायद

जहाज़ की बत्तियां जलीं तो लगा, जैसे पानी में बिछी अंधेरे की चादर में अनेक दरारें पड़ गई हों। चारों ओर बल्बों की झूलती बंदनवार देखकर ही राखाल को ख़याल आया कि इस बार वह दीवाली घर पर ही मनाएगा। कितना अच्छा होता, किसी तरह वह पूजा पर ही पहुंच पाता।

सारे यात्री ऊबे हुए हैं। पर ऊपर से सबने अपने को ऐसा व्यस्त बना रखा है कि किनारा आने पर लगेगा, जैसे अप्रत्याशित रूप से ही किनारा आ गया हो। प्रतीक्षा का बोझिल समय काटने के ये कितने पुराने नुस्ख़े हैं, पर फिर भी हर यात्री इन्हें ही अपनाता है। सिर्फ रेलिंग के साथ लगकर खड़ी वह औरत न ताश खेल रही है, न पढ़ रही है। पिछले एक घंटे में उसने तीन बार अलग-अलग लोगों से समय पूछा है, कुछ इस भाव से, मानो महज़ घड़ी मिलाना चाह रही हो। हालांकि हाथ में विदेश से ख़रीदी हुई कोई नई घड़ी है, जिसके ग़लत समय देने की संभावना कम है। हो सकता है, किनारे पर भी कोई इतनी ही व्यग्रता से प्रतीक्षा कर रहा हो।

''अच्छा किया, उसने किसी को ख़बर नहीं दी...'' आठ के क़रीब जहाज़ किनारे पर लगेगा। राखाल छह बजे से ही अपनी वर्दी उतारकर ऊपर आ गया था। काम के दौरान भी ऊपर आते हैं, पर उन दैत्याकार मशीनों से मुक्ति, पूरे दो महीने के लिए मुक्ति पाने की भावना के साथ ऊपर आने का अपना ही एक आनंद है। उसे खुद लग रहा है, जैसे वह जहाज़ का एक अदना-सा कर्मचारी नहीं, वरन् एक संभ्रांत यात्री है, जो तीन साल विदेश रहकर घर लौट रहा है।

एकाएक घर की तसवीर उसकी आंखों के सामने उभर आई—गराज पर बना हुआ नीची छतवाला लंबा-सा कमरा। वह घर पहुंचेगा, तब तक बच्चे ज़रूर सो चुके होंगे। माला किसी-न-किसी काम में लगी होगी। वह अपना हर पत्र इसी पंक्ति से शुरू करती है—'उत्तर जल्दी नहीं दे सकी, क्योंकि समय ही नहीं मिला'

और अंत में लिखती है—'अब बस करती हूँ, बहुत काम पड़ा है।' बीच में घर की कठिनाइयों की, बढ़ती महंगाई और बच्चों के बढ़ते आवारापन की बातें होती हैं, जिससे राखाल अब बहुत ऊबने लगा है। हर पत्र में मशीनी ढंग से लिखा हुआ 'प्राणनाथ' संबोधन पूरी तरह निष्प्राण हो चुका है।

पहली बार जब वह जहाज़ पर आया था तो माला के पत्रों को कई-कई बार पढ़ता था। उस सबके बीच से दस साल का लंबा समय गुज़र चुका है। फिर भी सोये हुए बच्चे और जागती हुई माला की कल्पना ने उसके मन में हल्की-सी गुदगुदी पैदा कर दी। उसे अपने साथियों की याद आई। जब वह नीचे कपड़े बदल रहा था, सब-के-सब बिना किसी शरम-हया के फब्तियां कस रहे थे, ''मशीनों के बीच रह-रहकर साला मशीन बन गया है! अब ऊपर जाकर फेफड़ों में साफ हवा भरेगा, जिससे कुछ ताकत आए, कुछ जान आए...नहीं तो टांय-टांय फिस्स नहीं हो जाएगी...''

उसके दो साथी कुंवारे हैं और एक की बीवी किसी और के साथ रहने लगी है। जब वह अपनी तनख़्वाह का बड़ा भाग घर भेजता था तो सब उसे चिढ़ाते थे, पर माला का पत्र आने पर सब पढ़ते थे। जॉन को अपनी बीवी नए सिरे से याद आ जाती थी और वह फूट-फूटकर रोने लगता था। ऐसे मौकों पर राखाल ही उसे तसल्ली देता था...पर जितनी तसल्ली वह देता था, उसे ज़्यादा तसल्ली उसके अपने मन में रहती थी कि माला उसे कभी छोड़कर नहीं जा सकती। निहायत उबा देने वाले पत्र भी उसे कहीं हल्के-से आश्वस्त तो करते ही थे।

उसे याद आया कि पिछली बार छुट्टी से आने के आठ महीने बाद बुलबुल पैदा हुई थी और दस महीने जीकर वह मर गई। माला ने उसे खूब कोस-कोसकर सूचना दी थी। अभी तो छोटू ही सवा साल का है। दो छोटे बच्चों को घर के सारे काम-काज के साथ वह नहीं संभाल सकती, फिर बढ़ती महंगाई। कहां से खिलाए, कहां से पहनाए? और जब वह मर गई, तब फिर कई पत्र उसी की ख़बर से भरे हुए थे—'हाय, इससे तो मैं मर जाती, तो अच्छा था। सबसे सुंदर थी। ऐसा तो एक भी बच्चा नहीं हुआ। भगवान को लेना ही था, तो दिया ही क्यों था?'

राखाल को न उसके होने की कोई खुशी थी, न मरने का कोई गम। एक हल्की-सी भावना यही थी कि चलो, अच्छा हुआ कि सब कुछ उसके पीछे ही हो गया। साथ ही मन में कहीं उभरा, अच्छा हुआ कि इस बात को भी अब तो डेढ़ साल हो गया, वरना सारी छुट्टियां मातमपुर्सी में ही बीत जातीं।

दूर किनारे की बत्तियां दिखाई देने लगीं तो ताश में डूबा वह पूरा-का-पूरा दल रेलिंग के सहारे आ खड़ा हुआ। सबके चेहरों पर उल्लास थिरकने लगा। बच्चे दूर खड़ी छोटी-छोटी आकृतियों को ही रूमाल हिलाने लगे। भीड़ से कटकर खड़ी वह अकेली महिला बाइनाकूलर लगाकर किसी को ढूंढ़ रही है। एकाएक राखाल की नंगी आंखों के सामने माला की आकृति तैर गई।

वह अपने साथियों और अफ़सरों से विदा लेकर बाहर आया और टैक्सी में बैठा। हर समय जहाज़ के तहख़ानों में बंद रहने के बाद दूर-दूर तक फैला हुआ कलकत्ता; रात-दिन चारों ओर लरज़ती और थिरकती लहरों के बाद लंबी-लंबी मौन और स्थिर सड़कें और उन पर उन्मुक्त भाव से प्रकाश उंडेलती हुई बत्तियों को देखकर उसे नए सिरे से अपने होने का बोध होने लगा।

टैक्सी लेंसडाउन मेन रोड से बाईं लेन में मुड़ी और चार मकान छोड़कर खड़ी हो गई। वह उतरकर गराज पर बने अपने मकान को देखने लगा। खिड़की से बहुत ही मंदी रोशनी बाहर आ रही है, शायद भीतर जीरो पावर का बल्ब जल रहा है।

टैक्सी के ठहरने से, फाटक के खुलकर बंद होने से, भीतर किसी तरह की हलचल नहीं हुई। हां, सामने कपूर साहब के घर की खिड़की से एक कटा हुआ धड़ झांका, दो क्षण रुका और फिर गायब हो गया। माला के घर शायद कभी कोई टैक्सी आकर ठहरती ही नहीं।

''रानी!'' राखाल ने आवाज़ दी, तो 'कौऽऽन?' के साथ ही माला बाहर निकल आई और राखाल को देखते ही उसके चेहरे पर आश्चर्य-भरा उल्लास फैल गया।

''यह क्या, तुम? कोई खबर नहीं सूचना नहीं...'' और एक तरह से झपटकर उसने राखाल के हाथ से होल्डाल ले लिया। टैक्सीवाले को पैसे देकर एक बड़ा और एक छोटा बक्सा संभाले राखाल संकरी-सी सीढ़ियां चढ़ने लगा। उसके पीछे माला होल्डाल को ठेलती हुई। बीच में पहुंचते ही राखाल ने बक्सा सीढ़ी पर टिकाया और घूमकर अंधेरे में ही माला का हाथ पकड़कर ज़ोर से दबाया। ''चलो, चलो, यह गिर जाएगा।'' हाथ छुड़ाते हुए माला ने कहा। उसके हाथ में कोई प्रतिक्रिया, कोई हरकत नहीं हुई। राखाल को माला का हाथ बड़ा सर्द और निर्जीव-सा लगा और वही ठंडक जैसे उसकी अपनी रगों में समाने लगी।

कमरे में घुसते ही माला ने मरकरी लाइट जलाई। चौदह फुट लंबा कमरा और ज़मीन पर सोते तीनों बच्चे उजागर हो गए। नाक-नक्श के साथ माला के

चेहरे की झुर्रियां...गालों पर पड़े काले-काले चकत्ते और रूखे-सूखे बालों में से झांकते कई सफेद बाल...

"तुमने खबर क्यों नहीं दी? खबर देते तो हम सब लोग लेने आते। बच्चे कितने खुश होते..." वह जैसे एकाएक राखाल का स्वागत करने में अपने को असमर्थ पा रही थी।

"अच्छा, तुम ज़रा सुस्ताकर हाथ-मुंह धोओ, मैं जल्दी से खाने को कुछ बना देती हूँ।"

"खाना मैं खाकर आया हूँ, कुछ भी बनाने की ज़रूरत नहीं है।"

पर माला फिर भी 'अभी आई' कहकर नीचे उतर ही गई।

बच्चे बिना चद्दर के गंदे और पैबंद लगे बिस्तरों पर लेटे हैं। रीना करवट लेकर सो रही है, इसलिए उसका चेहरा नहीं दिखाई दे रहा है। बच्चू और छोटू चित सो रहे हैं। छोटू नंगा है और उसका मुंह भी काफी गंदा है। खिड़की पर फटी साड़ी का पर्दा एक ओर को सरककर झूल रहा है।

एकाएक मरकरी लाइट का दूधिया आलोक उसकी आंखों में चुभने लगा। उसने बत्ती बुझा दी। कमरे का नंगापन क्षण-भर को अंधेरे में डूब गया। राखाल बच्चों को बचाता हुआ आया और खिड़की पर बैठ गया। इस घर में यही उसकी स्थायी सीट है।

"यह क्या, बत्ती क्यों बुझा दी?" अंधेरे में राखाल को माला की केवल आकृति-भर दिखाई दी, पर वह आकृति उसे पूरे नाक-नक्शवाली माला से ज्यादा परिचित महसूस हुई...

"रहने दो, बच्चों को परेशानी होगी।"

"लो, थोड़ा-सा दूध है पी लो।" और अंधेरे में ही बढ़कर उसने प्याला राखाल के हाथ में थमा दिया। फिर बड़े जतन से वह उसका बिस्तर लगाने लगी। घर की शायद सबसे साफ़ चादर बिछाई। उसके हर काम से उसके मन का उल्लास छलका पड़ रहा था। वह लगाार कुछ-न-कुछ बोले चली जा रही थी।

"मुझे तो दो साल काटना ही इतना भारी पड़ता था, इस बार तुमने पूरे तीन साल लगा दिए? पूजा पर कितनी-कितनी राह देखी! बेचारे बच्चों को एक-एक नया कपड़ा तक न दिलवा सकी! दादा की बिजली की दुकान खूब अच्छी चलने लगी है, सो यह लाइट तो ज़रूर लगवा दी, पर इतना नहीं हुआ कि बहन के बच्चों को एक-एक कपड़ा ही दिलवा देते! टुकुर-टुकुर मेरे बच्चे दूसरों के घर में ताकते रहे।" माला का गला रुंध गया।

यह सब तो राखाल को छुट्टी-भर सुनना ही है, पर आज वह नहीं सुनना चाहता। बिस्तर पर लेटकर उसने माला को अपने पास लिटा लिया। उसका ध्यान माला की बातों से ज़्यादा माला की देह पर लगा हुआ है।

''क्या करता, पूजा पर जहाज़ इस तरफ था ही नहीं। प्राइवेट शिपिंग कंपनी है, छुट्टी के कायदे-कानून पर झगड़ा भी नहीं किया जा सकता है।'' फिर उसे तसल्ली देता-सा बोला, ''कोई बात नहीं, सब बच्चों को कल खुश कर दूंगा।''

और फिर उसने माला को अपनी बांहों में दबोचना चाहा तो वह छिटककर दूर हो गई, ''माफ़ करो बाबा, तुम्हारा क्या है? तुम तो अपने कर-कराके चल देते हो। पीछे से जो गुज़रती है, मैं जानती हूँ!'' फिर भरे गले से बुलबुल का प्रसंग शुरू हो गया।

''उस बेचारी ने तो जाना ही नहीं कि बाबा किसे कहते हैं। बीमारी की हालत में टुकुर-टुकुर ऐसे ताकती थी, मानों कह रही हो कि 'मां, बचा लो!' कपूर साहब ने अपने डॉक्टर जमाई से खूब इलाज करवाया। शंकर ने दवाइयों के लिए रुपए उधार दिए। खूब भाग-दौड़ भी की, पर वह तो अपना कर्ज़ वसूल करके चली ही गई...'' और माला फूट-फूटकर रोने लगी।

राखाल का सारा शरीर शिथिल हो गया। उसे माला पर क्रोध-सा आने लगा। जो चली गई, उसका ख़्याल है और जो आया है, उसकी कोई चिंता नहीं! जाने क्यों उसे लगने लगा, जैसे वह किसी और के बारे में सुन रहा है। मानो उस मृत बच्ची से, माला के दुःख से, उसका अपना कोई संबंध ही नहीं है।

रो-धोकर माला तो सो गई, पर राखाल को किसी तरह नींद नहीं आई। उसे भी तो नहीं लग रहा कि वह घर में है। अभी भी यही लग रहा है, मानो वह जहाज़ में बैठा है और उसके और माला के बीच बहुत-बहुत दूरी है।

सवेरे नींद खुली तो धूप कमरे में भर गई थी। बच्चों के बिस्तर सिमट गए थे। नीचे से माला और बच्चों की मिली-जुली आवाज़ें आ रही थीं। भरी धूप में उसे यह कमरा कुछ नया-नया लगा। उसने ज़ोर की अंगड़ाई ली और एक सिगरेट सुलगा ली।

दीवार पर हमेशा की तरह मां दुर्गा की तस्वीर है। उस पर लगी रोली और चंदन के छींटे कुछ ताज़ा लग रहे हैं। शायद इसी पूजा पर लगाए होंगे। उस तस्वीर के पास ही दीवार पर एक छोटा-सा चौकोर निशान बना है। राखाल को याद आया, यहां हमेशा उसकी तस्वीर लगी रहती थी, माँ दुर्गा की तसवीर के साथ हमेशा उस पर भी रोली, चंदन और माला चढ़ाई जाती थी। अब वह तसवीर नहीं

है। वह इधर-उधर देखने लगा। कमरे में ठीक-ठाक चीज़ के नाम पर एक छोटी-सी अलमारी मात्र है—शीशे के दरवाज़े वाली। इसमें उसकी बाहर से लाई हुई चीज़ें रखी हैं, उन्हीं के बीच उसे अपनी तस्वीर दिखाई दी। उसका फ्रेम टूट गया था।

तभी रीना ने कमरे में झांका और उसे जागा हुआ देखकर शरमाते हुए नमस्ते किया।

''रीना, यहां आओ बेटा!'' और उसने अपने दोनों हाथ फैला दिए। रीना उसकी सबसे लाड़ली बिटिया है। पर रीना पहले की तरह दौड़कर उसकी बांहों में नहीं समा गई। बस, मुस्कराती हुई उसके पास आ खड़ी हुई।

तीन साल में रीना सचमुच बहुत बड़ी हो गई है—तेरह साल की। उसकी नज़र रीना की हल्की-सी उभरती छाती पर पड़ी। बेटी की जवानी की कल्पना ही उसके लिए नया अनुभव थी।

रीना नीचे दौड़ गई और दो मिनट बाद ही बच्चू आकर उसकी गोद में लद गया। पीछे-पीछे माला ट्रे में बड़े करीने से सजाकर चाय लाई और रीना चार साल के छोटू को लाद कर। राखाल को लगा, जैसे सब लोग उसके जागने की प्रतीक्षा कर रहे थे।

रात को मैले कपड़ों में लिपटे और बिखरे बाल वाले बच्चे इस समय धुले-साफ़ कपड़ों में थे। छोटू की आंखों में मोटा-मोटा काजल था और टांगों में निकर। माला की मांग में सिंदूर की लाली पीछे तक चली गई थी। एक औपचारिक मेहमान की तरह उसकी खातिर हो रही थी। फिर भी यह सब उसे अच्छा लगा। आने के बाद पहली बार लगा कि वह अपने घर में आया है। चाय के साथ-साथ अपने बीवी-बच्चों के साथ होने की गर्मी भी उसने महसूस की।

बांहें फैलाकर उसने छोटू को गोद में लेना चाहा। पिछली बार वह साल-भर के छोटू को सारे समय पेट पर बिठाकर खिलाया करता था, पर अब छोटू उसे पहचान नहीं पाता। राखाल ने उसे ज़बरदस्ती खींचा तो वह रो पड़ा और छिटककर माला के पास चला गया।

''छोटू, बाबा, बाबा! जाओ बेटा, प्यार करेंगे!''

रीना भी समझाती है, ''छोटू! बाबा, जाओ, चीज़ देंगे!''

''एक-दो दिन में पहचान लेगा, तो फिर एक मिनट भी नहीं छोड़ेगा!'' राखाल को लगा, जैसे माला तसल्ली दे रही है।

बच्चू बराबर रट लगाए हुए है, ''बाबा, क्या लाए हमारे लिए?'' वैसे सभी की आंखों में यही उत्सुकता छलक रही है।

राखाल ने बक्सा खोलकर चीज़ें निकालनी शुरू कीं। तीनों बच्चे बक्से के इर्द-गिर्द सिमट आए। कपड़े, खिलौने, पेन, रिबन, जरसी, मोजे...बच्चू हर चीज़ पर झपटता, तो माला उसे डांट देती। फिर भी भीतर-ही-भीतर गद्गद् होने के कारण उसकी झुर्रियों में कोमलता और स्निग्धता भर आई है। रीना को जो कुछ दिया, उसने चुपचाप ले लिया। पहले रीना और बच्चू में कितना झगड़ा होता था। रीना का यों बड़ा हो जाना उसे कहीं कष्ट देने लगा।

''यह तुम्हारे लिए है,'' और बक्स की सबसे कीमती चीज़ निकालकर उसने माला की ओर बढ़ा दी।

डिबिया खोलकर एकटक घड़ी की ओर देखते हुए माला बोली, ''मैं अब क्या घड़ी लगाऊंगी! चलो, रीना के काम आएगी।''

बच्चे अपनी-अपनी चीज़ें बटोरकर दौड़ गए। आसपास के घरों में शायद उसके आने का समाचार पहुंच चुका था। सामनेवाले कपूर साहब की लड़की बरामदे में से ही झांक रही है।

''नमस्कार दादा!'' हंसता हुआ शंकर उसके सामने आ खड़ा हुआ। राखाल को लगा, उसके होंठ और दांत पहले से भी ज़्यादा कत्थई हो गए हैं। जाने क्यों, राखाल इस आदमी को कभी पसंद नहीं कर पाया।

बड़े ठंडे लहजे में उसने जवाब दिया, ''कहो, अच्छे तो हो?''

''हां दादा, सब आपकी मेहरबानी है।''

''चाय पियो शंकर!'' मनुहार करती-सी माला बोली।

''आज तो मिठाई खिलाओ, बोउ दी, दादा आए हैं।'' शंकर के होंठों का कत्थई रंग और फैल गया।

''दादा, इस बार तो आपने तीन साल लगा दिए! बोउ दी ने भारी कष्ट सहा। बुलबुल को तो आपने देखा भी नहीं, पर बोउ दी को तो वह बूढ़ी कर गई।''

चुभती-सी नज़रों से राखाल ने देखा। मन में कहीं उभरा, ''तो तुझे भी अब माला के जवानी-बुढ़ापे की चिंता हो गई है!'

'शंकर नहीं होता तो मैं कुछ न कर पाती? तुम्हारा एहसान मैं कभी नहीं भूलूंगी, वरना आज के ज़माने में...''

''बस, मुझे तुम्हारी यही बात अच्छी नहीं लगती। मुसीबत में अपने लोग ही तो काम आते हैं।''

शंकर ने टेरेलिन की कमीज़ पहन रखी थी। एकाएक राखाल की नजर

खूंटी पर टंगी अपनी विदेशी कमीज़ पर गई। उसने उठकर कमीज़ पहन ली। मन-ही-मन संदेह को तोड़ता एक हल्का-सा संतोष भी जागा। तभी सिगरेट का खयाल आया। उठकर बोला, ''लो शंकर, सिगरेट पिओ। देखो, इस सिगरेट का ज़ायका कैसा है?''

चाय के बरतन समेटती हुई माला बोली, ''इस बार शंकर के रुपए ज़रूर चुका देना। हर महीने बहुत कांट-छांट करके भी दस रुपए से ज्यादा नहीं दे पाती। यह तो बेचारा शंकर है, जो...''

और राखाल को लगा, जैसे माला ने एकाएक घसीटकर उसे शंकर से नीचे ले जाकर पटक दिया हो। यह बात अभी ही कहनी थी! तुम दुनिया-भर का कर्ज़ा करो और मैं चुकाता फिरूं? बेइज़्ज़ती अलग!

''अच्छा दादा बाबू, अभी तो चला,'' और होंठ फैलाकर चारों ओर कत्थई रंग बिखेरता हुआ शंकर भी नीचे उतर गया।

राखाल तौलिया लेकर बाथरूम में घुस गया।

बाथरूम में ज़रूरत से ज़्यादा देर लगाकर वह ऊपर पहुंचा, तो कमरा खाली था। हां, कोने में एक स्टूल पर टेबल-फैन रखा था। ज़रूर यह शंकर ने लाकर रखा होगा, शायद माला ने ही मांग लिया हो!

उसने एक सिगरेट सुलगाई और नीचे जाने की बजाए खिड़की पर आकर बैठ गया। सामने कपूर साहब के बरामदे में रीना उनकी पम्मी के साथ खड़ी किसी बात पर खिलखिलाकर हंस रही थी। उसके हाथ में राखाल की लाई हुई चीज़ें हैं।

कपूर साहब के मकान से ही सटा हुआ शंकर का गराज है। गराज, लगता है, पहले से बहुत बढ़ गया है। कई गाड़ियां खड़ी हैं मरम्मत के लिए, तभी एक गाड़ी के पीछे से शंकर निकलकर आया। उसके कंधे पर छोटू बैठा है। उसे कंधे पर बिठाए-बिठाए ही शंकर कुछ काम कर रहा है। एकाएक उसे ख़याल आया, तीन साल पहले जब वह आया था, तो इसी तरह बच्चू उस पर चढ़ा रहता था।

खिड़की पर बैठे-बैठे राखाल को लगने लगा, जैसे सारा घर हिचकोले खा रहा है। नहीं, शायद लगातार जहाज़ पर रहने के कारण ही ऐसी अनुभूति हो रही है। एक-दो दिन में ठीक हो जाएगा।

पसीने से लथपथ माला आई, ''मछली का झोल और भात बना रही हूँ। बोलो और क्या बनाऊं?''

‘‘कुछ भी बना लो, जो तुम्हारी इच्छा हो।’’

‘‘अपनी इच्छा से तो रोज़ ही बनाती हूँ, जब तक तुम हो, तुम्हारी इच्छा का बना दूं। जहाज़ का खाना खा-खाकर शरीर तो आधा रह गया!’’

‘‘तुम्हारे हाथ का कुछ भी खाऊंगा, तो सेहत ठीक हो जाएगी,’’ राखाल हल्के से मुसकराया।

‘‘छोड़ो भी, अब कुछ भी अच्छा खिला सकूं, ऐसी स्थिति ही नहीं,’’ और एक निःश्वास छोड़कर माला उसी व्यस्त भाव से उतर गई।

राखाल को लगा, जैसे उसी के पास करने को कुछ नहीं है। बच्चे अपने में मस्त हैं, माला अपने में।

सिगरेट समाप्त करके वह नीचे उतरकर गराज में बनी हुई रसोई में चला गया।

‘‘तुम यहां गर्मी में क्यों आए? चलो, ऊपर चलकर बैठो।’’ आसन बिछाकर वहीं बैठते हुए राखाल को याद आया—पहले जब वह जहाज़ पर से आया करता था तो माला हर समय उसे अपने पास ही बिठाए रखना चाहती थी।

खाने पर फिर सारा परिवार जुट गया। इस समय बच्चों के लिए राखाल से ज्यादा महत्त्व राखाल के बहाने मिलनेवाले इस खाने का है।

खाना-पीना समाप्त हुआ, तो माला ने बच्चों से कहा, ‘‘जाओ, दादा के यहां जाकर खबर कर दो कि बाबा आए हैं। और देखो, धूप में लौटकर मत आना। वहीं खेलते रहना, शाम को हम लोग आएंगे, तो लेते आएंगे।’’

बच्चों ने राखाल के लाए हुए कपड़े चढ़ाए और इतराते हुए दौड़ गए। माला नीचे बरतन साफ करने लगी।

राखाल ने कमरे की खिड़की बंद कर दी और ज़मीन पर चटाई डालकर चित लेट गया। माला ने शायद जान-बूझकर ही बच्चों को आने के लिए मना कर दिया है।

जहाज़ से उतरकर टैक्सी में बैठे-बैठे माला से मिलने की जैसी अकुलाहट हो रही थी, वैसी ही अकुलाहट उसे फिर होने लगी।

शायद फिर नीचे कोई आ गया है। माला के बात करने की आवाज़ आ रही है। कोई महिला-स्वर ही है। पता नहीं, किस-किसको पाल रखा है। थोड़ी देर वह बेचैनी से राह देखता रहा, फिर ज़ोर से आवाज़ दी, ‘‘माऽलाऽ!’’

अपने स्वर का रौबीलापन उसे स्वयं बड़ा अच्छा लगा।

‘‘आई,’’ और एक मिनट बाद साड़ी से ही हाथ पोंछती हुई, पसीने से भीगी माला आ खड़ी हुई। ‘‘पिशी मां तुम्हें प्रणाम करने आई हैं।’’

‘‘कौन पिशी मां?’’ लेटे-लेटे ही उसने खीजे स्वर में पूछा। पर तभी एक वृद्ध-सी विधवा दरवाज़े पर हाथ जोड़कर खड़ी हो गई, ‘‘प्रणाम जमाई बाबू!’’

‘‘तुम नहीं जानते, पर पिशी मां नहीं होतीं तो बुलबुल की बीमारी में मेरे बच्चे भूखे मर गए होते, पूरे छह महीने तक पिशी मां ने खाना बनाया, घर संभाला। आज भी मेरा आधा काम तो वे ही करती हैं, बिलकुल मां की तरह मेरा ख़याल रखती हैं।’’

गद्गद होती-सी पिशी मां बोली, ‘‘अच्छा, अभी चलूंगी, कोई काम हो तो बता दो, कुछ सौदा लाना हो तो...’’

‘‘सवेरे तो गौरी से मंगवा लिया था, कुछ होगा तो बता दूंगी।’’

पिशी मां धीरे-धीरे सीढ़ियां उतर गई। लगा बुढ़िया समझदार है।

‘‘यह क्या तुम्हें गर्मी नहीं लग रही है? खिड़की भी बंद कर दी और पंखा भी नहीं चला रखा है।’’ और माला ने उठकर भड़ाक से खिड़की खोल दी।

‘‘बंद कर दो खिड़की, बहुत चौंधा लगता है।’’ नहीं, माला के मन में शायद कहीं कोई इच्छा नहीं बची रह गई है।

माला ने खिड़की बंद कर दी। पंखा चला दिया, ‘‘शंकर तुम्हारे लिए ही रख गया है। हर बात का इतना खयाल रखता है कि क्या बताऊं?’’ और माला पास आकर बैठ गई।

‘‘शाम को दादा के यहां से लौटकर आएं तो कपूर साहब से मिल आना। आज के ज़माने में ऐसे भले लोग मिलते नहीं। इतना पैसा है, पर घमंड तो छू तक नहीं गया। तुम कहो तो तुम्हारी लाई हुई चीज़ों में से एक-एक चीज़ पम्मी और शंकर के बच्चे को दे दूं। उनके अहसान तो क्या उतार सकेंगे, फिर भी।’’

माला के पास क्या और कोई बात नहीं है करने के लिए?

‘‘तुम कितने रुपए लाए हो साथ में? शंकर के तीन सौ रुपए और चुकाने हैं। बुलबुल की दस महीने की बीमारी ने तो मुझे तन-मन और धन से एकदम ही कंगाल कर दिया, फिर भी बच जाती तो सबर करती...’’ माला का स्वर फिर भर्रा आया।

कौन थी यह बुलबुल? कैसी थी? सुना था, बच्चे सेतु होते हैं, पर यह तो बने हुए सेतु को तोड़ गई! माला कितनी दूर जा पड़ी है उससे! शंकर, कपूर साहब, पिशी मां...सबके बीच राखाल का अपना अस्तित्व जैसे घुलने लगा।

"तुम भी सोचोगे कि मैं जब-तब बस पैसे का ही रोना रोती हूँ। पर तुम्हीं बताओ, क्या करूं, महंगाई का तो कोई ठिकाना नहीं। तीन बच्चों का और अपना पेट कैसे भरती हूँ, मैं ही जानती हूँ।"

माला क्या जानती नहीं कि राखाल कुछ नहीं कर सकता है? अधिक-से-अधिक रुपया वह घर ही भेज देता है। फिर भी वह यह सब क्यों सुना रही है? शायद उसे गवाह बनाकर अपनी तकलीफों को दोहरा रही है—सिर्फ अपने को हल्का करने के लिए। अच्छा होता, वह राखाल न होकर ब्लॉटिंग पेपर होता, जो माला के सारे दुखों को सोख लेता।

शाम को दादा के घर पहुंचे, तो दादा और बोउ दी बड़े तपाक से मिले, "आओ जमाई बाबू, आओ! इस बार तो आपने तीन साल लगा दिए! बहुत दुबले हो गए हैं। जहाज़ का खाना भी कोई खाना है भला! नमकीन हवा हड्डियों तक को गला देती होगी।"

राखाल का मन हुआ, कह दे—'नमकीन हवा क्या हड्डियां गलाएगी, हड्डियां तो तुम्हारे घर में गली थीं, जब बेकारी के छह महीने तुम्हारे यहां बिताए थे।' राखाल के मन में वे दिन खुदे हुए हैं...

तभी दादा के तीनों बच्चे दौड़ते हुए आए। बोउ दी ने हंसते हुए कहा, "जब से रीना-बच्चू ने खबर दी है कि बाबा आए हैं, तभी से ऐसे उछल रहे हैं, जैसे इन्हीं के बाबा आए हों। माला के घर को तो ये कभी दूसरा समझते ही नहीं।"

"बुआ का घर क्या दूसरा होता है?" दादा ने दांत दिखाते हुए कहा।

"बड़ी उतावली हो रही है न देखने के लिए कि क्या लाए? अरे, सबर करो, अभी आए देर नहीं हुई कि अपना टैक्स वसूलने आ खड़े हुए!" और अपने मज़ाक पर ख़ुद ही खी-खी करके हंसने लगी।

राखाल ने जेब से निकालकर एक-एक कंधा और रिबन दोनों लड़कियों को पकड़ा दिया और एक सस्ता-सा पेन लड़के को।

लगा, बोउ दी को काफी निराशा हुई, जिसका प्रमाण चाय के समय मिल गया—एक प्लेट में दो संदेश और एक कप चाय, बस!

बाहर खेलते रीना-बच्चू को शायद वह भी नहीं मिला। भीतर आकर वे खाली प्लेट के बचे हुए चूरे से शायद यह अंदाजा लगाने की कोशिश कर रहे थे कि बाबा ने क्या खाया।

'कमीने कहीं के!' वह बाहर निकलकर बच्चों को ज़रूर मिठाई खिलाएगा।

कमरे के सामने वाले आंगन में बच्चे दौड़-दौड़कर खेल रहे थे। राखाल ने देखा, बच्चू दाहिनी टांग से थोड़ा लंगड़ाता है। सवेरे से उसने बच्चू को एक बार भी इस तरह चलते हुए नहीं देखा, या शायद गौर नहीं किया।

''अरे बच्चू, ठीक से क्यों नहीं चलते?'' राखाल ने वहीं से झिड़का, बच्चू ठिठककर खड़ा हो गया।

''लो, और सुनो, चलेगा कैसे बेचारा! हड्डी तोड़कर चार महीने खाट पर रहा! अब तो ज़रा-सी कसर रह गई है, धीरे-धीरे ठीक हो जाएगी,'' बोउ दी ने कहा।

फिर वह एक गहरी सांस लेकर बोली, ''इस बार क्या-क्या कष्ट सहा है बेचारी माला ने! मेरा तो कलेजा मुंह को आता था। बुलबुल तो जाती ही रही...'' और झूठमूठ को उन्होंने आंचल से आंखें पोंछ लीं।

बच्चू की हड्डी टूट गई? पर कब? माला ने तो उसे कभी खबर नहीं दी। एक बार उसने फिर पत्रों की बातें याद करने की कोशिश की। नहीं, इतनी बड़ी बात वह नहीं भूल सकता था। एक अजीब-सी बेचैनी उसे होने लगी।

बाहर निकलते ही उसने माला को आड़े हाथों लिया, ''तुमने मुझे बच्चू के पैर की हड्डी टूटने की खबर तक नहीं दी! कब टूटी हड्डी? कैसे टूटी?''

''क्या करती ख़बर करके, तुम कर ही क्या लेते सिवाय परेशान होने के?''

''फिर भी तुमको लिखना तो चाहिए था। पीछे जो कुछ होता है, मुझे मालूम तो रहे। मेरे बच्चे का पैर टूट गया और इसकी खबर मुझे दूसरे लोग दें! आखिर मैं...'' आगे राखाल से कुछ कहा नहीं गया।

''पीछे जो कुछ होता है, वह भोगना तो मुझे ही पड़ता है। दूर रहकर तुम चिंता करने के सिवाय कर ही क्या सकते हो? बेकार को परेशान होते!'' माला का स्वर कातर हो आया।

राखाल समझ नहीं पाया कि माला उस पर आरोप लगा रही है, या अपना अपराध स्वीकार कर रही है।

सचमुच उसके पीछे क्या-क्या नहीं हो गया! बुलबुल हुई और मर गई। रीना की सारी चंचलता और बचपना ऐसा गया था कि उसने बेझिझक होकर उससे बात तक नहीं की। बच्चू के पैर की हड्डी टूटी और जुड़ गई। छोटू इतना बड़ा हो गया कि उसे पहचानता तक नहीं और माला?''

लौटकर वह घर नहीं आया। सबको लेकर देशप्रिय पार्क में बैठ गया। बच्चों के मांगने के पहले ही सबको एक-एक आने की मूड़ी दिलवाकर उसने उन्हें अपने पास बिठाया और उनकी पढ़ाई-लिखाई के बारे में पूछने लगा।

‘‘यह बच्चू तो सारे दिन आवारागर्दी करता है! चार महीने बिस्तर पर रहा, सो पढ़ाई-लिखाई तो यों चौपट है, उस पर भी मज़ाल है जो किताब लेकर बैठ जाए! शंकर के लड़के को पढ़ाने के लिए मास्टर आता है, कई बार उसने कहा भी कि बच्चू, तू भी बैठ जाया कर, पर बच्चू को खेलने-कूदने से फुरसत हो तब न?’’

आक्रोश और खीज माला के स्वर का स्थायी भाव हो गया है। राखाल ने बच्चू को बांहों में भरकर अपने पास खींचते हुए कहा, ‘‘देखना, अब बच्चू कैसे पढ़ता है! कोई शंकर-वंकर का मास्टर नहीं, मैं पढ़ाऊंगा इसे। क्यों बेटा, अच्छे नंबरों से पास होना है न तुम्हें?

बच्चू ने गरदन हिलाकर ‘हां’ कर दी। फिर राखाल रीना से बतियाने लगा, वह पहले की तरह ही झेंप-झेंपकर जवाब देती रही।

पर छोटू उसके पास अभी भी नहीं आया। उसे देखकर मुस्कराता ज़रूर था, पर जब राखाल हाथ बढ़ाता, तो वह माला की गोद में दुबक जाता।

‘‘एक-दो दिन में पहचान जाएगा। पहले तो जब तुम गए थे, तब बहुत दिनों तक तुम्हारी फोटो को देखकर बाबा-बाबा किया करता था। अब इतने दिन हो गए कि भूल गया।’’

दो घंटे पार्क में बिताकर जब रात में वे लोग घर लौटे, तो राखाल का मन बहुत हल्का हो आया था। केमिस्ट के यहां से ख़रीदा गोल सिक्का रात के बारे में भी उसे आश्वस्त कर रहा था।

गली में कल की तरह आज भी अंधेरा था। फिर भी वह गली, नीची छतवाला कमरा एकाएक उसे अधिक आत्मीय और अपने लगने लगे। अभी भी जैसे उसके फेफड़ों में पार्क की हवा भरी थी।

माला को लस्त-पस्त करके छोड़ा तब पहली बार ‘घर’ आने का बोध उसकी रग-रग में तैर गया।

थोड़ी देर में माला की नाक बजने लगी। उसे बड़ी देर से सिगरेट की तलब महसूस हो रही थी। उसने सिगरेट निकाली और खिड़की पर बैठ गया।

जब राखाल सोया तो मकान हिचकोले नहीं खा रहा था।

दूसरे दिन उठकर ही राखाल ने रीना-बच्चू को बैठाकर पढ़ाया और जब वे स्कूल चले गए, तो कमरे की सफाई शुरू की। माला पहले मना करती रही, फिर खुद भी आकर जुट गई।

उसके पास कुछ रुपए और होते, तो घर में थोड़ा सामान डलवा जाता।

दो-तीन गोल मूढ़े, एकाध कुर्सी—खैर छोड़ो, खुद भूख काट-काटकर जो थोड़ा-बहुत पैसा उसने बचाया है, उससे यहां बाल-बच्चों को खिलाएगा, थोड़ा-बहुत घुमाएगा, सबको एक सिनेमा दिखाएगा।

बच्चे ही नहीं, आस-पास के लोग भी जान लें कि वह आया है।

चौका-बरतन करके माला ऊपर चढ़ी तो उससे रहा नहीं गया, "तुम सारे काम से छुट्टी पाकर नहा तो लिया करो।" पसीने से लथपथ माला को देखकर उसका आधा उत्साह ही मर जाता।

"कितनी बार नहाऊं? अब मुझे कुछ नहीं अखरता, आदत हो गई है।" और पसीना सुखाने के लिए वह पंखे के सामने जा बैठी।

"सुनो!"

राखाल ने माला की ओर देखा।

"पिशी मां का एक भांजा है, इंटर पास है और कहीं फैक्टरी में काम करता है, रात में बी.ए. की पढ़ाई करता है...।"

राखाल बात को पकड़ नहीं पाया।

"पिशी मां रीना के संबंध के लिए कह रही है कभी से। घर में ज़्यादा लोग नहीं हैं और देने-लेने का भी कोई खटराग नहीं होगा।"

राखाल जैसे आसमान से गिर पड़ा।

"तुम्हारा दिमाग तो ठीक है? अभी रीना है ही कितनी बड़ी? पढ़ेगी-लिखेगी नहीं क्या?"

"इसमें दिमाग खराब होने की क्या बात है भला? आखिर शादी तो करनी ही है। संबंध जितनी जल्दी हो जाए, अच्छा है। तुम दूर रहते हो, लड़का ढूंढ़ेगा ही कौन? यह तो भाग से घर बैठे ही लड़का मिल रहा है। तुम बुलाकर मिल लो, देख-सुन लो, तसल्ली कर लो..."

माला थी कि बोले चली जा रही थी और राखाल की यह समझ में नहीं आ रहा था कि वह उसे कैसे चुप करे।

"दादा से कहा कि एक बार लड़के को बुलाकर देख लो, कुछ बात कर लो, तो कतरा गए—'शादी-ब्याह का मामला है, जमाई बाबू के आने से ही ठीक रहेगा।' अरे, मैं खूब समझती हूँ। बुलाएंगे, तो कुछ खिलाना-पिलाना पड़ेगा! कौन ख़र्चा करे?"

"माला, पर रीना क्या बहुत छोटी नहीं है?" राखाल के स्वर में अजीब-सी बेबसी आ गई।

‘‘क्या छोटी है? तेरह पूरे होनेवाले हैं। और कौन आज ही ब्याह होने जा रहा है? कुछ न करके भी दो-तीन हज़ार तो चाहिए ही। मुझे तो रात-दिन यही चिंता लगी रहती है।’’

राखाल की आंखों के सामने जाने कैसी धुंध छाने लगी और थोड़ी देर पहले का जमाया हुआ कमरा फीका लगने लगा।

‘‘दादा बाबू, आपने बुलाया?’’ अपने कत्थई होंठ फैलाए हुए शंकर सामने आ खड़ा हुआ।

‘‘बैठो-बैठो,’’ हजामत बनाते हुए राखाल ने कहा।

‘‘लो, आपने तो कमरे की शकल ही बदल दी! अब लग रहा है कि घर का मालिक आ गया है।’’ शंकर हंसने लगा। पर राखाल को अब शंकर की हंसी उतनी बुरी नहीं लगी।

एक अधमैले तौलिए से रगड़कर मुंह पोंछते हुए राखाल ने कहा, ‘‘माला तुम्हारा कुछ हिसाब बता रही थी। मुझे पहले तो मालूम नहीं था, वरना पूरे का ही प्रबंध करके लाता।’’ स्वर में घर के मालिक वाला रौब पूरी तरह था।

‘‘अरे दादा बाबू, आप चिंता करिए, रुपए कौन भागे जा रहे हैं!’’

‘‘नहीं भाई, कर्ज़ जितना जल्दी चुक जाए, अच्छा!’’ और राखाल ने अपना छोटा-सा संदूक खोलकर उसमें से सौ रुपए का नोट निकालकर दे दिया।

शंकर ने नोट जेब में रखा और चल दिया। राखाल ने बचे हुए गिने। ‘अस्सी’। पहली तारीख को तनख्वाह मिलेगी, उसमें से माला को घर-खर्च के लिए रुपए देने के बाद पचास रुपए बचेंगे। कुल हुए एक सौ तीस। इन्हीं रुपयों से उसे दो महीने तक अपने बीवी-बच्चों को घुमाना-फिराना है और फिर लौट जाना है।

अनायास ही रंजू की बात याद आई कि जहाज़वालों को तो शादी करनी ही नहीं चाहिए। यहां रात-दिन मशीनों से सिर फोड़ो, पैसा मिले, तो घरवालों की हाज़िरी में भेज दो। भैया, हम अच्छे हैं, जिस घाट उतरे, तफरी कर ली...न किसी का देना, न लेना। तब उसकी आंखों के आगे माला और बच्चे तैर जाते थे। वह तौलिया लेकर नहाने चला गया।

आज पिशी मां का भांजा आनेवाला है अपने चाचा के साथ। राखाल के मना करने पर भी माला ने बुला ही लिया। साथ में दादा से भी कह दिया कि वह भी आ जाएं।

दादा चार बजे ही आ धमके। चुन्नटदार कलफ़ लगा कुरता और ढाकई

धोती। एक जगह बैठे-बैठे ही कुछ ऐसे सक्रिय लग रहे हैं, जैसे घर के मालिक, कर्ता-धर्ता वही हों, राखाला तो मात्र आगंतुक है। राखाल को दादा की उपस्थिति-भर ही बहुत कष्ट देती है, पर माला की ज़िद, ‘‘बात जम गई और पीछे कुछ भी करना हुआ, तो रो-झींककर दादा से ही तो करवाना होगा। पैसे का मामला न हो तो भाग-दौड़ थोड़ी-बहुत कर ही देंगे।’’

कपूर साहब के यहां से बरतन, दरी, चादर और थोड़ा-बहुत टीम-टाम का सामान लाकर माला ने भरसक कमरे को ठीक कर दिया। माला के मन में उत्साह है। राखाल ने काम में मदद ज़रूर की, पर बड़े बे-मन से।

पता नहीं रीना को पता भी है या नहीं? ज़रूर होगा। इन बातों की गंध पाने के लिए लड़कियों के पास छठी इंद्रिय होती है। कैसा लग रहा होगा उसे? रीना ने राखाल और अपने बीच संकोच की एक दीवार खड़ी कर ली है, वरना वह खुद ही पूछ लेता।

लड़का आया—गहरा सांवला रंग और चेचक के दाग़। राखाल का रहा-सहा उत्साह भी जाता रहा। राखाल ने वैसे तय कर लिया था कि इन लोगों के आने के बाद वह दादा को इतना मुखर नहीं रहने देगा। घर के मालिक की हैसियत से वही सारी बातचीत करेगा। पर लड़के की सूरत देखकर यह निर्णय अपने-आप पिघल गया।

दादा बात भी कर रहे हैं और धोती का छोर उठाकर ऊपर-नीचे आ-जा भी रहे हैं।

‘करने दो जो मर्ज़ी आए। अंतिम निर्णय तो मैं ही दूंगा। दादा और माला, किसी की नहीं चलने दूंगा।’

‘‘हम तो कभी से मिलना चाह रहे थे, पर आपके लौटने का इंतज़ार था,’’ चाचा ने कहा, तो राखाल को थोड़ा संतोष हुआ। पहली बार होंठों पर मुसकुराहट आई। चलो, कम-से-कम यह तो मालूम है कि घर का मालिक मैं हूँ।

फिर इधर-उधर की बातचीत चलने लगी। चाचा ने पूछा, ‘‘अच्छा, राखाल बाबू, आप तो बहुत देश-विदेश घूमते हैं, अपने देश जैसी संस्कृति कहीं देखने को मिलती है?’’ राखाल को लगा, चाचाजी उसके विदेश घूमने से काफी प्रभावित हैं।

वह कुछ कहता, उसके पहले ही दादा बोले, ‘‘अरे नहीं गांगुली बाबू, जमाई बाबू का काम तो जहाज़ का है। देश-विदेश कहां घूम पाते हैं बेचारे! जहाज़ पर ही तो रहना पड़ता है। फिर भी कुछ मालूम हो तो बोलो जमाई बाबू, अपने देश जैसी संस्कृति कहीं देखी?’’

राखाल भीतर-ही-भीतर भुन गया—जहाज़ पर नौकरी नहीं करते कहो, जहाज़ में पाखाना साफ करते हैं! कमीना कहीं का! इस माला को मना कर दो, फिर भी मरेगी इस दादा के पीछे! आज वह माला की अच्छी तरह खबर लेगा।

बात संस्कृति से नौकरी पर आ गई और लगे हाथ ही बेकारी की समस्या और सरकार की धुनाई भी हो गई।

ऐसे संकट के दिनों में भी अपने भतीजे को फैक्टरी में नौकरी दिलवा देने की सफलता पर अपार गर्व महसूस करते हुए गांगुली बाबू रसगुल्ले पर रसगुल्ले खाते रहे। 'लड़कीवाले भले ही हों, पर खाने में बराबरी के ही उतरेंगे' के भाव से दादा मुकाबला करते रहे।

'खाए जा कम्बख्त, मुफ्त का माल है! अपने घर तो एक-एक संदेश देकर छुट्टी कर दी!'

उन लोगों के जाते ही खुलकर राखाल ने घोषणा कर दी, "यह लड़का बिलकुल नहीं चलेगा। पिशी मां से कह देना, बात खत्म कर दे," अपने स्वर की दृढ़ता पर राखाल स्वयं विस्मित था।

"जमाई बाबू, ऐसा लड़का आपको मिलेगा नहीं। लड़कों का भी कोई रंगरूप देखा जाता है! रंग का है भी क्या—या गोरा या काला। बाकी नौकरी करता है, बी.ए. की पढ़ाई कर रहा है। परिवार का खटराग नहीं, रीना अकेली राज करेगी। सबसे बड़ी बात लेने-देने का झमेला नहीं, दहेज दिया जाएगा आपसे?"

"मैंने कहा न कि यह संबंध नहीं होगा। मुझसे क्या होगा, क्या नहीं, यह मैं समझ लूंगा। कोई चेहरा है लड़के का?"

राखाल के इस रूप से माला स्तब्ध। दादा भुनभुनाकर चले गए, "आप तो बाहर रहते हैं, यहां बीवी-बच्चे हमारे नाम को झींकते रहते हैं। आज के ज़माने में अपना घर चलाना ही मुश्किल, किस-किसका करते फिरो!"

"और बुलाओ दादा को! मेरा अपमान कर गए खूब अच्छी तरह, अब तो कलेजा ठंडा हो गया? जैसा भाई, वैसी बहन!"

माला रो पड़ी।

माला को यों ही रोता छोड़कर राखाल बाहर निकल गया। सामने ही कोने वाले स्टाल से पान लगवाकर खाया और डंडी से चूना चूसता हुआ पार्क में टहलने लगा।

परम संतुष्ट वह घर पहुंचा...

कपूर साहब का सामान जा चुका था। और कमरा बड़ा उखड़ा-उखड़ा लग रहा था। माला नीचे रसोई में थी और बच्चे बाहर।

लड़के को नापास करके ही उसे लग रहा था, जैसे घर में उसने अपने को पूरी तरह पास कर लिया है। गांगुली मोशाय और दादा के साथ-ही-साथ उसके अपने मन की खिन्नता और जड़ता भी चली गई। एक नया आत्मविश्वास जागा।

'यह मेरा घर है, इसमें मेरी इच्छा के खिलाफ़ कुछ भी नहीं हो सकता।'

राखाल ने सबका कार्यक्रम ठीक कर लिया।

सवेरे रीना उसके सिर में तेल डालकर आधा घंटे तक चंपी करती। बच्चू अंग्रेज़ी की स्पेलिंग याद करता और सवाल करता।

अब सब्ज़ी गौरी या पिशी मां नहीं लाती, राखाल खुद बाज़ार करने जाता। हफ्ते में एक दिन मछली भी लाता।

छोटू का लिवर बढ़ा हुआ था, तो खुद उसे अस्पताल ले गया। उसे नहीं पसंद कि हर बात में दूसरों का अहसान लिया जाए।

शाम को बच्चू खड़े होकर उसके पैर दबाता और साथ ही पहाड़े भी याद करता। खाने के बाद बच्चों को वह पढ़ाने बैठ जाता।

मशीनों के बीच रहते समय उसे कभी याद नहीं रहता कि वह बी.एस-सी. है। उसकी अपनी ज़िंदगी तो बरबाद हो गई पर वह चाहता है कि कम से कम बच्चों की ज़िन्दगी तो बना दे।

उसे आज भी याद है कि जब वह कलकत्ते में ही नौकरी करता था और रीना हुई थी, तो माला की एक आकांक्षा थी कि वह अपनी बिटिया को डॉक्टर बनाएगी...और अब?

रविवार की शाम को माला और बच्चों को लेकर घूमने जाता। उस समय शंकर या कपूर साहब दिख जाते तो वह दो मिनट ठहरकर ज़रूर उनसे कुछ बात करता, फिर बड़ी लापरवाही से कहता, ''ज़रा बच्चों को घुमा लाऊं। अक्तूबर समाप्त हो रहा है, पर अब भी गर्मी खत्म नहीं हुई! शाम को घर में घुटन हो जाती है।''

पहली तारीख़ को आफिस जाकर तनख़्वाह ले आया। माला को हर महीने की तरह रुपए दिए और पचास रुपए अपने पास रख लिए।

''लाओ, इस बार तो ये रुपए मुझे दे दो, तुम क्या करोगे? न हो तो शंकर को दे दो।''

माला हमेशा उसे खर्चा करने के लिए टोकती रहती, पर वह हमेशा झिड़क देता। इस बार भी उसने इनकार कर दिया, ''नहीं कुछ रुपया मेरे पास चाहिए।

बच्चों को घुमाना-फिराना, खिलाना-पिलाना तो है, वे बेचारे कैसे जानेंगे कि उनका बाबा आया है।''

पैसे के मामले में वह माला पर क़तई निर्भर नहीं करना चाहता, बल्कि चाहता है माला उस पर निर्भर करे।

धीरे-धीरे राखाल की छुट्टियां और पास के रुपए समाप्त होने को आए। राखाल ने छोटू का नाम भी रजिस्टर करवा दिया। जनवरी से वह भी स्कूल जाने लगेगा।

सरकारी स्कूल में फीस ज़्यादा नहीं लगती, पर कॉपी-किताब, पैंसिल आदि के खर्चे की ही माला को चिंता है। राखाल ने समझा दिया, इस बार बीस रुपए की तरक्की मिलेगी, वह सब तुम्हारे पास भेज दिया करूंगा, तुम बच्चों को ठीक से पढ़ने दो।

''और देख रीना, मां स्कूल छुड़वाए, तो छोड़ना मत। मुझे लिख देना। तू मुझे बराबर चिट्ठी लिखा कर, सारे हाल-चाल, समझी!

''बच्चू बेटा, मेरे पीछे मन लगाकर पढ़ना। अच्छे नंबरों से पास होओगे तो इनाम भेजूंगा। बच्चू तो मेरा राजा-बेटा है।

''छोटू बाबा, इस बार लौटकर आऊं तो भूलना मत। हम आए, तो छोटू बाबू हमको पहचानते नहीं, हमारे पास आते नहीं, और अब हम नहाने जाएं तो बाहर खड़े होकर रोते हैं। अब तो नहीं भूलोगे न बेटे? हमारी तस्वीर के सामने खड़े होकर बातें किया करना।''

और राखाल भर्राए गले से हंस दिया।

उसके बाद खाना बनाती माला की ओर नज़र गई, तो समझ में नहीं आया कि क्या कहे? केवल इतना ही कह पाया, ''देखो, तुम हर बात की सूचना ज़रूर देना। यह ठीक है कि मैं दूर रहकर कुछ नहीं कर सकता, पर कम-से-कम जान तो सकता हूँ।''

उसके बाद बड़ा बोझिल-सा मौन वहां पर छा गया।

तीन दिन बाद वह चला जाएगा और माला अभी से उदास रहने लगी है। उसका अपना मन जैसे कहीं से डूबने लगा है।

रात में माला उससे सटकर सो रही है, ''इतना ख़र्चा यहां न करते और शंकर के बचे हुए दो सौ रुपए चुका देते तो अच्छा होता। पहले तो यही कहकर टालती रही कि तुम आओगे तो दे दूंगी...अब कौन-सा बहाना बनाऊंगी!''

राखाल इस समय यह बात नहीं करना चाहता। फिर भी माला को तसल्ली देने के लिए कह दिया, ''मैं जाकर ही रुपए भेज दूंगा।''

कल उसे अपनी जॉइनिंग रिपोर्ट देनी है और परसों सवेरे दस बजे जहाज़ खुलेगा। आज कुछ और भी तो किया जा सकता है।

दूसरे दिन ऑफ़िस से लौटकर शंकर से मिल लिया। दादा के यहां अब वह नहीं जाएगा। कपूर साहब से वह शाम को मिल आएगा।

आज आखिरी शाम है। खाना साथ लेकर सारा परिवार लेक्स पर जा बैठा। खाने में वही मछली का झोल और भात। सब चुप-चाप बैठे हैं। बच्चू मछली पर वैसे ही टूटा पड़ रहा है। सिर्फ छोटू इस समय माला की गोद में नहीं, राखाल की अपनी गोद में है।

शाम का अंधेरा उसके मन पर उतरता आ रहा है। माला की आंखें इस बात की गवाह हैं कि दिन में वह कई बार रो चुकी है।

दूसरे दिन राखाल सबको लेकर आठ बजे ही जहाज़ पर पहुंच गया। उसने अपनी हाज़िरी लगवा दी। तीन साथियों में से केवल रंजू इस बार साथ है, दो किसी और जहाज़ में चले गए।

वर्दी पहनकर वह फिर बच्चों और माला के पास आ खड़ा हुआ। रीना चुपचाप रो रही है। माला रोने के साथ-साथ उसे याद दिला देती है, ''शंकर के रुपए जैसे भी हो, भेज देना।

और राखाल की आंखों के सामने बहुत दिनों बाद जैसे शंकर के होंठों और दांतों का रंग एकाएक कौंध गया।

छोटू उसकी गोद में ही लदा हुआ है। वह बार-बार उसे प्यार कर लेता है।

जहाज़ खुलने का समय क़रीब आ रहा है। राखाल ने छोटू को माला की गोद में दिया, तो वह मचल पड़ा। दोनों हाथ बढ़ा-बढ़ाकर और पैर पछाड़कर वह रो रहा है, ''बाबा के पास जाऊंगा।''

माला ने गले में आंचल डालकर राखाल के पैर छुए, तो राखाल भी जैसे अपने को नहीं संभाल सका। छोटू के गाल पर प्यार करके और रीना, बच्चू के सिर पर हाथ फेरकर राखाल मुड़ गया।

हिचकियों के बीच माला के शब्द सुनाई दे रहे थे, ''अपना खयाल रखना...चिट्ठी जल्दी-जल्दी भेजना...शंकर के रुपए जाते ही भेजना...इस बार तीन साल मत लगाना...''

जहाज़ छूट गया। दहाड़ मारती लहरों की आवाज़ और आस-पास के सारे शोर-शराबे के बीच भी उसे पछाड़ खाते हुए छोटू के रोने की आवाज़ सुनाई दे रही है। किनारा धीरे-धीरे दूर होता जा रहा है। किनारे की आकृतियां धुंधली होती जा रही हैं। पर उसकी आंखों के सामने चारों प्राणी ज्यों-के-त्यों खड़े हैं।

अब किनारा बिल्कुल नहीं दिखाई दे रहा है। दिखाई दे रहा है लैंसडाउन का घर।

माला ने गद्दे उठाकर दोनों बक्से निकाल दिए होंगे। बक्से दब जाने से उसे बड़ी असुविधा होती थी, पर वह जैसे-तैसे चला ही रही थी, शायद इसी दिन की प्रतीक्षा में। टेबल-फ़ैन और स्टूल वापस शंकर के गराज में चला गया होगा।

शंकर सारा अपनापन दिखाकर माला को तसल्ली दे रहा होगा—'रोती क्यों हो बोउ दी! मैं तो हूँ।'

कपूर साहब के बरामदे में से उनकी लड़की पम्मी चिल्लाकर कह रही होगी—'माशी मां, डॉक्टर बाबू के पास जाना हो, तो तैयार रहिए, पापा दस बजे निकलेंगे।'

पिशी मां घर का छोटा-मोटा सामान लाते-लाते रीना के लिए फिर कोई लड़का खोज लाएगी! कौन जाने फिर वही लड़का आ जाए। सभी तो उसके पक्ष में थे।

एकाएक उसे लगने लगा, शायद वह एक बहुत ही नकली-से माहौल में रहकर लौटा है।

शायद माला कई बातों में केवल उसके डर के मारे ही चुप रही है। बच्चू मन मारकर पढ़ने बैठता था। अब वह पहले की तरह निश्चिंत होकर, बस्ता कोने में पटक, शंकर के गराज या फुटपाथों पर खेलता फिरेगा। रीना घर के काम से छुट्टी पाते ही कपूर साहब के बरामदे में खड़ी होकर बतियाया करेगी। छोटू शंकर के कंधे पर टंगकर उसके सिर पर तबला बजाया करेगा।

बच्चे खेल-खेल में तस्वीर का शीशा न फोड़ दें, इस डर से माला उसकी तसवीर को फिर अलमारी में बंद कर देगी। और छोटू के मन में उसकी याद बहुत धुंधली हो जाएगी।

‘‘अब नीचे भी चलोगे या यहीं टंगे रहोगे?’’ पूरे हाथ का धौल जमाकर रंजू हंस रहा था।

राखाल नीचे उतर आया। मशीनों के बीच पहुंच उसे एक अजीब-सी राहत

मिली। वही परिचित गंध, वे ही चिर-परिचित मशीनें। लगा, जैसे अपनी असली जगह आ गया।

''यार, तुम जैसे लोगों को बहुत घुलना-मिलना नहीं चाहिए बीवी-बच्चों से। इतनी शिक्षा देता है यह गुरु, तुम लोग फिर भी सीखते नहीं हो। बेटा, अपनी ज़िंदगी तो इन मशीनों के साथ बंधी है, समझे! इनको तेल पिलाओ और चलाओ।''

और फिर उसके हाथ में तेल की कुप्पी थमाते हुए बोला, ''इधर के हिस्से की ऑइलिंग तो कर दे ज़रा लपक के।''

राखाल ने कुप्पी ली और मशीन के सामने खड़े होकर कुप्पी की नोक छेदों में लगाकर पूरे मनोयोग से तेल डालने लगा।

❑ ❑ ❑

www.ingramcontent.com/pod-product-compliance
Lightning Source LLC
LaVergne TN
LVHW091510170726
843492LV00001B/425